中国政府出版品国际营销平台精选图书·文学书系　　王昕朋 主编

午后来访的女孩

The Girl Who Called in the Afternoon

马金莲　著

中国言实出版社

图书在版编目（CIP）数据

午后来访的女孩 / 马金莲著 .-- 北京：中国言实出版社，
2021.6

（中国政府出版品国际营销平台精选图书 / 王昕朋
主编 . 文学书系）

ISBN 978-7-5171-3073-4

Ⅰ .①午… Ⅱ .①马… Ⅲ .①短篇小说—小说集—
中国—当代 Ⅳ .① I247.7

中国版本图书馆 CIP 数据核字（2021）第 123231 号

出 版 人　王昕朋
责任编辑　张国旗　李昌鹏
责任校对　代青霞

出版发行　**中国言实出版社**

地　　址：北京市朝阳区北苑路 180 号加利大厦 5 号楼 105 室
邮　　编：100101
编辑部：北京市海淀区花园路 6 号院 B 座 6 层
邮　　编：100088
电　　话：64924853（总编室）　64924716（发行部）
网　　址：www.zgyscbs.cn
E-mail：zgyscbs@263.net

经　　销　新华书店
印　　刷　北京温林源印刷有限公司
版　　次　2021 年 7 月第 1 版　2021 年 7 月第 1 次印刷
规　　格　880 毫米 ×1230 毫米 1/32　8.625 印张
字　　数　171 千字
定　　价　58.00 元　　ISBN 978-7-5171-3073-4

有风骨讲美学接通全球

——"中国政府出版品国际营销平台精选图书·文学书系"总序

王昕朋

  中国言实出版社是国务院研究室主管主办的国家级出版单位，出版定位是：主要出版党和国家重大政策的研究成果以及相关的辅导读物。1995 年成立以来，我们一直坚持这一出版定位，围绕党和国家中心工作开展出版活动，因而，国内外读者很少见到由中国言实出版社出版的文学类图书。但是，近几年文学界对中国言实出版社已不陌生。这源于出版理念的一次变革。习近平总书记在文艺工作座谈会上的重要讲话指出："一部小说，一篇散文，一首诗，一幅画，一张照片，一部电影，一部电视剧，一曲音乐，都能给外国人了解中国提供一个独特的视角，都能以各自的魅力去吸引人、感染人、打动人。"这给了我们启示、启迪，文学也是讲好中国故事、传播中国好声音的重要途径。所以，我们也用心、用功、用力打造文学板块，并将它推向世界。2018 年 8 月，由中国言实出版社出版的李春雷报告文学作品《朋友——习近平与贾大山交往纪事》获第七届鲁迅文学奖，同时入选"丝路书香"出版工程在国外出版，于是文学界发现，中国言实出版社在文学出版领域同样有不俗的表现。中国言实出版社的文学图书品种少而精，中国文学的声音在通过中国言实出版社持续传播到海外，承载着文化和文学信息的《温文尔雅》翻译成英文、日文、俄文、德文、法文、意大利文、西班牙文、葡萄牙文、阿拉伯文等多种语言向全球推介，英文版、中文繁体版荣获第十三届"输出版引进版优秀图书"奖，长篇小说《京西胭脂铺》一举登榜"中国图书世界馆藏影响力图书 20 强"。付秀莹、金仁顺、乔叶、魏微、滕肖澜、叶弥、戴来、阿袁等 8 位"当代中国最具实力女作家"的作品集同时推出，之所以在名称中冠以"中国"二字，是出于对外推介的考量，其中付秀莹、魏微、戴来等人的小说集后来入选"经典中国"项目在美国出版，产生良好反响。

近年来，中国言实出版社加快国际出版步伐，与英、美、日等多家国外出版单位建立战略合作关系，近百名当代中青年作家的作品陆续推介到美国纽约、日本东京、德国法兰克福等多个国际书展，被多个国家的图书馆收藏，图书受到国外图书界关注，连续 6 年入选中国图书世界馆藏影响力百强出版单位。2015 年经财政部批准立项，中国言实出版社建设并主办中国政府出版品国际营销平台，为推动"文化走出去"提供支持。2020 年，有感于体量庞大的中国当代文学无法快捷地被全球关注所带来的传播学遗憾，有感于年度文学选本出版周期较长，有感于众多具有潜力、实力、影响力的青年作家的作品没有很好的对外传播渠道，中国言实出版社整合资源，决定专门为中国政府出版品国际营销平台的文学板块打造出一种比年度选本出版周期短、对当代文学创作反应更为灵敏的季度文学选本。《中国当代文学选本》应运而生，书名由王蒙题写，选稿编委梁鸿鹰、李少君、王干、付秀莹、古耜皆为业内名家行家，所选作品为国内新近发表的文质兼美的力作。作为一种有公信力的季度文学选本，《中国当代文学选本》因"让国外读者快捷阅读当代中国文学精品"的窗口作用，以及"为中国作家走向世界铺筑交流合作桥梁"的桥梁作用，受到作家、汉学家、国内外读者一致好评。《中国当代文学选本》传播中国声音，讲述中国故事，产生良好社会效益。有鉴于此，中国言实出版社决定打造这套"中国政府出版品国际营销平台精选图书·文学书系"。

出版社并不承担培养作家的使命，但是这套"中国政府出版品国际营销平台精选图书·文学书系"的入选作品多是出自青年作家之手，原因在于，我们始终关注着中国当代文学最具活力与实力的鲜活部分，求取风骨与审美的统一，始终在精心遴选极具当代性的中国文学好声音，始终把推动中国当代文学与全球接通作为出版人的责任，这套"中国政府出版品国际营销平台精选图书·文学书系"的入选作家和作品便是如此。有风骨、讲美学，是选取这套丛书的思考维度。"有风骨"是要对民族精神有所反映，要为人民而文学，要关怀民生，帮助读者把无病呻吟、凌空蹈虚的作品以独特筛选眼光来淘汰掉；而"讲美学"是指中国言实出版社遴选书稿时看重作品的文本质量，内容和形式互为表里，是为美。美为作品飞向全世界插上翅膀，中国言实出版社人始终认为，美是全人类可通融的共同语言，有风骨、讲美学才能接通全球，成为文学精品。这些优秀作品里，都跳动着时代的脉搏，展现着当代中国日新月异的面貌，蕴含着深厚的文化自信。出版是文学生产的终端，对于中国言实出版社而言是文学传播的开始。中国言实出版社将始终秉持"好作品主义"，重视名家不薄新人，盘点、整合中国文学资源，积极开展对外译介和推广工作，自觉地将有风骨、讲美学的文学精品作为永不改变的出版追求。

2020 年 12 月

目 录
CONTENTS

雾

取票时才得知南京飞往西安的航班取消了。

这是事先没有料到的。昨夜临睡前她还查过天气预报。查看的主要目的地是她生活的小城。小城很小，不出来走走，尤其不到苏杭一带的大城市来走动，是很少有机会强烈感觉到小城之小的。小城只有二十万常住人口，而据宁波的朋友介绍，他们宁波一个市的常住人口就达到了八百多万。人口数据和密度是一个参照指标，更强烈的参照对比是发达程度。尤其穿行在南方城市的街巷之中，再回想远在西北的小城，她感觉印象里的小城在一圈一圈不停地缩小。

还好她是一个淡定的人，在一种巨大的差距面前，基本上保持住了应有的淡定，呈现出一种不慌不忙的从容。这是经常出差，南边走，北边也走，见多了，整个人就不慌张的从容。某次在南方兄弟单位的接待饭局上，听到人家一年的经济收入总量，旁边一起出来的女同事惊讶得把刚喝进嘴的水喷在了她自己的裙子上。那数据确实惊人，是她所在省的一年总量，遑论她所在的市了，难怪女同事反应强烈。她当时没急，只是夹了一小口海带丝，放进嘴里慢慢地嚼，嚼成糊状才下咽，将那份惊叹一起慢慢咽进了肚子。

南京到西安的航班取消了。她站在自动取票机前，深吸一口气，转身走向人工台。经过一个信息屏时，看了一眼，信息明确，航班确实取消了。她没停步，依旧缓慢走着。其实要查陕西的天气预报很便捷，顺手的事。可是她昨夜没有查。她太相信一种被日常经验悄然植入意识并且固定下来的既有感觉了。认为西安是大城市，一般不会取消航班，普通的雨雪冰冻都不会具备影响那座大城市的空中交通主干道正常运行的力量。这是家乡小城没法比的，没有可比性。就算遇到航班取消，那也应该发生在家乡小城的小机场啊，所以她一直担心的重点压根儿就不在西安方向上。再说，她始终都没收到航班取消的任何短信通知。

她不甘心。脚步不停，一直走到人工台前排队。想得到机场工作人员的亲口证实。排队的同时，用手机查看出行路线。既然这趟航班今天上午不通，只能马上改签或者改换路线。条条大道通罗马，两个大城市之间，可选的交通方式有好多种，班车、火车、动车、飞机，当然，最省时间的自然是飞机。现在她人已经在机场了，最便捷划算的方式还是飞机。南京飞西安中转然后飞小城家乡的路不通，只能再找一条路线。

她在微信出行软件上查看，看到了两条可选路线：南京——太原——小城；南京——呼和浩特——小城。不管走哪一条路线，眼前的时间都足够她现在办理改签，区别在于前者比后者需要她在机场多等待一些时间，并且迟落地，加起来需要多消耗的时间是两小时十五分钟。还好落地后都能换乘经停家乡小城的航班，区别在于前者比后者迟到小城两个小时。

手指在订票一栏犹豫，脑海中把文字变换成目的地的具体面目，太原，呼和浩特，两座截然不同的省会城市。置身其中，完全是不一样的气息和感受。但对于匆匆过客，从哪儿中转区别不大，真没有什么需要迟疑难决的。两个小时后从南京飞呼市，落地呼市两个小时后从呼市途经家乡小城的航班会在小城经停，这应该是最佳路线了。

手指不停，一直下滑，她看到还有余票。

操作到付款步骤的时候，她又犹豫了。

其实取消了预定航班，那么还可以改签稍后其他航班的。南京飞西安的航班中午有，下午也有。就算不能确定大雾什么时候散去，航线什么时候恢复，但可以料想，一场大雾造成的麻烦不会太持久，哪怕她坐在南京机场等到下午，顺利起飞的可能性也是百分百，因为没听说过哪场大雾能持续在一个小区域弥漫小半天甚至大半天还不散去的，这里是中国，又不是历史上的雾都伦敦，西安的大雾只是自然现象，并不是工业原因所致。

那就坐等吧，说不定三两个小时后，忽然就会恢复这条航线。她就可以舒舒服服地从南京直飞西安，而不用辛辛苦苦拖着箱子辗转奔波了。

念头在心里转了一圈，她给自己摇头，算了，还是别抱这份侥幸了，也别怕到别的城市中转了，万一这场大雾真的迟迟不散，这条航线一整天都难恢复飞行，自己岂不要在这里过夜？还是趁早另换出路吧。

她再次打开手机。这次不再拖泥带水，直接点开太原航班，订票，付款。付完款，离起飞还有四个钟头。时间充裕，她走出排队的人群，站到机场巨大的落地玻璃前看外头。外头一片明亮，是晴天。没有一丝雨雾。因——雾——取——消——航——班——，她在心里默念着这几个字。西安那边的雾究竟有多大呢，多大的雾可以让航班取消？

打开微信朋友圈，专门查看身在西安和咸阳的朋友。没看到有人发今早有雾的图片和文字。想一想，她笑了，咸阳机场不等于咸阳全城，更不等于西安城，可能有雾的只是机场那一片吧。

雾。她写下这个字。然后望着手机屏看。是雨又不是雨，是一种想落下来化成雨的成分，但终究没有落下来。只是一抹水汽，淡淡薄薄的，浮在半空中，像一个人伤心的时候内心浮动的忧愁，落不下化不开，就那么轻轻地笼罩着。

还有两个小时起飞，可以过安检了。她过了安检就走向登机口，在登机口，看到电子屏上有飞往太原的航班，心便顿时安静下来了。挑个座位坐下，慢慢喝水。周边等候登机的人慢慢多起来。其中有山西口音。她熟悉这口音。就静静听着。一大早赶飞机，中途改签，这一场奔波劳神，她累了。闭上眼休息。耳边两个山西男人在谈笑。她从他们的言语间捕捉一种东西。这是一种感觉，一丝心绪，一种内心隐隐潜睡的渴望。

　　好熟悉的语言感觉。一调一式，一起一落，在这高低轻重交错跌宕之间，她感觉自己在往后退，时间拽着她退，一步一步，一年一年，退了一步又一步，退了一年又一年。她想起第一次来太原的时节。十六年前吧，对，时间过了十六个年头了。她伸出手闭着眼摸手关节。右手关节数完了，借左手，两个手加起来数了十六个关节。十六年。漫长的时间。似乎是没觉意就过去了。但一年一年去想，又感觉其中有无数无数的漫长和熬煎。现在回头想，十六年前，自己是多么年轻。和现在比，那时真是大好的年华。

　　她从包里掏出粉盒，盒内盖上夹着一个带手柄的小镜子。她看到了镜子里的自己。一张中年女人的脸。绷着脸不笑，不皱眉的时候，这张脸还算平滑。可只要稍微一笑，一愁，一牵动，这勉强完好的脸面上就裂开了数不清的破绽。像一个努力维持的谎言露出了真相。双眉之间的川字纹，鼻翼两侧的表情纹，眼角的鱼尾纹，嘴角的法令纹，脖子下的颈纹，各路纹理像居心恶毒的机关，一触就发，败露出一个让人心碎的真相。

老了。作为年过四十的女人，她看得见自己的衰惫。这是女人生命中无法逃避，必须面对的定数。朱颜辞镜花辞树，最是人间留不住啊。而且她不是美人，只是最普通的长相。这样的五官和肌肤，在岁月面前，抵抗力远比那些精致娇艳的容貌要薄弱得多。

她痴痴望着镜子。小小的菱花形镜框，镜面只有手心大，正因为小巧，便于携带，也不张扬，她才保留它这些年。这几年她其实不会时时照镜子了，但随身带着。这是成熟女人该有的准备，不慌不忙，时刻保持这个年龄该有的从容和整洁。镜子，口红，粉盒，眉笔，味道淡淡的香水，一个小小的化妆包。用与不用是一回事，随身带不带是另一回事。她认定这是一份在岁月的深流中被几十年时光磨炼出来的成熟与淡然。

镜面缓缓上斜。她看见了自己的鬓角。一个被时间悄然改变的鬓角。和记忆中的青葱少女相比，发际线明显上移了。这还不是最让人揪心的。头发稀疏了，她从直发换成烫发，头一烫，这一头发丝又浓密了，似乎还能维持曾经的茂密与葳蕤。但白头发是没法遮掩的。似乎是一夜之间，它们就蹿了出来。一根两根甚至三五根。在多年来一直熟悉的黑色之间，骤然冒出一丝雪染的白，这种惊恐只有自己知道。总觉得那白发无比刺眼，她就对着镜子拔。还好，等第一批集体冒出的白发被拔除干净之后，不知道是白发的生长速度放缓了，还是自己被迫悄然适应了岁月之手不断增添的痕迹，感觉白发跟皱纹的生长速度都缓慢下来。她也就不那么恐惧了。对着镜子慢慢地拔。

就在一根一根白发被拔离头皮的过程里，回味着岁月的无情。这味道，是淡淡的，又是火热的。这个年龄的女人，似乎既在水里慢慢走，又在火中缓缓拔步。这水与火的考验别人不一定看得见，甚至女人年轻的时节也看不见，更看不懂。只有如今身在其中，才一天天明白了这其中的杂陈五味。

这是他的城市。她看见镜子里的脸一点点浮动，闪耀，清晰，模糊……镜面上蒙了一层水汽。淡淡的，薄薄的，像气像雾。因雾天航班取消，为此她改了路线。这个改变，因为一场雾，也因为一个人。她再次打开手机。搜出地图，放大，目光在几个点之间流连。南京——西安——小城，是一条直线。南京——呼市——小城，转小半个圈。而南京——太原——小城，则划了大半个圈。她的目光试着将两个方向不同的半圆圈往一起合拢，重叠。第二条路线明显多出了半个圈。她用目光丈量这半个圈的长度。同时在脑海里回想它代表的实际长度和宽度。

有一种隐秘的欢快，更有一丝明显的疼痛，交织，撕扯，揉搓着心。广播里通知登机了。登机口开始检票。转眼就排起了一条长队。她静静坐着。不看手机，看人。二百多名乘客当中，山西太原人占了多少无法知道。但肯定有。她看着他们一个一个从目光中移动。从青年人身上，寻找当年的他。从中年人身上，感受思念过的他。从初露老态的临近五十岁的男人身上，想象现在的他。

十六年没见了。也很少联系。电话，微信都有，但从不主动联系。有时会想，想到痴处，心里在疼。这疼是烟，是雾，是空气。握不住，抓不牢，赶不走，驱不散，像镶嵌进生命深处的一抹忧伤。这忧伤伴随着生活，一天一天过着，也就把日子过出了平常日子该有的滋味。微信是手机通讯录自动添加提示，她才顺手加的。加上了，翻看他的朋友圈信息，才发现他的朋友圈是空的。是他从不发帖子，还是只对她做了设置？念头只是一闪而过。不管是前者还是后者，有什么区别，又有什么意义，她在意吗，计较吗，难过吗？似乎是有的。一丝细微的痛隐隐在心里游离。渗入肌理，穿透血肉。离愁太轻，思念单薄，含在心里，养在血肉深处，成为别人难以察觉的秘密，成为不愿跟人分享的宝藏。她就这样轻易原谅了他，也放过了自己。在平淡日子里继续做平淡的自己。甚至连年前节下的问候也从此节省掉了。哪怕片言只语，也不再有过一次交换。

爱到深处，竟然及不上一般普通朋友哪怕是陌生路人之间的最平常的关系。回味着这样的发现，她不悲，不伤，或者说，假装不悲，也不伤。

从此以后她也很少发朋友圈。偶尔发一个，完全是工作帖。似乎她这个人，已经跳出了凡俗女人的庸常、琐碎与乏味，她从此只和工作有关。

她相信，自己发出的帖子，他在关注。他会关注。从她不动声色的言辞间，他会推测她的近况和心境。尽管他从来没有给她点过赞，或者留言互动。

他能想到，她今天就要去他的城市了吗？要在他生活的那片土地上，停留，行走，途经，滞留整整四个小时？

安检口的人过完了。她独自静坐。直到听到广播里在喊她的名字。

您乘坐的航班即将起飞，请马上登机。

您乘坐的航班即将起飞，请马上登机。

她发了一条帖子，拍的是自己手里的登机牌，"太原"两个字被放大。像一对目光炯炯的眼睛，在饱含深情地凝望遥远的地方，又像在无声地召唤着什么。

飞机平稳滑行在云层间，她有轻微的眩晕。眩晕感若有，若无，水波一样在心头滑动，荡漾。试图左右她，但又无法完全控制。她闭目养神，默默与眩晕对抗。左右两边的人都在看手机。看什么呢能那么投入？一个戴了耳机，听不见声音。另一个在看动画片。大男人居然看动画片？她把好奇压住不让有丝毫流露出来。很快她就从声音辨别出那正是眼下流行了三年还没衰竭的一部低龄动画片。

儿子就爱看。周末经常一看就是几个钟头。大人不出面阻止，他就连饭都不知道吃。她曾陪着儿子看过几次，确定这部动画片的受众只应该是学龄前水平。而现在，一个大男人就近在身畔，沉溺在动画片中，他看得投入极了，时不时发出呵呵的笑声，笑声旁若无人，没心没肺，就跟她儿子一样。她觉得说不出的荒诞，似乎不在现实当中。偷偷瞄他，自然不是三四岁的孩子，侧面脸颊上有胡子，完全是发育良好的大男人。

飞机平稳下来，眩晕感稍减，她悄悄长吁一口气，再次闭上眼。想一个人的模样。脑子里竟然有些空白，想不起来。只有一个模糊的面影，在闪动，在浮现，重叠，又分开。是谁呢？经常陪伴身边的丈夫？从小看着他一点点长大的儿子？还是身畔这个咧着嘴傻呵呵盯着动画片痴迷的陌生过客？还是……她不想了，头靠住小窗户，目光散散地从窗外那些软白的云朵上滑掠。往事如浮云，生命的历程更像浮云。这辈子，谁是谁的浮云，谁又是浮云中招惹了别人裙角的那一朵？她从心里伸出一只手，两只手，柔软的手指，春分中的细柳一样，抚摸云朵，感受那如水如丝的柔软和清润。在这脚踩云朵缓缓而行的想象中，她看见时光在倒流，一眼一年，一眼又是一年。一年一年倒退，她的心在这蜕变中一点点变得轻灵、通透。

然而，她清醒地知道，就算时光倒流，让这具身子重回少女，但这颗心，再也回不去了。也不想回去了。如今的心中，只有一池清水，清风徐来，微波不兴。千帆看尽，才活出了这份中年女人的平淡与恬然。她需要维持这份来之不易的岁月的馈赠。

飞机穿过云海，机翼上挂着一丝残云，似乎是依依难舍的手在做着挽留。但飞行一刻不停，前方已是万丈蔚蓝。纯粹如洗的蓝，让人眩晕，让人失明，让人痴迷，让人陷入轻微的癫狂……她忽然眼眶发胀，炽热，想流泪，想不管不顾旁若无人地满脸挂满泪水。想他。念他。忘不了他。用日复一日的平淡来掩饰自己，淹没自己，埋葬心里的波澜。这世上有谁敢坦然地说，自己的心里没有一座坟墓，坟墓深处没有埋着初恋情人的骨殖？

她心底的这座坟如今已经荒草萋萋。她也总是绕着这坟茔行走，很少踏上坟头去抚摸字迹漫漶的墓碑。今天她蹚过荒草踏上坟头，第一次不遮不掩大大方方地做着凭吊。也许从此以后就真的走出来了。就像飞机穿过云堆驶入碧空。

她怀着十分复杂的心情在梦里漫步。有方向不明的期待，有微微的自责，也有浅浅的悔恨。更有一丝舍弃一切在所不惜的豁达。复杂的情绪，交织，撕扯，融化，又分裂。在心里引起轻微的疼痛。像常年纠缠她的慢性胆囊炎所引起的那种纠缠不休的疼痛。她徐徐下咽着疼痛。像不加糖的咖啡，单纯的苦涩在舌头上弥漫，麻木着味蕾。已经进入山西地界，在太原上空了吧。果然，机组广播响起，说飞机将于三十分钟后降落太原武宿国际机场，请调整座椅靠背，打开遮光板。

她很平静。心如止水。水不动，有风也没浪。她看见水面上映出自己的脸。一张镶满沧桑，又不甘就这样被沧桑左右的脸。这沧桑，还不到老年的沉重，但正是这半轻半重的中年沧桑，却才更具备让人胆战心惊的力量。中年女人，一方面用一种平淡压制着内心的惊恐，一方面努力从火中淬炼自己。希望从中磨炼出真正的中年从容和成熟。

落地后随着人流走。走到中途她犹豫了，选择"国内到达"的指向牌直接去出口，还是去相反方向的柜台办理中转联程？其实这不是个需要放在选择的天平上进行抉择的难题。可是她脚步明显拉缓，一点点滞后，目送同行者们风卷残云般远去，她还在左右摇摆。前一种路径等于要走出航站楼又再次走进来，再次取登机牌、过安检，而后一种，不出机场，在机场内完成换乘手续，免去好几道烦琐程序。

时间是充裕的。不管怎么折腾，都足够她搭乘经停家乡小城的那趟航班。

她咬咬牙，拐进了卫生间。洗手，擦手，对着镜子整理衣着，还有头发。最后目光定格在脸上。拿出粉底盒轻轻扑了一层。又打了点口红。动作始终很轻，好像会惊醒粉盒里沉睡的脂粉，更不想让口红摩擦出太浓烈的鲜艳。接水漱口，又取一块口香糖让其在舌面上慢慢融化，感受到一股薄荷清香溢满口腔的滋味，有让人昏昏欲睡的腻甜，也有骤然从梦里惊醒的浅涩。

深呼吸，慢慢地打量，感觉满意了，拉起箱子离开。走出卫生间的门，忽然又回头，重新放下东西，对着镜子再看。从包里抽出一片纸巾，轻轻扑沾刚拍上去的脂粉，看看那一层略微显眼的白终于淡了，浅了，肌肤原本的颜色几乎裸露出来，这才满意了，又把纸巾嚼在嘴上，双唇慢慢抿下去，再松开。白纸上拓出一个娇媚的圆弧状，那是她的唇印。唇印饱满，像花瓣，看不出年龄的痕迹。取消了人工粉饰的明显痕迹，她的面容恢复了天然，她舒了一口气。

步出机场，走向出口的时候，心跳得厉害。她把坤包从左手换到右手，又把右手里的拉杆箱换到左手。交换的过程里，悄然按压了一下左边心口，确认心不会从嘴里蹦出来。但她刚才确实担心它会真的一下子冲到外面来。

她感觉没有勇气抬头去看，不敢看人流中每一张擦肩而过的脸。目光垂地，在映出人影的地砖上拖地一样拖着走。她从倒影里匆匆扫着一张张等待接机的脸。有人举着打印的牌子，翘着脖子张望，有人在欢快地喊着名字，也有人在人丛中焦急地等待……她在逃避一张可能出现在其中的脸。十六年没见，他还是老样子，还是有了变化，会是什么样子的变化？

脚步不停，不断和人擦肩而过，她脚步很快，有种恨不能逃离的仓皇。她知道，这样的匆忙让自己显得步伐匆促，是去向明确时间宝贵生活工作完美的女人，别人一定会认为她的丈夫就在门口等待接机，只是忙着停车，才没有进来。

只有她自己知道，这份匆忙之下掩饰了怎样的期待。期待像一个气球，随着脚步迈进，这气球在被人吹气，吹到了最大，轻飘飘地飘浮着。怀揣这样的期待，她好像脚下踩着云朵，云朵轻灵，飘忽，她有些眩晕般迷乱而清醒地走着。

会不会有一个身影，从滚滚人流中站出，定定立在前方，挡住她的去路，用久违的声音在耳边笑着打招呼。

心思流转，脚步不停，目光也没有丝毫斜视，姿容仪态保持着中年女人该有的冷静从容和淡然，甚至嘴角含着一抹淡淡的微笑。似乎这是驾驭住年华和时光的自信，是内心坚定强大的良好风向标。此刻只要注意她的人，都有理由相信，这个女人一定和这座城市，和整个人世，和强大与细微之间，都保持着良好的温和的关系。

常年的机关工作，她患有颈椎病，只要受凉受累，都会引发，疼痛时整条脖颈是僵直的。此刻颈椎病没有发作，但她明显能感觉到自己的僵直。她撑着。不让自己掉头，不许自己塌架，不能让眼里的失望哪怕流露出一分一毫。

没有人拦她，没有人等着接她，身在人海中穿过，有一种在深水中跋涉而过的窒息感。这感觉黏湿，沉重，腥甜。她噙着一大口黏湿与腥甜的混合物，一种空荡荡的失落在心头浮游。他没来。果然没来。是预料中的结果。可为什么心里全是失落？这失落没有滋味，不苦，不涩，也不甜。是中年的滋味。

她忽然回头，目光坚定，清亮，快速扫过接机的人群。有男有女有老也有散发着奶腥味的孩子。见面，重逢，欢笑，寒暄……世上的别离是一种滋味，世上的重逢又是另一种滋味。

她回头，不再留恋，出门之后脚步匆匆，从另一道门里重新走进了机场。

飞机准点。她拖着行李登机。坐稳了，才打开关闭的手机。有短信也有微信留言。她先回复丈夫，他问，你五点飞机？我准时接？

她打出一行字：不接了，我自己打车吧。

没等发出去，又删除了。

重写：晚点了，这会儿还在咸阳机场等呢，啥时起飞还不一定，飞前我会留言。

发出去，舒一口气。这才看短信。

只有一条，他发的。

来太原了？

四个字，加一个问号。

再看微信，也有他的信息。

来太原了？

也是四个字，加一个问号。

她反复看。

感觉胆囊忽然收缩，慢慢抽搐，分泌出一股苦涩的汁液，沿着食道管气势汹汹地往上倒流。整个内部脏器都跟着抽搐，被一种巨大的苦涩包裹。她大口吞咽着苦涩，接着尝到了一丝微甜。似乎某种期待得到了满足。但这满足，分明那么轻薄，轻得像一片雪花，薄得像最快的剑刃。

所有的感觉都是对的。得到了验证。这些年，他是关注她的。惦念，牵挂，从没有远离。说明他没有忘，忘不了。这一点和她一样。

退一万步讲，至少说明他是关注她的朋友圈的。她的动态，心情，近况，只要她愿意展现愿意发泄愿意发帖子，他就能看到。他不留言不主动点赞不露面，但是像最长情的情人，一直默默相伴。今天的帖子是最好的证明。这个帖子对于她和他都是具备挑战性的。是她这些年唯一主动投出去的饵料。他回应了，他终于沉不住气了。他像潜伏很久的鱼儿，终于咬钩了。

可是——她反复看着手机。短信，微信。微信，短信。只有那四个字。始终只有四个字。语气里看不出惊喜，欢欣，高兴，也看不出期盼、着急与等待。只是很普通的四个字。最平常不过的四个字和一个标点符号。

他平淡如水。他的口气，口气后面映射的情绪，一切平淡如水。

她反复回味，却什么都看不出来。

广播再次响起，说飞机马上起飞，请确保通信工具处于关闭或者飞行状态。

她删了短信，也删了微信，把微信好友点开，设置，对他采取了权限设置。从此以后，她发的任何帖子他都不会再看到了。

又给丈夫留言：已顺利起飞，大概七点落地。

关机，重新起飞。

太原城越来越低，越来越小，从机舱小窗口俯视下去，白云低垂，太原城已经远在身后。

从太原到小城只是经停，听得出乘客中有不少是小城老乡，在用熟悉的方言土语交谈着。她闭上眼静静听着，偶尔传进耳边的乡音，感觉说不出的亲切。也让颠簸了一路的心，无比地踏实。她保持着一个姿势不变，合眼入睡。等再次惊醒，飞机已经落地滑行。

出了机舱，一股寒冷袭来。不由得打个哆嗦，拉着箱子快步小跑，小城海拔高，远比南方温度低，尤其早晚，温差很大。

丈夫在出口等待。他接过箱子，匆匆上车，嘴里念叨说这飞机也太不靠谱了，能延误这么长时间。

她有些疲惫地仰头靠住座椅背，说有雾，因天气导致的延误，很正常。

丈夫显得心不在焉，也许他压根儿就没有认真探讨这个话题的兴致，抱怨也只是随口提提罢了。连接着谈论下去的欲望都没有。他专心开车。车内设施如旧，连气息也是熟悉的。她睁着眼睛，看小城夜景在眼底流水一样划过。

从天空到地面，从南方都市到西北偏远小城，有落差，落差在心理和身体上是双重的。眼前熟悉的气息和氛围，像一只柔软的手，把她从落差中一点一点拉回了现实。现实中有日常的踏实，有庸常的温暖，更有一种被惯性维持的平静和安宁。

她回来了。回到了曾经想挣脱现在又觉得熨帖的现实。

女儿挥着小手扑上来，充满奶油味的声音喊着妈妈。儿子早就长大了，已经是即将高考的学生，他只是远远地看一眼妈妈，抿嘴一笑就回自己屋里写作业了。女儿是二胎政策放开后生出来的，三岁的小棉袄，对于早就踏入中年的他们夫妇，小姑娘不是一般的贴心，而是贴着五脏六腑的暖。女儿叉着肉肉的小腿儿绕着箱子跑。成天在房间的小天地里成长的她，对随着大人远行出门的行李充满好奇，最喜欢在一种陌生的外地气息中翻寻。她查找好吃的，好玩的，和一种她自己也说不清楚是什么的东西。

她任由女儿去翻，她的行李中无非就是衣服，梳洗用品，充电器。她蹬掉鞋爬上沙发，做短暂的休息。

丈夫躺在沙发另一头，一边懒洋洋地看着电视，一边把脚跷起来搁在沙发上。她闻见臭味一阵一阵从那大脚上传了过来。她想抬脚蹬过去，丈夫忽然收了回去，问，今儿的雾，咸阳还是南京？有多大呢，能让飞机延误那么长时间？

她慵懒地闭着眼，脑子里回放着今天的路线，她有一点点悔意，今天不该说谎的，可那谎言好像不自觉地就说出了口。早在南京机场，看到航班取消另改路线的那一刻，她就无意识地想到了说谎。

她是担心什么呢，想避开什么呢。其实什么都没有发生，不是吗。而且这一趟被改变的行程，让她从一个受困多年的迷局中恍然走了出来。

在太原起飞前，她就是说了实话又有何妨，大大方方说了，心里也就坦然了。

要不现在说吧，现在说也来得及，可是……她犹豫了，算了，都已经回来了，已经成为过去的事了，何苦还要再提。

她咳嗽一声，声音有意识提高，让自己显得更真实，说咸阳啊，咸阳雾大，飞机没法降落，等雾散了再飞，这不，中间就耽搁了三四个小时。

说完她又咳嗽，用咳嗽堵截了他后面可能还有的唠叨。

哦，丈夫的臭脚又回来了，离她更近了一些。她真抬起了脚，这是他们之间常有的动作，她一脚把他蹬下沙发，他不会生气，会笑着自己爬上来。

她的脚没有落下去。

她看见丈夫手里举着两张机票。

正在播放的电视节目也没能吸引他，他的目光在机票上流连，投入而执着。

机票应该是女儿从她的箱包深处翻出来，然后当玩具交给爸爸的。

而三岁的女儿，带着小孩子做了好事等待家长夸奖的特有表情，目光亮亮地望着爸爸，还有妈妈。

通勤车

　　王忘有时在脑子里仔细搜寻李女刚开始乘坐 3 号通勤车的记忆，奇怪的是没有一点印象。从 2009 年开始到如今，他坐了十年通勤车，都是 3 号车，从来没有变更过。也就是说，他来来去去早早晚晚在 3 号通勤车上晃荡了十年，他没注意李女是哪一天出现的。

　　比自己早，还是迟，还是几乎在同一时间开始成为 3 号通勤车的固定乘客？找不到明确的答案，找不到就不找了。他超然地暗笑，再说也没谁逼着他非得找出个结果来。他之所以要寻找，只是和李女并肩走在通往小区的水泥路上时，他临时给自己出的课题。是为了增加内心荡漾的那一丝幸福感，还是对抗一种难以克服的紧张？说不清楚，也可能两者兼而有之吧。

两个人默默走着，这时候王忘就忍不住想找点话题和她说说话。说什么都行，只要说着，你一言我一语，他们之间就有一种感觉存在，这感觉是活的，在空气里游离，交叉，碰触。这段路就走得轻快而愉悦一些。话题总是由王忘来发起。也应该由他来发起。他是男人嘛。在女人面前，男人不主动点儿哪行，男人不主动女人就更调动不起来。况且李女不是那种表达欲外溢的女人，她甚至是有些沉闷的。他要是不说话，她很少主动说，两个人从通勤车上下来，穿过马路，从小区门口的几家门市部前经过，再进小区，一路都会沉默无语。小区里首先是一片广场，走过广场，行人分流，人群走向广场周围林立的一栋栋楼房，通往小区最后面的砖头人行路上，人越来越少，走到后来甚至会显出几分冷清来。巧的是他们两个人都住在小区最深处。所以两个人一起赶路的时间最长。每次都有十多分钟吧。如果再算上从市政府门口登上通勤车到下车的那段时间，他们一趟就有半个小时待在一起。一天当中上班下班再上班再下班，去来来去，四个单趟，加起来就是整整两个钟头。

人一天醒着才有多少时间哪，而他们就有两个钟头的时间相处，想想这还真应该是一种缘分。他们既不是亲戚朋友，也不是同学同事，虽然同在一栋楼里上班，可那楼里有几十个单位，上千口人，自从踏进一楼大门，就各奔各的单位，各有各的工作，谁又能认识谁呢？说实话，这些年他就很少在工作当中碰上过她。正是这种在熙攘人群当中的素不相识，让人细想起来才觉得每天能在一起通勤两小时，其实是很难得的缘分。

而且这种日子持续了十年之久。十年，不经意就过去了，每天昏昏沉沉，只顾低头过日子，是不觉得有什么的，可偶尔抬起头望高处的天，看看街边绿了又黄、落了又生的绿化树叶，想想身上增了又减、脱下又添的衣裳，还是有很多感慨禁不住在心里滋长的。日子太快了，快到来不及停下脚步好好感受一下。尤其中午下班这一趟回家的时间，上了一上午班，人已经很累了，肚子也饿，回到家还得打仗一样抢时间做饭，吃完后还得把碗筷锅灶给洗刷了。时间十分急迫。冬春季节天气短，就更紧张，下午一点半就得出门赶通勤车，这样才能保证在两点钟赶上单位打卡签到。夏秋中午的休息时间稍微长一点，两点出门两点半赶到，不过下午下班时间又延长到六点半。总之一天在单位的八个小时是一分钟都不能少的。

通勤车司机严格按照公交公司发的时间表开车。十二点整从市政府门口出发，绝不会在十一点五十九分就提前起程。十二点正是交通拥堵高峰期，小城虽然偏远，但赶时髦一样，也染上了全国流行的通病。似乎只有堵车才能更好地体现一座城市在日新月异地飞速发展，没有落伍于全国，不输于那些大城市。3号通勤路线上有两所小学、三所中学，通勤车一路开过，赶上学校放学，每个校门口都蓝压压一片校服。孩子们脚步轻，没头苍蝇一样乱乱地四处撞，通勤车就会像个巨大笨重的甲虫陷入流水般的人群。

急是没用的，只能眼巴巴等着。看通勤车一点一点地挪动。车里的人，除了司机得保持清醒开车，其他人都陷入在一种昏沉松懈的状态里。既然不能插上翅膀飞出这一段一段的拥堵，那还不如抓紧时间做点别的。要么看会儿手机，要么闭上眼小睡一会儿。有个信访局的胖大姐，可能每天上班都要面对上访人员，说好话，磨嘴皮子，透支了体力，也耗费了脑力，一上车就睡觉。手扳住前排的椅背，肉肉的身子软塌塌靠在后排椅背上，头趴在伸直的手臂上，车摇晃，她跟着摇晃，车抖一下，她也抖一下。

王忘习惯坐在车厢最后面。担任通勤车的公交车厢可以分成三个部分，前头、后头和中间。前头的座位很高，后面的座位也不低，据说下面压着电机箱，只有中间最低，但座位少，除了八九个老幼病残孕专座，就是站立区。奇怪得很，3号通勤车上的乘客们好像被什么力量做了规定，但凡男人上车就往后走，齐刷刷坐在后区，女人们上车自动往前，要么坐在最前头的高座位上，要么顺势把屁股落在中间的特殊专座上。遇上人多没座儿的情况，就成排站着。

信访大姐喜欢在一个孕妇专座上固定坐。时间长了，大家习惯了，也不跟她抢，那座位就成了她的专座。她上车就往那儿走，偶尔有人早一步占了，看到她上车，也就起身让出来。她一点也不谦让，屁股一扭，高大的身子就塞进了那个瘦骨伶仃的位置。座椅是钢化塑料的，用螺丝固定住了。那么沉的分量压上去，椅子板儿在颤抖，却没响声。座椅的质量真是好啊——王忘远远望着，有点感慨。那具身子很快挤出属于自己的舒适状，似乎松弛多余的部分在收缩，人体和椅子之间充分迁就和容让，达到了尽可能完美的结合。

王忘后来在快手上看直播赶海。看到八爪鱼的习性，第一时间就联想到了信访大姐。八爪鱼见什么空间都能往里钻，只要脑袋能挤进去，余下柔软黏湿的肢体，尤其是长长的爪子，都会一点点收缩进去，直到完全把全身妥善藏好。3号通勤车最中间的那把座椅，就是信访大姐暂时收藏她自己的私人空间。那空间收容她发福的身躯，她忙碌一上午的劳累，和放松下来的弛软与蓬松。王忘有时候禁不住产生一种冲动，想伸出手指头在那软蓬蓬的后背或者屁股上戳一指头，会是什么感觉？

无聊的感觉。王忘会及时刹住自己游丝一样乱飘的念头。信访大姐是急吼吼的脾气，常见她正在大楼的一楼接待上访者，话语干脆，嗓门洪亮，是一员强将。通勤车里的信访大姐一点都不强悍，相反她总是显得很累，一上车就睡觉，有时还会发出鼾声。王忘观察过，她看样子也就五十来岁。再过十年吧，自己也就是这样的年岁了，那时的自己说不定也会发福、变胖，也许还会像许多男干部一样脱发，露出明亮锃光的一个脑门，也会像这胖大姐一样上车就抓紧时间打瞌睡吧。

当然前提是他未来十年中还在这个单位这个岗位上，没有提拔成领导，也没调走，也没搬家。要说升职，他的希望不大，甚至没什么希望。这一点他心里清楚。在行政上待得时间长了，早已把一切看得差不多了。四十五过了还是正科级，这辈子仕途上没啥大指望了。正确的做法，就是照老样子往下干，每天该干啥干啥，周一到周五每天七点多出门，晚上踏着落日进门。

算上来去通勤时间，每天为单位花费的时间不止八个钟头，是九个或者近十个钟头。偶尔出个差。周末如果没特别的事，就陪老婆吃饭或者逛一圈街。有些大型接待领导会让他参加一下，吃喝完如果正好没人愿意打包，他会把剩饭菜打个包，一边拎着袋子一边给自己开解，说光盘光荣，浪费可惜了。

这辈子应该是一眼能看到头了，只要平平顺顺干下来，到时候一退休，就可以舒舒服服地过老年日子了。

十年时间，这车上的通勤群体一直在悄然变换。可以说铁打的3号，流水的人。不经意间，某个站点就上来一个新人，再不经意间，又一个或者几个熟面孔不见了。

注意到李女之前，王忘从没有长时间关注过某一个人。他的工作负担要说有多重，也不重，每天到了单位无非就是打扫卫生，分发报纸，然后坐到办公桌前，瞅着电脑屏幕一坐几个小时。网页上动不动弹出一些八卦，不是明星出轨，就是又有人猝死。王忘会关注后者，他发现猝死的原因让人惊心，是劳累过度，过劳死。他深感震撼，有马上加强锻炼注意养生的紧迫感，可转眼又给丢到脑子后头去了。正是上有老下有小的年纪，刚还清了房贷，正加油攒钱为孩子上大学上研究生做准备，再长远点还有娶儿媳妇和买新房子的重担呢。一个月四千多块钱工资，对他还是很重要的，是生计的唯一来源。

既然是靠工资养家的中年男人，不好好干这份工作还能咋样，难道他能撂挑子不干辞了工作？现在工作不好找，博士硕士研究生一堆一堆的，单位自然不缺他一个本科生，况且他的本科还是自修来的二次学历。

所以王忘一直兢兢业业，任劳任怨，早出，晚归，上班，下班，偶尔加班。还是几小时几小时地瞅电脑，一遍遍改材料，做汇总，出报表……该干什么干什么。人生，除了眼前的苟且，还有诗和远方。什么人说的狗屁话，还弄得好像有了几分哲理。王忘早就没了伸脖子向往的勇气，也没那份心劲儿了。眼前，当下，脚踏实地度过的每一天，每个月打在工资卡上的四位数收入，那才是实实在在可以触摸的。

王忘注意到李女，是和信访大姐产生了对比。这对比之所以能发生，是因为信访大姐的忽然缺席和李女随后的补位。不知哪天起，信访大姐有些松弛的身躯再没出现在那个孕妇专座上。王忘注意到变化，那位子上已经换成了另一个人，一个和信访大姐完全不一样的女人。或者说，一具与前者差距悬殊的苗条身躯。

观感有差别，以至于王忘的目光无意中扫过，一发现变化就愣住了。反复观察，前后左右看了一圈，那个座位上确实已换了别人。换了就换了，在确定已经换人以后，王忘的兴致也急速消退。感觉没心思，也没精力计较那个悄然发生的变化。中年男人，小公务员，一天的工作已经把精气神消耗得差不多了。心里还在盘算下车后记得进小卖部买两块钱的鲜生面条，再到旁边的铺子里买点菜蔬。老婆单位严格打卡下班，没通勤，坐公交，回来比他晚十几分钟。十几分钟的差距不算大，但他得动手做晚饭，不然老婆会不高兴。如今让老婆高兴，似乎成为中年油腻男的规定动作。再说自从八项规定以后，单位几乎没了饭局，他也没理由隔三岔五在外头混一顿，只能每天每顿都规规矩矩在家陪着老婆孩子吃。为了在老婆面前看到好脸色，他愿意承担每天的晚饭。

想起这些他就烦。这是一种像风一样绵密而巨大的烦恼，罩在头顶上，有辐射功能，辐射开来便笼罩了全身，感觉人是无时无刻被罩在里头的。别想着能挣脱。挣不脱的。这肯定是一张充满魔性的巨网。他曾经试过。结果就像一个困在网里的人，试图挣脱出去，而挣扎只能让网收得更紧，织得更密，束缚得更明显。后来他干脆放弃挣扎。因为时间长了，他适应了，而且竟然有些依恋起这种状态下的感觉。他发现这样的状态并不是十分地糟糕，就像一层薄壳，脆硬，但也柔软，尤其当你与它和睦相处积极面对不去抗争的时候，它似乎还能给予你很多的自由，一种被约束的自由。

信访大姐缺位了，座位上悄然换成了李女。王忘注意到变化的时候，发现李女的背影有几分好看。如果信访大姐是负一分，李女能打七八分。满分是十，章子怡巩俐等女星才能得十分。李女有一副很不错的身材，属于偏瘦型，但瘦得有技巧。从肩头看，流水肩，线条简洁，流畅，显得十分秀丽。难得的是，她侧过脸看右边的女人们说话时，他的目光正好从左面望过去，能看到她的胸。有胸。这一发现让他惊喜。后来他曾经无数次从这一角度琢磨过她，也回味过自己在这一刻曾有的喜悦。他高兴得毫无理由，甚至荒唐可笑。人家苗条，有胸，跟他什么关系？没一毛钱的关系。他却偷偷在心里乐，好像无意当中拾到了什么不错的便宜。

李女的脸不漂亮。和身材比，脸让人失望。王忘那天下车时特意看了下她的全貌。普通长相吧，撒在小城来来往往的女人堆里，应该很快就会被淹没。

王忘是被她的好身材吸引住的。他原谅了她长相的不够精致，毕竟细长精干的身影首先赢得了分数。后面的失望也就只是失望吧，没把综合分拉到太低。

当时是冬天。按冬季时间上下班，下午六点钟通勤车发车，绕 3 号路线穿过半个城，最后到终点站。下车后天已经完全黑了。王忘看几眼李女的脸，就匆匆赶到前头去了，照旧买了面条和菜，分两个手拎着赶路。眼前的路灯下，一个高瘦的身影在不紧不慢地走着。靴子的硬高跟敲着水泥路面，发出清亮的脆响。节奏感很强，只有性子干练要强的女人，才有气场走出这样的步伐。王忘快步小跑，撵上去，并排走几步，确定是通勤车上一起下车的那个苗条女人。想不到和他住同一个小区，还都住小区后面最深处。真是好巧啊。他没打招呼。很快钻进 29 号楼的 1 单元。不可能住同一栋楼的。再说就算真有那么巧合，又有什么意思呢。

第二周周一上班时，王忘和李女前后上了车。王忘走向自己常坐的位子。李女也坐在了信访大姐的座位上。王忘猜度李女是刚进入市级单位，或者刚搬到这个小区来。她和 3 号通勤车上的女人们不熟。别人都在叽叽喳喳说笑，只有她默默坐着。有三五个中年女人，常年坐这趟车，看样子私底下关系也不错，挺能说一块儿去的，一上车就闲聊。谁买了件新外套，谁换了新发型，午饭吃什么好，糖蒜怎么腌……家长里短，鸡毛蒜皮，说到高兴处叽叽呱呱笑成一片。弄得同一个车厢，前后俨然是两个世界。前头那帮妇女亲密热闹，后面的男人世界霜打了一样，不是无精打采就是一片沉默，连咳嗽声都很少。

也不是所有的女人都能加入。比如刚坐这趟车的，或偶尔坐一班次的。尤其那些刚出校门的女孩子，在各单位做志愿者的，实习的，三支一扶的，身上还没有成年女人的随和、琐碎和控制不住的谈兴。她们一般只看手机，要么望着说笑的女人们发呆。似乎在惊讶同为女性，眼前的大姐大婶们怎么就变成了那副德行。难道年月，婚姻，孩子，工作，生活里的一切，真能把女人从单纯的女孩打磨成眼前的模样？女孩们心里是向往呢还是畏惧，不得而知。

王忘心里偷偷替女性们感慨，时间不饶人哪，只要沿着时间的路线前行，没有哪个女人能够逃脱这把屠刀的砍杀。

不要说女人会变，男人也在变。岁月面前，人人平等。他如今也有肚腩了，像揣了个胎儿，却好几年生不出来，同时发际线也在不停地往后倒退。

李女倒像是个例外。她在身材上克服了时间屠刀的削砍。不看脸只看身材的情况下，她不输于二十来岁的姑娘。甚至因为毕竟是中年妇女，身上有岁月的累积，有丰富的经历，在生活里打了太多的滚儿，打磨出了一种少女难得具备的气韵。像花朵，完全开了，开到全然舒展状态，再往前就是荼蘼，往后就显得稚嫩了。火候停在一个点儿上。丰富，饱满，经得起回味。

小城水土粗硬，中年妇女容易显老，四十来岁就普遍松弛，走形，似乎过早地向生活做了让步，破罐子就这样给破摔了。李女在这个点儿上悬崖勒马了。她像一条幸运逃脱时间之网的鱼。无意或者有意远远观看她的身材，成为王忘每天在通勤车上的固定功课。并且在不知不觉当中形成了习惯。每次上车，都忍不住要先扫一眼中间。她在，他内心竟然会一阵轻松。好像劳碌了一天的脚步，也不那么沉重了。有时候被哪个领导穿了小鞋，或被哪位同事背后扎了小刀子，心情沮丧，看到她端庄稳重地坐在那儿，姿态之间甚至散发出一抹只可远观不容近距离亵渎的神圣。他心里阴沉沉交织的那口无处发泄的恶气好像不由得往下沉坠，不再顶着嗓门往出喷射一样地难受了。他居然能心平气和地想晚饭做什么，又想儿子这次考试成绩能不能前进一两个名次，不然老婆又该上火了，母子间鸡飞狗跳的，日子又要不太平了。

他只想过太平日子。每天按时起床，按时出门，坐通勤车到达市政府门口，准点把指头按在签到机上。再按时下班回家。一天四次，井然有序，平时青菜萝卜洋芋面，面里放一些炒肉丁儿，偶尔专门出去吃一顿大餐。这就是太平日子该有的气象吧。每天有饭吃，不饿肚子，穿得人模狗样，吃饱穿暖之外，每月的工资还能存下一些，不怎么担心失业。说实话，他其实挺满足这种生活状态的。怀着这样的念头，再看见李女，他心里有一丝奇异的感觉，似乎在本该拥有的之外，又额外获得了别的，还是免费的。他有些得意，甚至心里滋长出另外的幻想。

这幻想有时是模糊的。有时会突然具体成一个细节在眼前绷直。他不沉溺，步子还是平常的步子，节奏还是日常的节奏，丝毫不乱。只有他一个人的内心知道。这是个秘密。他豢养着这个秘密。像豢养一个危险的兽物一样。他没有爱上她。确定没有。爱，早就不会那么容易产生了。她甚至比不上他的老婆漂亮。再说，他这个年纪了，早已过了为爱情不顾一切的幼稚阶段。那是什么。算不上爱。仅仅是比普通人多了一点点的好感吧。他懒得细究。更没有为这个浪费精力的必要。

有一天通勤车上没见李女。早出时没有。晚归时也没有。王忘没在意。第二天那把椅子上坐的是别人。第三天，椅子空着。第四天，还是没见李女人影。应该是出差了吧。王忘在心里开解自己。他好像短暂地发生了分裂，裂变成两个人。一个王忘已经开始焦灼不安了。另外一个还保持着冷静。冷静的王忘告诉浮躁不安的那个，没必要着急，肯定是出差了，说不定明天就回来了，忽然就出现在通勤车上了。那个焦灼的王忘悄悄按住自己的心脏部位，他知道十有八九是出差了，而且是个长差。可她会去哪儿呢？他才发现自己对她一无所知。哪个单位？什么岗位？具体做什么工作？他都不知道。只有知道，才能推断她会去哪儿，出什么差。他确实什么都不知道。

他心灰意冷，整个人懒懒的，没心情听前面那帮女人闲聊。心里有点空，有什么被人拿走了一样。不大的一块，但终究出现空缺了。让人老感觉那里空落落的。他干脆低头审视，目观鼻，鼻观口，口观心。确实有个空缺。拿什么来填补呢？他看窗外，车流如水，小城这些年飞速发展，越来越具备现代都市的气象了。不经意间他在这里生活已经好多年了。和当初刚进小城相比，这座城的变化还是很明显的。目光在渐渐亮起来的路灯上摩挲，他发现几年前的那些旧灯早就被替换掉了，包括路边的公交站牌广告牌位，也全换了新的。他为这发现吃惊。自己这些年竟然一直都在忽略这些变化。每天都从眼底扫过，却每天都视而不见。他活得是何等的粗糙啊。

他原谅了自己的粗糙。小公务员的日子嘛，日复一日，刻板乏味，早就没有看花听风的闲情逸致。不要说别的，看这通勤车，记得他刚来的时候还挺新的，颠簸了一年又一年，已经有了破败气象。开动起来全身咣里咣当乱响。发动机更是疯了一样吼叫。司机的脾气也不好。单位发的是后勤统一制作的公交月票，每月一领，上头没写每月坐多少次。通勤者每次上车都要掏出月票展示给司机看一下。没票就得掏八毛钱。有人周末逛街也用月票乘车。甚至有老头儿老太太也拿着月票理直气壮地坐车。这让司机很不高兴。那时候车是他们私人的，开出来就为了挣钱，哪愿意不收费拉人。

所以坐通勤车上班的人就免不了和司机发生不愉快。因为受不了有些司机的闲气，乘车人员不是跟司机吵嘴，就是打电话投诉。司机心里不平衡，就从月票上下手。每次都让乘客掏出月票伸到他眼前，他甚至要反复看几次。上了年纪的老干部最受不了这个气。有一次为这个发生了比较大的舌战。一位姓陆的主任和司机骂了起来。几位男同志同仇敌忾，也帮着老陆骂司机。

司机是个男人，但舌头不比女人笨，一边开车一边放开了大吵，一副豁出去的架势。三五个男人也压不住他。司机和这群上班族是两个文化层次的人，再加上上班的比较顾忌个人形象，不敢乱来。司机没什么要维护的，就狠狠地用脏话砸，一砸一个准。砸得满车的人都傻了眼，都灰溜溜的，好像大家全是不掏钱白坐车的人。

王忘也觉得脸上没什么光。心里说这通勤车没法坐了，等有多余的钱他就买车，免得受这闲气。

一个女人的声音顶了上去。她一出口，本来苦苦抵抗的男人们就熄火了，把战斗的阵地让给她了。因为她的气质太特别了。她很冷静，冷静中透着明晰的逻辑。她不急，也不乱，一字一句，像在墙上钉钉子，一锤子一个眼儿。锤锤有力，钉钉入骨。她七八句就把司机质问蒙了。王忘和男人们都吃惊地看着。这太出人意料了。换了谁都可以，尤其最应该是一向咋咋呼呼的那几个女人。要知道这个女人一向话少，言辞不见锋利，谁能想到她像一把刀一样一直收敛着锋芒。一旦出鞘，寒光逼人哪。也不见她需要什么铺垫，话里半句脏词都不用。她讲理，摆道理，一句压着一句，上句给下句铺垫。从通勤车的作用和意义讲起，到乘车群体的特殊性，到小城的发展史，包括风土人情，礼仪百态，历史渊源……条理明晰，逻辑强大。不像泼妇，分明是一位领导在跟手下胡闹的人讲道理论事实。

司机竟然乖乖认尿。李女也见好就收了。王忘对她有了新的认识，有领导才能呀。这才是上上月的事。这月只上了一天班，就不见她坐车了。出差之外，还有什么情况？难道替3号通勤的乘客们出头之后又后悔了，买了私家车，从此不坐通勤了？还是改了路线，通勤车倒是坐的，只是换了另外一路？改路线不容易，就得搬家。难道搬家了？

王忘有一种不好的预感。她可能不再坐3号车了。不坐就不坐吧，来来去去上上下下，这车上的乘客哪一天不是在变化，事假、病假的，搬家换了小区的，调离本市去外地的，买了私车自驾的，还有就是升了官职的。市政府大楼上有个不成文的做法，坐通勤车的几乎都是科级及以下人员。处级以上就有公车接送。难道李女她高升了？

他打开手机看近日本地新闻。没看到有干部提拔公示。

第二周，李女又没出现。再次整整缺席一周。从周一等到周五，那孕妇专座上的人换了又换，周五下班时节，王忘一上车就抢了那座位自己坐下。坐下了心里还是不踏实，那个空缺好像没什么能够填补。是什么样的手从他心里抓走了什么啊？他苦笑。觉得自己好笑，幼稚。不想了。不想了。再纠缠就无聊了。

下车后他信步走着，想起这几年，除了在通勤车上，步行这段距离也常遇上她。早晨往出赶，晚上往回返，一前一后，各走各的路，有时能看到她买面条买菜，拎着袋子匆匆回家。看那样子，应该也是个烟火扑面的平常女人。

有几次，他想上前几步赶上去，和她搭话，多了解一点。可怪得很，他心里好像有个鬼，在作梗，犹豫了无数次又放弃了无数次。迟迟没能迈出那一步。现在好了，永远失之交臂了。

直到走近楼下，他才记起忘了买面条。不买的话就得自己动手调面。大男人家调面，太麻烦了，还是折回去买吧。当王忘手指头上挂着三块钱的面条袋子走出面店时，暮色里一阵高跟鞋声入耳，由远及近地来了。

王忘痴痴看着，用目光迎接。果然是她。一手提着小坤包，另一个手里拖着拉杆箱，一副风尘仆仆的样子。

竟然出差去了。王忘一阵轻松，好像有什么东西失而复得了。他终于迈出了第一步，先开口打了招呼。想不到李女也很热情。暮色深重，看不清她脸上的表情，听语气她很开心。为这一趟出门归来呢，还是为刚归来就第一个遇上了王忘？

直到30号楼下2单元门口，她停下，说到了，下周一早上见。

她上楼去了。

王忘才发现自己竟然跟着她走过了头，从自己家楼下经过，陪她走到了她家楼下。

他甩着手里的面条袋子，一边往回走，一边独自坏笑。

下周一早上见！她的口气多亲哪，家常得像一家人，甚至跟夫妻一样。

真是个美妙的开端。

周末似乎要比以往漫长一点。王忘精心清洗了衣裳，擦了皮鞋，周一早上特意比平时早起了二十分钟，对着镜子刮了新冒出的胡茬，临出门，又往嘴里塞了片口香糖。他精干、整洁、满口清香地出门。运气真好，在楼下就遇上了刚出来的李女。他们并肩走出小区，前后登上通勤车。

好感觉持续到晚上，晚归的通勤车上，女人们在热烈传播一个消息，那位信访大姐死了，子宫癌。

噩耗把王忘惊着了。他不像女人们那么沉不住气。毕竟子宫癌这类绝症离他是遥远的。但也着实吃惊。他禁不住打量那把座椅。它还是老样子。可那个曾经挤坐在上头的身躯已经离开了人间。回想和她一起乘坐通勤车的日子，还真想不起是从何年何月何日开始的。好像无意之中，她那惹眼的身躯撞入了视野，接着他认出她正是一楼大厅里拦访的那位大姐。每当有群众上访，她首先第一个站在门口迎。有时在劝说，有时在解释，那高大结实的身板，给人感觉怎么都不像是个会半路猝然倒下的人。

生死路上无老少。看来人还是不敢太累，能悠着点儿就一定悠着点儿。同车的老陆，摸着鼓起来的大肚子感慨——卢娜啊，谁不说是我们楼上的头号辣姐哩，那么好的身体，说拉倒就拉倒了。

王忘看见卢娜留下的椅子上照旧坐了李女。他觉得心里有一点遗憾，又觉得欣慰。那椅子终究有人坐就好。

王忘决定巴结李女是这一年的二月份生出的念头。

一月学校放寒假，老婆和儿子都在家休假，母子间关系再度恶化。导火索是儿子的期末成绩再次下滑。排名从二十一名跌到了四十五名。坏到不能再坏了。老婆着急上火，风风火火综合分析了成绩，又四处奔跑，给儿子报了补课班，她要力争抓住寒假这段宝贵的时间，帮儿子把不行的全补上去。儿子跟吃错了药一样，完全不跟老娘的节奏走，还唱起了反调。老婆骂也骂了，打了打了，打打骂骂哭哭闹闹折腾一个月，气馁了，承认在斗气斗力上如今的中年妇女根本不是青春期儿子的对手。老婆把矛头转向王忘。质问他凭啥不管儿子，凭啥天天躲出去上班，享受清闲，却把烂摊子撇给她一个人面对。说到伤心处，哭了一鼻子。哭完了，抹一把泪又给他分析如今的中考形势。

儿子面临的形势不好，本来儿子念的民办一中是全市最好的初中。成绩不好的孩子根本考不进去。两年半前，儿子自己考了进去。当时让王忘两口子着实高兴了一把。本来盼着儿子三年后顺顺利利考上最好的高中。可成长的路上变化比计划快，儿子变了，初一还可以，初二就开始滑坡。进入初三眼看跟不上大队伍了。更不妙的是，政策变了，为了平衡全市高中学校生源，今年起全市中考招生不再向民办中学倾斜，在比例上做了限制。以往民办中学一个班几乎百分之五十的孩子能考上第一高中，现在将名额限定在百分之十了。也就是说，他们的儿子只有进入班级前十五名左右，才有希望考上第一高中。前十五名，和四十五名，这是多大的差距！只有一学期时间了，要怎么努力才能让儿子进入第一高中呢？

老婆为儿子确实上了心，短时间内掌握了大量中考信息，她一一道来，王忘听出了一身汗。形势确实严峻。第二天下楼碰上李女，王忘心头一亮，他知道自己该怎么努力了。如今老婆在努力抓儿子，儿子不情不愿地做着配合，他其实帮不上什么。但也不能眼睁睁看着吧，老婆说她焦虑得要崩溃了，头发一抓脱一把，月经也紊乱了。他有一点心疼老婆，可他能帮上什么呀，又不能把自己缩小成儿子的替身上考场去替他考试。

是李女的身份提醒了他。如今他已经知道，她在市教育局工作，还是办公室主任。主任，大小也算是个头儿吧。虽比不上局长、副局长、第一高中校长等领导有权，但往第一高中插一个学生还是能办到吧。当然，第一高中越来越不好进，插学生不容易，听说就算花钱还不一定能如愿呢。找人寻门路的话，还得有熟人搭线，钱才能送出去。王忘决定从李女这儿搭这条线。就算必须花钱，把钱花在李女手里，也要强过他和老婆拐弯抹角四处磕头求别人。再说，他心里打着一个小算盘，也许在她这儿花不了这么多呢，甚至，她还会不收钱呢。

有没有这个可能呢，他觉得有。凭他和她的关系，应该能。这几年他和她一直是3号通勤车上的乘客。时光流淌，人事变换，想想这些年发生了多少事儿，他和她都没变动。他还是那个小公务员，她还是办公室主任。他没搬家也没买车，她也一样。一年四季他们几乎每一个工作日都在通勤车上碰四次面。

上车各坐各的，从来不说话，下车进出小区的那一段路，几乎就是他们的二人世界。他买面条她也买，她买菜蔬的时候，他会跟着也买点。然后各拎着各的，一左一右并肩行走。有时她买面条，他家里还有没吃完的，没必要新买。他会站在门口等。等她买完出来，他们会接上刚才中断的话题继续往前聊。

忽然一天，老婆把一张照片摆到了王忘面前。只看了一眼，王忘差点跳了起来。白色纸张打印的彩色画面，上头是一男一女，正沿着小区门内左边绿化带边走来。两个人离得很近，都微微低着头，姿势有点往一起靠，正在交谈着什么，样子亲密无间。

正是他和李女。被定格的是他们下班后共同走进小区回家的那一幕。他们被偷拍了。老婆的表情不加掩饰。是她干的。

最初的惊讶一过，王忘飞速压下了心头的慌乱，马上调整出镇静的姿态来。他说这不是我跟同事吗？哦不，不是同事，就是一起坐车的，这女的，就住咱小区里，好像是哪个单位来着？哎……没问过，那么多人一起坐车，谁有闲心管别人的事！

老婆目不错珠地瞅着他，瞅得王忘心头发毛，他知道自己正在迈一道坎儿，能不能过，全靠自己此刻的表现。老婆之所以偷拍，还把照片打印出来摆到面前，说明她起疑心了。但也仅仅停留在疑心的层面，照片摆这儿也就是试探。拿准了这一点，王忘就从里到外都不紧张了，把纸张随手一丢，说这女的啊，话多得很，是个见人熟，我们一车人都特别烦她。

老婆望着王忘的神情回味了一阵，可能觉得实在咂摸不出什么破绽，也没什么意思，就把照片搓成一团，又展开扯碎，说我就说嘛，要不是她上赶着，你才不是那种随便人，对不对？

王忘的心里鼓点在乱乱地敲，早就兵荒马乱，但面上依旧丝毫不改颜色，他不知道自己什么时候学会了演戏。幸好老婆是个粗性子人，这么一闹，没闹出什么，也就收手了。不过王忘不敢大意，她不闹，但自己不能再马虎。虽说是本来没有的事，女人真要揪住不放大张旗鼓地闹起来，没有的事也会闹出一点风波来。

以后上下班，他想刻意和李女拉开一点距离。可想到儿子中考的日子过一天就逼近一天，请她帮忙的事还没开口呢。要找合适的机会才好开口。这合适的机会，只有早晚进出一起通勤时才可能抓得到。为了抓住这个机会，王忘只能冒着被老婆多心的险，每天掐着点儿赶通勤车。有时和李女并排走着，王忘心头就会不自禁地发虚，老感觉暗处有一双眼睛在偷偷地盯梢。我可是为了儿子啊——他拿这个理由给自己开脱。真要能办成了这件事，就算老婆再起什么风波，他也不怕。他的理由绝对拿得出手，也塞得住老婆的嘴巴。

等待机会的过程很艰难。甚至有了熬煎的滋味。但王忘不觉得苦。他有些享受。尤其当他们肩并肩走着的时候，耳边听着她含笑温婉的语声，他一边微笑着应答，一边却在心头恍惚走神，他和她的关系，真的是很奇异啊，不是夫妻，连朋友也算不上，却能这么近这么亲密地相处，而且是一天当中四次，一周五个工作日，加起来足足二十次，这难道不是缘分？世上真有这么好的缘分！

品咂着缘分这枚果子里的甜味，王忘心里挺满足的，缘分就是个奇妙的东西，让他得到了夫妻关系中早就随着岁月流逝而枯萎的那种感觉，是饱满，是鲜活。尤其每次穿过路畔几棵垂柳的时候，他看见她会微微低头弯一下腰，裹在紧身衣裙下的后腰显出一抹圆润来，他的目光颤颤地跳荡，不敢看，又想看。只是三五秒的瞬间。柳树很快被丢在身后。那抹春光乍露的圆润跟着消失。却在他心里还存着，像那柳丝扫过脸颊，又乱，又软，拨弄着心弦。

好在念头来得快，去得也快。他知道这是邪念。现在这关头，办儿子的事要紧，他不该往邪念里陷。好在他陷得不深，一清醒就拔出来了，谋事的念头占了上风。实在是耽搁不起了。时间不等人啊。

这周五晚上回小区的路上，王忘终于迈出了一步。他和李女照旧并肩行走。说起了近期的工作。他赶紧抢在前头问她最近忙啥。她沉默了一下，叹了一口气。王忘摸不清她的心思，就摸索着往下引导，说现在都不容易啊，你们当领导的日子还好过，像我这种普通人，只有下苦的份儿。

谁说我就比你强了？李女忽然还嘴。语气重而急。好像在吵架。王忘马上想起那年她舌战司机的一幕。他有点措手不及。他听出来了，李女今儿心情不好，自己的哪句话可能正好刺中了她的心事，她这是失控了，在发泄。果然被他猜中了，李女气都不换，调门又高了一些，说我算啥领导，跟你一样，下苦的！不干不行，干出来全是人领导的成绩，就这领导还不一定领情！

王忘的心禁不住扑通扑通跳。思绪有点杂乱。好在马上就理出了路子。办公室干了十多年，这种情况还是能迅速做出判断的。李女在发牢骚。说明她受委屈了。心里的气憋不住，终于爆发出来了。她也有失控的时候？王忘着实吃惊。这情况太少见了。少见到令他有种受宠若惊的喜悦。一个女人忽然对一个男人敞开了心扉，往出掏心窝子里的委屈，说明什么？说明他在她心里有分量呀！他为这个高兴。

他感兴趣的不是她受了什么委屈，这委屈有多大，他沉浸在自己的喜悦里，觉得一直等待的那个时机成熟了。机不可失，他不再犹豫，咳嗽一声，说你的日子要不好过，我们就更没活路了——他听见自己的嗓子眼里赔着一点儿贱兮兮的笑，巴结的意味太明显了。

脸上笑笑的，其实心里他在狠狠地扇自己的耳光，恨自己不能在话语之间直奔主题，而是绕了大半圈儿。时间宝贵，浪费可耻啊。可他就是没法快进，只能眼睁睁看着自己浪费。

她好像没听出他的恭维，也没被恭维得高兴起来，把小皮包换个手拎着，说也许是这段时间太忙了吧，等过完老历年就好了。唉，又一年啊，就这么过去了，想想日子还是很快的。

是啊。王忘赶紧接。从话语里硬生生找茬儿往里头扎，说谁说不快呢，转眼我们这一辈子就过去了。不过人哪，活一天，就得操一天的心，尤其娃娃大了，要给他们操心哪！

他终于过渡到了娃娃。好艰难漫长的过渡过程。还好圈没白绕，终于步入正轨。接下来只要她接茬儿，问上一句半句，他就直接开口说插学校的事。

你儿子今年初三？她问。

是啊是啊，面临着中考，一道大坎儿呀——王忘激动得语速、语调都变了。他感到心颤抖了一下。交谈很顺，马上靠近那个终极目标。更惊喜的意外是，他儿子今年初三，她居然记得这么清楚。可见平时两个人之间边走边进行的闲聊，她是用心听的，他提供的情况她都记在心里呢。

他不再犹豫，正式开口，说我儿子脑子还算聪明，就是爱耍，不好好学，成绩不稳，万一考不上第一高中，就得——

他打住了，没法往下进行，因为她的手机正在欢快地叫呢。来电话了。

她掏出手机，给他点个头，跨前一步，一边接电话，一边先走了。算是分路告别，各回各家了。

分手告别的过程，几乎每个工作日都在上演，有时王忘会悄悄目送她一下，有时他会怀着愉快的心情先她一步走向自家的单元楼。

平时见了也就见了，分开也就分开，这次匆忙中的告别，来得太不是时候了。王忘有些意犹未尽似的站在原地，看见她已经闪进单元门去，高跟鞋的咯噔声渐渐模糊，他说不清心里飘荡的是什么滋味，密密地杂缠着，一时间浮上来，一时间又沉下去，沉沉浮浮中，脚下步子不停。他快步走着，事情不顺啊，刚开了个头，就被迫中断了，合适的机会不好找，今天的机会就这么白白地错失了。他觉得遗憾。

抬步迈进单元门，发现一楼楼梯最下面那里空荡荡的，儿子的自行车呢？儿子骑自行车上学，回来没地方放，放单元门外会被偷走，扛进家里嘛天长日久的不是办法，就推进单元门放在最低处的那个三角形空闲处，上锁停放。难道自行车又被偷了？他心情沮丧，拖着沉重的脚步回身查看，发现不是车丢了，是自己走错门了。他竟然踏着李女的脚步跟进了她家的单元门。

见鬼了还是丢魂了？王忘苦笑着大步离开。等进了自家门，又发现忘了买面条。

第二天返回的路上，李女倒是主动问起王忘儿子的学习。有昨天进行了大半截的内容做铺垫，王忘今天很冷静，李女一问，他就知道好事来了，她这是主动要帮忙了。他赶紧诉苦，把这些日子家里的烦恼一盘子端出来，老婆抱怨，儿子叛逆，说起来他忍不住就激动了，还好头脑保持着清醒，没让自己像怨妇一样失控。话锋一转，他往主题上靠，说儿子万一考不上第一高中，就得插班，插班没人帮忙是不行的——他笑了一下，放稳语速，说我想好了，到时候就找你，这个忙，你可一定得帮啊——

迎面一阵风吹过。沿途的垂柳枝头没有落尽的干叶子在簌簌地乱响。王忘伸手拽一片叶子，在指尖上碾成粉末，手一松，粉末随风飞了。

李女似乎被风呛住了，咳出一声，说往那个学校插娃娃啊，这可不容易。

还好王忘早有心理准备，他轻轻一笑，说别人不容易，到了你这儿还不是小事一件！市教育局的办公室主任，咋说也是个官儿嘛，只要你吩咐下去，哪个校长能不给你面子。你就帮我一把啊——

李女出现了沉默。脚下节奏不变，一步一步走着。

王忘不敢松懈，提一口气，加快步子赶了两步，说哎，我可说的是真的！娃娃的事我就靠给你了！

一口气说完，王忘才发现自己的语气不知何时有了变化。尤其说到那个"靠"字，舌面上抬，舌尖微颤，嗓音也捋细了，他居然像个女人一样，在跟她撒娇。好像要靠给李女的不是儿子插班的事，而是他王忘的身躯，他缠着要把一百多斤的自己靠给这个单瘦伶仃的女人。这发现令他羞愧。

还好她似乎没注意到这一点。她淡淡一笑，摇头，说我跟你一样，下苦的，肯定帮不上的，话说白了，还是得靠娃自己努力。他考上了才叫好呢，真要是考不上，你就是花钱插进去，娃的日子也不好过，第一高中节奏太快了——两个人只顾着说话，没注意已经走到29号楼下了。

做晚饭时王忘把事情从头到尾细想了一遍。他有些沮丧。没想到她会回绝，还这么直接，看样子连一点回旋的余地都没有给他留。他腾出做饭的手摸一把脸，脸烫烫的，在发烧。他打了自己一巴掌。不疼，但很响亮。他说你呀，太把自己当根葱了！你连头蒜也不是！

后面的日子里，寻找机会再做一次试探，成为王忘每个工作日上下班路上盘算的大事。他总觉得李女不会那么绝情，事情没有走入死胡同，有必要再做一次深入试探。女人嘛，有时候喜欢正话反说，或者是只求一次半次不顶事，再往下纠缠一点点也许就突破了。

可气的是，他越着急，机会就越不好找了。以前两个人肩并肩或者一前一后进出的时候，那种闲适、和谐、美好的感觉，好像再也找不到了。这天他有意慢开两步，落在后面，玩味她清脆响亮的脚步，有一点恍惚，感觉他和她之间的距离很远，从来就没有拉近过。也许，曾经以为有过的拉近，也只是自己在想象中的一厢情愿。也许，一切还是原来的样子，人家从来都没有变化过。只是自己心里有事，有欲望，才导致的。无欲则刚，他算明白这话了。他想后退，抽身，就此打住，想回到从前的状态去。儿子的事，既然开不了这个口，那就不开了，另外再想办法吧。这么一开解，他似乎想开了，放下了，轻松了。他怀着无事一身轻的念头，想，就这么着吧，再有合适的机会就开口，没有就不强求，一切随缘。

王忘开始加大对儿子的监管。人家李女说的对，求人不如求己。他怀着恨铁不成钢的恼怒，过问儿子每一天的学习情况。他一会儿语重心长地说教，告诉他现在努力，为的是以后日子好过点，要做人上人，就得先吃苦中苦啊——他眼前显出李女的样子，他不是人上人，那么她呢，算不算人上人？一个天天见面，说话，感觉良好的熟人，竟然不帮忙，他还能求谁去呢？在脑海里回想教育局的书记、局长、副局长、第一高中校长等人的模样，有几个他见过面，属于他认识人家人家不认识他的那种，有几位他连人都没见过。那些陌生的面孔，远远看着他就心里犯怵，遑论有贴上去求他们帮忙的勇气。再说官场自有官场的规矩，他在单位这么多年，耳濡目染，基本的行事规矩自然知道一点，凭他一个小公务员的身份，夸张点说，连向那些领导开口的机会都没有。

要是没有儿子的这档子事，他踏踏实实上自己的班就好了，用不着这么惶惶然地到处求人寻门路！儿子要是个争气的娃，当老子的根本不用费心！他越这么想，越心烦，越上气，越看儿子不顺眼。别人家娃娃怎么都那么争气呢？李女的女儿，就考上了第一高中，还进了最好的宏志班。怪不得她能拿那样的话来劝他。她是学霸的家长，哪里知道他这个学渣家长心里的苦。他心里堵着一口气，越是堵得难受，就越想赌一口气。别人面前都不要紧，最重要的是，他想在李女面前挽回这个面子。

单位公车改革是前年的事，改制前，先起了一阵慌乱，乱嚷嚷的，后面政策正式出台，一切有条不紊地往下走，竟然顺顺利利的。处级单位不留公用车辆。王忘的单位没有业务用车，全部上交了。从上到下所有人员全部按级别定了档次。王忘是正科，每月发 750 元的公车补助。五年前市内公交大整顿的时候，公交车全从私人手里收购出来，由国企交通集团管理。财政一边购买新型电动公交车，一边逐步淘汰早年的旧车。之前实行的月票也废止了，换成了电子刷卡，统一发卡，财政每月为每人充值88元。王忘担心车改后每月的88元不会再发了，通勤车还配备不？等第一个月750元打到工资卡上，想想实实在在的票子，他算过账来了，公车改制对普通公务人员大有好处，每月750和88相比，这笔账孰重孰轻还用得上算吗？一年多了好几千元的收入，好多人都买了车，拖了这两年时间，现在王忘开始考虑自己也该买车了。

周末王忘和老婆去4S店看车。老婆比他心细，价格，品牌，性价比，她反反复复地询问、对比。王忘心浮气躁，稍微看一圈就没耐心了，一边装模作样陪老婆看车，一边掏出手机刷微信。看到本周五发布的一条本市人事任命公示。市上新近提拔了一批干部。他信手划拉着往下看，几乎全是认识的，年龄也都和他差不多。有一个八〇后也被提升为正处级了。看着八〇后的正面照，一股蓬勃的气息扑面而来。王忘手指有点软，手指在八〇后的眉目上按了按，慢慢地划了过去。他忽然感觉自己正在与一个时代擦肩而过，他被抛出了轨道。估计这辈子干部任命公示里都不会出现他的名字了。年龄就是硬杠杠啊，和八〇后相比，他已经完全是被后浪拍死在沙滩上的前浪残骸。

王忘怀着认命的灰色心情，麻木地往后翻着信息。与己无关，那就当看热闹吧。至少看清楚这次都提拔了谁，等以后上班见了面，也能给对方说声恭喜，再万一工作中发生交集，也不至于因喊错了人家的官职闹出没必要的笑话。

一张熟悉的脸映入眼帘。红底二寸照，脱帽，正装，五官端正，眉目清秀，看一眼就让人禁不住惊叹，好一个精干利索的女子！李梅。原来她叫李梅。李梅被提拔成了副局长。从公示的档案年龄看，她和他同岁。他目光贪婪地咀嚼着有限的信息。副局长，和办公室主任比，自然是真正的领导了，求主任插学生自然比不上副局长得力。可是，还求她吗？王忘回手拉一把老婆的袖子，说走吧，车先不买，我还是觉得坐通勤车方便一点，如今咱城里车越来越多，停车是个大问题，我可不想多这些麻烦事。

既然没买车，不打算考驾证，王忘就照旧一天四趟进进出出地赶通勤车。一周没见老陆了。车上少了发牢骚说时事的人。后半车厢的男人们一片沉默。前头女人的区域，如今也静悄悄的。早就没了前几年有说有笑的欢闹。王忘细细看过去，有些面孔是全新的，看来这段日子自己心不在焉，没留意这路线上又有人增加进来，又有人换了出去。年轻的面孔多了，但都不活泼，一个个上来就低头看手机，似乎在单位盯着电脑屏幕看了一天还不够，手机里有十万火急的事情需要盯着处理。

和手机的距离近，和人的距离就远了。十年间，这车上的乘客似乎没见少，但从前挤在私人小公交上的那份拥挤、欢快、热闹，也都感受不到了。回想起来，和司机为月票起争执吵架的日子，也挺有意思的。他这几年很烦老陆，大男人家，话太多，尤其谢出一个秃脑门，又挺着一个大肚子，一脸的中老年油腻相，一上车就发牢骚，抱怨各种社会现象，又把现象存在的原因归咎到政府。从官场各种腐败乱象，到日常的行政事务，他都能挑出刺儿来，理直气壮地批上一阵。王忘知道他马上就要退休了，还在正科的位子上混，眼看这辈子也就这样了。所以也就无所顾忌了。这就是典型的端起碗吃饭，放下碗骂娘。王忘曾经很烦他。想不到他说不坐3号通勤就真的不坐了，是高升、换房还是调走？或者难道像信访大姐一样出了不好的状况？

三周后老陆却又出现了。人明显消瘦了。鬓边残余的头发白森森的，好在话痨的脾气还在，见了王忘就像骤然见了亲人，不等王忘开口问，他就先自顾自地絮叨上了。原来他得了糖尿病。体检查出来的，他又去大医院确诊了一下，已经挺严重了。以后肉啊蛋啊清油细白面全不能敞开了吃，得吃粗粮。

王忘听完忍不住大笑。他笑得有点失态。不过他心里高兴。一种说不清从哪儿冒上来的高兴。也不是对老陆的幸灾乐祸，他没那么不厚道。不过高兴确实是不能否认的。他的语气有些失控一样地高调，说叫你不要吃肉喝酒？那不是要了你的命！

就是嘛——老陆愤愤，脸也红了。看样子还真是把王忘这个一起通勤十年的老伙计当亲人了。谁不知道我老陆的口味呀，每天早餐一碗干拉面、一颗蛋！现在大夫说这个也不能沾了——你说我活着还有啥滋味？

老陆脸上显出实实在在的凄凉，凄凉让他瞬间苍老了好多，他完全是个老人了。老人可怜兮兮地看着王忘，说让我加强锻炼哩，以后这通勤车也不能尽兴地坐了，我得步行上下班。

王忘瞅着老陆的脸，心里对衰老和疾病有了近距离的恐惧。从这以后，早去的通勤车上果然少了老陆。机关灶堂的早餐有饼子馒头花卷包子稀饭，还有拉面小菜。拉面是干拉面，浇上辣椒油热汤汁，再倒一股子醋，夹一筷子小菜，剥一颗鸡蛋，能让人一口气吃出一头汗。这碗价格比外头市场上便宜一半的干拉面，成为好多中老年男人的早餐必选。老陆痴迷，人人知道。从前人多面少，得排队才能抢到一碗。老陆跑得慢，常拜托一起下车的女同志们帮他打一份。如今灶堂改进，增设了早餐数量，不用排队了，老陆却退出了吃面的队伍。可见这世上没有一碗能永远吃下去的面。

美食，华服，各种享受，一切面前，健康才是第一位的。王忘不生儿子的气了，生气对身体不好，他释然了。由孩子吧，能考上更好，考不上，去二中三中也是一条出路。何必这么早就让一条路把人给逼绝了。他不再每个夜晚都坐在儿子书桌前陪着他，眼巴巴看着他学习到深夜。他放下了，老婆却放不下，变得更加焦虑。王忘觉得眼前的日子，真的说不出的灰暗，难熬。他就盼着时间走快点，天快亮，天亮了他就能赶快出门上班去。

上班倒成了他躲避心烦的避风港。独自走向通勤车的时候，王忘摇头，苦笑，想把罩在心头难以挥去的烦恼驱散。时间过快点吧，中考快过去吧，他只想过正常的日子，像从前一样。这鸡飞狗跳乌烟瘴气的，何时是个头啊。他舒一口气，扭头左右看，没见李女。他知道，从此以后，她再不会出现在 3 号通勤车上了。她高升了，已经不属于通勤车的世界了。

小城地理位置特殊，在古代属于塞外游牧和中原农耕的交界点，是苦寒之地。春来许久了，柳树枝头都已经挂绿了，猛不丁刮过的贴地风却还是透骨冰凉。王忘大步走着，想，再过十年，或者二十年，这座小城会发展成什么模样呢，通勤车还用吗？如果用，车上的人还有他认识的吗，或者说还有认识他的吗？他会不会像老陆一样，要么成为贪恋那碗拉面的吃货，要么成为眼巴巴有车不能坐，每天甩开步子锻炼的糖尿病患者？不论是何种结果，世界还是会一刻不停地往下运转吧。

主　角

1

　　王二蛋蹲在地上看蚂蚁。正看得忘我，沟子后头挨了一脚。这一脚不重，没把他踢翻，再一头杵到地上啃一嘴土。这种背后踢来的脚板他挨惯了，就不在意。肯定是哪个乡亲路过，看见他在这儿享受清闲，就来耍弄一下。他挪一下脚跟，蹲稳了，继续看蚂蚁。看样子要下雨，蚂蚁在大规模地挪窝。黑压压一股绳，拧着抱着滚着，从老窝里往出涌。出来后兵分三路，向一道地埂下涌去。可能新窝就在地埂下头。他懒得追究新窝究竟在哪儿，他只爱看这个搬挪的过程。尤其这种集体上阵，风风火火挪窝的阵势，他最爱看，热闹，有看头。

蚂蚁挪窝，粗看也就一群虫子在乱嚷嚷没头一样胡跑乱窜呢，感觉从一个窝搬到另一个窝，有时挪不挪实在看不出有什么区别，也看不见它们有什么值钱的东西、家产和粮食，非得这样急惶惶地搬挪。从前他也这么认为。还阻止过挪窝的蚂蚁队伍，拿水泼，拿土堵，断了去路，可它们顽强，路断了绕着走，死了的躺下不动了，活着的继续奔忙。后来爷爷病了殁了，他想爷爷，就去坟头看爷爷，喊爷爷回来，蹲在坟脚下喊了半天，爷爷没出现，倒发现一群挪窝的蚂蚁。他蹲在坟脚看了半天，这个看的过程让他忘记了找不见爷爷的焦灼和伤心，他甚至看出了一种趣味，从此就喜欢上了看蚂蚁挪窝。

庄里人笑话他傻，也就一个傻子才这样，一天到黑不是靠着墙根晒日头，就是看蚂蚁。也就只有这傻子才有傻福气，别人都忙得昏天黑地的，哪一个像他这么清闲！他在心里偷偷地笑庄里人呢，他们哪儿懂得，蚂蚁跟人一样，也在家长里短来来去去早早晚晚地过日子呢，也在为吃饭睡觉头疼脑热的事情辛苦呢。蚂蚁也有欢喜、忧愁，也在吵闹、争嚷，也哭，也笑，也伤心呢，只是人的耳朵听不见，人的心感觉不到罢了。

庄子里的人只知道忙人的事儿，好像人的事比天还大，也就固执地认为，这世上只有人的事。他们哪里知道，蚂蚁也有蚂蚁的事，也是一群活生生的生命，也在哭哭笑笑说说吵吵地为日子忙活哩。

自从爷爷过世后，他连一个亲人也没有了。他活在世上孤单，看蚂蚁挪窝，能让他暂时忘了爷爷，忘了孤单，他瞅着那热闹，从心里高兴，觉得自己也成了那大家庭里的一员，也在热热闹闹地过日子哩。

嘣——沟子上又挨了一脚。

疼。

这回踢得重。

他生气了，头不抬，说，二屎！

二屎是骂人的毒话。

他断定这个人肯定是二狗。

他舌头秃，骂不真切，但心里清楚自己骂的内容。他满足了。能两次欺负一个傻子的，不是二屎是啥？稳重人现在都出门挣大钱去了，才没闲工夫在这儿看一个傻子看蚂蚁。

嘣。

第三脚。很重。

王二蛋一个马趴栽倒了。还好他早有防备，失重的刹那间两个手扑出去撑住了。他吐一口唾沫，扭过头去瞪，骂人的话已经准备在舌尖上了。但没骂出来，因为踢他的是牛支书。

他没心看蚂蚁了，蹲着退开几步，慢慢站起来，慢吞吞地喊：牛支书，是你？

他心里毛毛的。他傻，心里的害怕却和不傻的人一样。他怕牛支书。而且他明白牛支书连踢自己三脚的原因。这个人又要教训自己了。指着鼻子唾一口，骂，你四十大几的人了，不缺胳膊不少腿，长得肥头大耳的，养了一身的肥膘，一天到黑活把儿不捉，就等着吃救济，拿低保，当建档立卡户！不就是个残疾吗？残疾咋了？还坐在有理树上了？躺着吃喝，日子比爷还舒服，比我这个当支书的还舒服！

牛支书爱骂人。高兴的时候，笑着骂，不高兴了黑着脸骂，反正那脸色都不好看，都让人害怕。王二蛋敢跟王家庄的任何人顶嘴，就是不敢顶牛支书。爷爷病重的时节给他一遍遍嘱咐，说等他殁了，二蛋一定要嘴甜，要学乖一些，见了庄里的人喊大爷、巴巴、嫂子……该喊啥喊啥，尤其在牛支书面前千万不能顶嘴，惹了他可是要吃大亏的呀。

这亏是什么呢，他似乎懂一点，又不完全懂，迷迷糊糊的，想不明白，想多了头疼，他就不想了。但是他感到有爷爷在和没有爷爷，是不一样的。爷爷活着时候，牛支书见他是一个态度，爷爷走了，牛支书见了他成了另一个态度，似乎更啰唆了，骂的话更多了。有时候王二蛋感觉这牛支书不光是牛支书一个人，身上也有爷爷的影子，他跟爷爷一样啰唆，只要时间允许，他能站在王二蛋面前一口气骂上一背篓的话。

今儿会骂点啥呢，又要骂他穿得太脏了吧——他悄悄低头看，身上前天才穿的救济衣裳，已经沾满了土。他慢慢抬手去抹，希望把它们抹去。

没想到手被牛支书一把攥住了。这一攥啊，吓得王二蛋腿都软了。他忽然渴望就这么出溜下去，重新坐在地上看蚂蚁挪窝。

又要打了吧。上回就重重扇了两把巴掌呢。因为啥呢，因为上头来人了，一进王二蛋的家门就啪啪啪拍照片，有人问王二蛋，低保按时拿到手了吧？王二蛋说六个月没见到钱了。牛支书赶过来，一脸都是笑，抱住王二蛋的肩膀，一边疼爱地拍着他，一边笑着说昨儿就打了，我们离街上远，二蛋肯定还没来得及去银行看。

那些人呼啦啦走了。牛支书送走人后又回来了。回来就打了王二蛋两巴掌。骂他是白眼狼，喂了这么多年，到现在还没喂熟。

那两巴掌打得重，疼，他忘不了。

又要打了吧。可是最近他再没敢胡说半句话呀，前儿他央求上街的人到银行帮忙看了，说他的折子里还是没打上钱。捎折子的人还说了，有七个月没打钱了，是不是叫牛支书他们贪污了？王二蛋啥都没敢说。这啥都不说，难道也惹得牛支书不高兴了？

他有些迷茫了，脑子里空空的，爷爷在就好了，啥事有爷爷拿主意呢，他就啥心都不用操。

爷爷没了，他找谁去问究竟呀？谁给他挡这些麻烦呢！爷爷活着的时候，牛支书常来这个家里骂人，每次都是爷爷笑笑地迎接，没他王二蛋什么事。如今爷爷没了，他不挨骂谁来挨呢？

那就叫牛支书骂吧，心里有气，不骂骂也是不行的。估计这骂人也是有瘾的，就像他看蚂蚁挪窝一样，不叫他看蚂蚁挪窝他肯定难受，牛支书要是不骂人，估计也憋得难受。

而且他昨儿听庄里几个人在议论呢，说如今的官儿不好当了，上头查得紧，一不小心就进去了，牛支书的沟子也不干净，心里窝着火呢。

牛支书不敢随便骂别人了，那就来骂骂他这个傻子吧。

王二蛋耐心等着被骂。

等了好一会儿，牛支书的手迟迟没有落下来。脏话也没有劈头砸下来。

王二蛋睁开眼，大起胆子去看牛支书。反正咋说也是要挨打挨骂的，早点儿让牛支书把气撒了，他也能早点儿看蚂蚁挪窝。

牛支书竟然笑吟吟的。骤然看到这笑脸，王二蛋的腿又软了。真往地上出溜。还是蚂蚁挪窝有意思，蚂蚁们热热闹闹的，啥也不想，啥也不愁，一个个抢着又小又细的毛毛腿儿，跑来跑去，绕来绕去。牛支书黑着脸打也好骂也好，他都有心理准备呢，也早习惯了，可人家忽然把这样热腾腾的笑脸给了他，这太不正常了。

牛支书一边笑，一边说话了，说二蛋啊，又看了一天的蚂蚁挪窝？

他的大手竟然摸了摸王二蛋的头。这大手捋过，王二蛋的头皮子不由得麻了，连带着脖子也直了。他直戳戳撑着，牛支书像爷爷一样摸完了他的头，手顺着头发滑下来，在肩头拍了一下，这一拍，不疼，竟然还带着一种从来没有过的亲热。牛支书说二蛋啊，再不看蚂蚁挪窝了，挪来挪去的，一年到头还在咱王家庄这小庄子里打转转哩，能看出个啥出息！

王二蛋不敢乱动，不敢说话，他知道此刻的牛支书肯定在那个就要开口骂人的紧要关口徘徊，只要自己有一点点让他不高兴，牛支书就可能再也忍不住了。

二蛋啊，咱村上给你寻了个好事情。

王二蛋头发上的麻酥劲儿，已经顺着头发滑下来，往全身漫延。他心里想我能有啥好事情哩，除非爷爷能从黄土里再钻出来，变成个大活人来陪我，可那是不可能的啊。那能是啥事儿呢，难道是牛支书要为自己说个媳妇？这更不可能啊，我傻成这样，哪有女人看得上。

前几年还有人常拿他说笑，说要给他当媒，说有个女子挺适合他的，那女子啊身条儿好，腿儿利索，牙口也好，眼睛还大，可惜黑了点儿——旁听的人早全笑翻了，王二蛋就知道这人又在捉弄他，这要笑早不新鲜了，说的不就是一头全身乌黑的草驴吗？

难道牛支书也要拿自己要笑？可牛支书是有身份的人，从来不开这种没水平的玩笑。

那还会有啥好事呢？

来来来，我跟你回家说去——牛支书拉起王二蛋的手就走。王二蛋心里惦记着那一窝蚂蚁，母蚁王应该要出来了吧，他还想看看这蚁王呢。蚁王就像庄里的村干部，蚂蚁当中最大的官儿。

但是牛支书的话他也得听。王二蛋由不得自己，被牛支书拉着手一路颠颠地小跑进了家门。

家是王二蛋的家，但是有牛支书在，王二蛋就很不自在，好像进了别人家门一样。他进门后直溜溜站在门口，不敢动，也不敢坐。倒是牛支书像进了自己家一样，左看看右看看，在屋里看了一圈儿。他越看，王二蛋心里越虚。他懒，家里脏乱得没地方插脚。他怕牛支书又骂他懒货。牛支书竟然没骂，上前把一个敞开的面袋子口儿拧了几拧，盯着墙角一串蜘蛛网眉头皱了一下。王二蛋心里猛跳，他又要骂人了吧。

牛支书还是没骂。说二蛋啊，那个李如山你知道的吧？

他嘴里问着话，伸手去弹炕沿上的土，坐下，点起一根烟，深深抽一口，然后好像在往肚子里慢慢咽那些烟，又好像在用肠胃感觉烟味的美妙。烟雾慢慢从口鼻间散出来，把他脸上的威严笼罩住了。

王二蛋注意到刚才那一大片蛛网恰好就悬在牛支书的头顶上。一只指头蛋大的黑蜘蛛本来蜷在网边上睡觉，不知道是被说话声惊醒了还是被烟味熏着了，它竟然醒了，开始慢慢地爬。

王二蛋真担心万一它一脚踩空，或者没抓牢，掉下来砸到牛支书头上，那就是大祸了。牛支书还不拿个棍打断他的懒筋。

李如山是谁？

王二蛋迷迷糊糊想这个问题。

他看见那黑蜘蛛抖了抖，他的心也就马上紧缩了一下。网丝儿细，这蜘蛛胖乎乎的，真要砸下来，会砸在牛支书这谢顶的头上呢，还是砸中鼻子疙瘩？砸哪儿都有意思……他想着牛支书被吓一跳，然后跳着脚暴怒的样子，心里想笑，可不敢真笑，心里想李如山是李家的人吧。王家庄姓王的人多，也有过十几户姓李的，后来李家的几个老人先后离世，后辈儿不是进城打工，就是搬到别处去了，眼下庄里好像没有李家人了。那些搬走的人中，有过一个叫李如山的吗？

牛支书终于把那口反复咀嚼的烟雾散出来，说哎呀，我咋给忘了，你个傻子嘛，一天就知道吃饱了看蚂蚁，咋能知道李如山呢。小五子，李家的小五子你总知道的吧？就是那个早年跑出去闹革命，后来成了烈士的小五子。

李家的小五子？！王二蛋喃喃，这个他知道，牛支书一提他就对上号了。爷爷活着的时候经常念叨，有时节庄里人也会在闲聊时提到三五句，所以他就知道了一点李家小五子的事。后来李家人搬走了，尤其小五子的亲门党家，算起来一个都没有留下，这事就没人再提了，好像大家都忘了。早就被遗忘的人，牛支书为啥忽然要提起来？

李如山是小五子的官名。牛支书说。

说着把烟屁股扔在地上，还拿脚踩了踩。

王二蛋瞅着那烟屁股，觉得有点可惜，牛支书真小气啊，烟屁股也吸得那么净，就不知道给别人留一口。听二狗说牛支书抽的烟都是好烟。王二蛋觉得遗憾，他还没尝过好烟的味儿呢。

李如山就是小五子。小五子就是李如山。王二蛋反复回味，理了几遍就顺了。

他给牛支书咧嘴笑。笑得嘿嘿响。

你笑啥？牛支书本来笑嘻嘻的脸，忽然变得严肃，大手又来拍王二蛋的肩，说：他是打仗牺牲的，成了烈士，烈士你懂吗？

王二蛋看见蜘蛛没有摔下来，终于平安地爬到了另一头，可它不安稳，换个方向又往回趴。

烈士，他懂。也是爷爷反复念叨的结果。爷爷经常说你呀你个瓜子，就是爷爷的墓里愁呀，我没了，你咋活哩！唉唉，你还不如像李家的小五子……爷爷不说了。他知道爷爷不忍心。但他忍心。他说爷爷，我要不傻，我也打仗去，我也当个烈士。

真要那样，爷爷就是五保户，据说五保户公家管吃管钱，就再也不用愁牛支书今儿扣了救济，明儿取了低保，爷爷后半辈子的生活不用天天发愁了。

啪——爷爷打了他一巴掌。胡说啥哩你个瓜子！

他就再不胡说了。

牛支书又点了一根烟，烟气腾开，把牛支书一张脸罩在烟雾下。那脸就在烟雾背后晃动，好像有看不见的手在扭着那张脸。王二蛋想不明白，牛支书为啥忽然提李如山是烈士的事，牛支书是大忙人，哪有闲心情来他这儿消磨时间？

呃，是这么个事，现在啊，要找一个烈士的后人，李家没人了嘛，叫我到哪儿寻这个合适的后人去……牛支书的脸在烟气里浮动，其实是烟雾在慢慢动呢。头顶上那只黑蜘蛛肯定闻不惯这烟味儿，又开始忙忙地乱爬了。

牛支书真有发愁的事？王二蛋觉得新鲜，在他的记忆里牛支书不是背着手在大路上走，就是骑着摩托车去乡上开会，后来换成了小车，不管是骑摩托的牛支书还是开小车的牛支书，反正总是很威严，是高高在上的人，从来都没有一点笑影儿给庄里人，也很少见他愁成这样，今天这忧愁近在王二蛋眼前。

王二蛋觉得不真实，可支书的脸明明就在眼前啊，还有他吐出的烟圈呢，一圈一圈在他眼前盘旋呢。

王二蛋望着那烟圈袅袅扩散，他想哭，是一种说不清楚但是很强烈的冲动，就在心里膨胀着，好像要砰一声炸裂，炸开了然后跳出来。支书竟然也有困难，有困难不去乡上解决，也不和村干部们开会解决，他竟然找到王二蛋跟前诉苦来了，这让王二蛋惶恐，无措，也惊喜，甚至感动。他忽然敢用目光看牛支书了。不像过去，总是带着小心，偷偷地瞄一眼，现在他直通通地看。他看到了牛支书鬓角的白头发，还好白头发不多，他见过满头白发的脑袋，连眉毛胡须也白了，那是最后一年的爷爷。爷爷常摸着满头白发，说难哪，人活在世上，咋就这么难哩！我老汉愁啊，愁久白了头——

难道牛支书的头也是愁白的？爷爷是因为放心不下二蛋发愁哩，那么牛支书为啥愁成了这样？

我想了个办法，你啊，来当这个后人吧。不要怕，只有两天时间，走一趟陕西，扫个墓。扫完墓回来就没你的事了。你还是当你的王二蛋，一天到黑看你的蚂蚁挪窝，过你的逍遥日子。

黑蜘蛛终于爬累了，还是被牛支书的话吸引了，它停下来，静静不动，在观望。

王二蛋也傻乎乎看着牛支书。

牛支书摇头，笑了，不明白是吗，其实简单，就是叫你去顶个人！

要我去顶个人？顶谁？

王二蛋有点迷惑，人人都说他这脑子不够用，有几处像电绳子一样搭错了地方，所以他和别人不一样，是个傻子。现在王二蛋还真能感觉到这种错位的存在了，好像有一根线在脑子里抽着，把某个地方绷得紧紧的。

错了就错了，他也不逼着自己去寻找出错的位置，嘴一咧，给牛支书嘿嘿笑。一笑解百烦。很多事他转不过那个弯儿的时节，他就傻笑。

好二蛋，你放心，事情很简单，到时节别人问啥说啥，你都笑，就这么傻笑，他们问你叫个啥，你说叫李玉龙，这就行了。

王二蛋嘿嘿笑。这世上的难事多，只要傻傻一笑就都解决了。

二蛋——牛支书的声音忽然温和，这温和让王二蛋再次傻愣。

牛支书拍打他的肩膀，说只要你好好配合，下个月开始，上头只要来了救济，村上都头一个给你，你的低保也准时给你。以后你的低保钱，你想咋花就咋花，想买烟抽我知道也不骂了，你抽着耍去，只要你高兴！

王二蛋看着地上的烟头。一共四根。这会儿工夫牛支书已经抽了四根烟了。他抽得实在很快，也真是舍得。一盒烟十根，最便宜烟的也一盒十块呢。四根烟头里有三根是完整的，牛支书忘了拿脚继续踩碎，等会儿牛支书走了，他就能捡三根烟头，能美美地吸一大口呢。

但是牛支书站了起来，并不走，手背在屁股后头，忽然回头看王二蛋的眼睛，说你好好听着，你要是不听话，不乖乖配

合，你就不光把我害了，把咱村上全害了，也把你给害了。到
那时节，你的低保、救济就都没了，衣来伸手饭来张口的好日
子，你也就过到头儿了。

王二蛋痴痴看着牛支书，眼睛和大嘴都傻傻张着。牛支书
的话起伏太快，他听不明白。

牛支书看了看他的反应，苦笑着摇了一下头，神情忽然严
肃了，给王二蛋瞪眼：你敢到处胡说，说漏了嘴，回来再没人
管你吃饭穿衣，冬天也不给炭，把你活活饿死冻死，死了也没
人可怜的，就跟村口那些流浪狗一样。

牛支书的声音骤然提高，声波震荡，头顶的网忽然颤抖起
来。黑蜘蛛慌了，沿着一条丝跑，丝断了，它紧紧抓着不肯松
手，吊在牛支书头顶上打秋千。

这么一个圆溜溜鼓胀胀的大肚子要啪一声破了，一包水全
砸在牛支书的秃脑门上，会是什么情景呢……他笑了。

笑啥？

牛支书瞪眼。

可是他自己也跟着笑了，拧了一下王二蛋的耳朵，叹息，唉，
瓜子嘛——这万一露馅了呢，我不是搬起石头砸我自己的脚？

王二蛋看到牛支书脸上的皱纹一条一条的，鬓边的白头发
好像忽然又多了一些。

牛支书松开二蛋的耳朵，目光有些木然地看着门外远处的
山，好像两个脚正踩在一摊烂稀泥里，进不能进，退也不能退，
他就很犯愁。

王二蛋不敢吭声了。

他知道，王家庄的人只要出现这种神情，说明正在思谋大事情，对于思谋大事情的人，你最好不要去打扰，打扰的后果是吃不了兜着走。

这是二狗告诉他的。有时候二狗也会出现这种神情。而且二狗毫不隐瞒自己这样思谋的意图，他说他在谋算着怎么从支书那里把王二蛋的这半份低保夺走，他不想继续和王二蛋分吃一份低保了，想一个人吃完整的一份。

牛支书思谋事情进入了一个忘我的境界，他喃喃地给他自己说话，他说这么做划算不划算呢？露了馅就麻烦了——不过，哪会这么巧呢，不会那么容易露馅的！一个傻子嘛，就算傻子嘴不牢，说了什么，那又能说明什么哩，说明是个傻子在说傻话嘛！

一个傻子？哪个傻子？这王家庄除了王二蛋是头号傻子，二狗被大伙儿也喊成傻子。不过傻和傻是不一样的，二狗虽然也被大家喊傻子，但二狗在王二蛋面前比世人都鬼精灵呢，他经常欺负王二蛋，还能和牛支书拉好关系，真要是一个傻子能做到这些吗，肯定做不到的嘛。

不派个人去顶嘛，也不行，隐瞒了这么些年，各种抚恤一年一年地领着，户口也还在，李玉龙又没有找回来销户口，他就还是我们王家庄的一口人嘛，我现在随便找一个人去顶，也是说得过去的……

王二蛋觉得牛支书嘴里冒出来的那些话没意思，他一点倾听的兴趣都没有，他只想去看蚂蚁挪窝。

就这么定了啊——牛支书忽然回头，指头点着王二蛋的鼻子疙瘩：你记牢了，你叫李玉龙，现在就开始适应吧，你说，你是李玉龙！

牛支书的眼瞪得好大，眼仁上的红丝像蛛网一样多。

那只蜘蛛总算被丝线吊住，晃荡了几个来回，稳定下来，顺着那根丝慢慢往上爬。

王二蛋感觉自己的心在突突跳，万一蜘蛛没抓牢呢——他点头，说我是李玉龙。

我是李玉龙。

我是李玉龙。

刚开始念得不顺，磕磕绊绊的，念着念着就顺溜了，他好像喜欢上这三个字了，好像一块肉干含在嘴里，嚼着嚼着就有了味道。

王二蛋就一遍遍地念。

牛支书什么时候走的他都没注意到。他只看到黑蜘蛛爬上房梁，不见了。

2

一辆棕色的车，比小卧车大得多，但没班车大，从村口开进来，一直开到王二蛋家门口才停下。王二蛋被牛支书拉着手，从大门口一出来就被推上了车。王二蛋迷迷糊糊的，那车门像台子一样高，他差点栽了个大跟头。车里坐了几个人。都不是王家庄的人，看着面生。王二蛋一上车，他们全站了起来。一个女人在最前头。

牛支书，这是我们张局长——女人旁边挤出一张圆圆的男人脸，笑得很热情。

张局长好——牛支书伸出手。女人也伸出手，一男一女，把手一搭，捏在一起，抖了抖。

王二蛋差点笑了出来。男人和女人握手，还是头一回在现实生活里看见。上头倒是经常来干部，来以后车门一开，村干部们就撵上去握手，也是这样握住了亲热地抖着。王家庄偏远，从没来过女干部，所以王二蛋还真没见过男女握手的真实场面。

牛支书和所有人握手，握了一圈儿，王二蛋迷迷糊糊记得是六个人。张局长、刘副书记、李副局长……最后一个是那个圆脸男人，王二蛋记住了，他叫胡主任。

牛支书的手和胡主任多抖了几下，才有些舍不得一样放开。王二蛋以为可以坐下了，他还是头一回上这么大的车，里头干干净净的，比小卧车大得多。他一看就想坐下试试座位儿软不软。

这就是那个娃娃李玉龙？女局长忽然问。

牛支书赶紧点头：是个残疾人，不大会说话，也不懂事，你们多担待啊，唉，实在是没办法啊。

王二蛋傻傻看着，他不明白牛支书的话，也没时间明白，一双手已经热乎乎捏住了他的手。

被捏住的是右手。王二蛋是个左撇子，右手干啥都笨，这么一握，他就更笨了，右手僵直了，他想换成左手可能会软和点。他还想学牛支书那样有模有样地抖上几下。

可女局长的手真有劲，捏得太紧了，他抽不出来。他心里觉得不美气，可又由不得自己，只能像根干木头一样被女人攥住抖着。

女人终于松开了，王二蛋的手又被下一只手抓住了，还是右手，王二蛋干脆不换了，一路由六个人把右手捏着抖了一遍。

抖完，牛支书亲手把他按在中间一个座位上。牛支书用亲人一样的目光看着王二蛋的眼睛，点了点头，退下车，挥起手说再见。

车门慢慢合上，王二蛋看见牛支书的脸一直在看着自己。直到车门合上，把那脸劈成两半儿。

牛支书昨儿说过的话他还记着一些残片，牛支书亲自伺候他洗澡，一边洗一边骂他的脏，比庄里乱跑的流浪狗还脏。又骂自己倒了八辈子霉，给儿子都没这样洗过澡呢，这是欠了一个傻子多少啊。骂是骂，他还给王二蛋搓了后背上的泥。洗完，又拿出一套线衣线裤给他穿上。线衣线裤是新的，还有外头的裤子、夹克、袜子、鞋，都是新的，牛支书很耐心地给他换上。最后还拿出一个电推子，给王二蛋剃了光头，最后还有顶新灿灿的鸭舌帽扣到王二蛋的秃头上。

忙完以后牛支书拿出手机给他拍了个照。拍完牛支书不看王二蛋本人，盯着照片看，说呵呵，你还别说，还真有几分像呢。这眉眼，粗看还真像！不过细看嘛，又不大像……这、这……唉，还是不太像……

牛支书感叹着把手机伸给王二蛋看，王二蛋看到了一个簇新的自己。全是新的，连脸面也换了个人一样。可惜他还没有看仔细，牛支书就手一划，眼前换出另一张照片来。是一张很旧的黑白照，上头一个年轻男人，虽然是黑白照片，但也看得出是个很英俊的青年，眉毛浓黑，眼睛很大，目光亮亮地看着王二蛋。

好像这眼睛里含着两汪水，能跟人说话一样。

可惜王二蛋还是没看清楚，牛支书就收了手机。

那个人是谁，王二蛋迷迷糊糊的，想问牛支书又忘了问。他只记住了自己。他洗澡后剃了头，刮了胡子，又里外一身新，那模样还真换了个人，新得自己都差点认不出了。

现在他穿着昨天的新衣裳。今天牛支书又来盯着他洗了脸和手，还刷了牙。牛支书一边忙，一边嘱咐，反复的是那句话，你是李玉龙，你是李玉龙，从今儿开始，到明儿回来，你都是李玉龙。是李如山烈士的后人。他们要去远处给烈士李如山扫墓，你作为烈士的后人，他们邀请你一起去。你去了一定要好好表现，乖乖听胡主任的。他说叫干啥你就干啥，千万把嘴管好，万不敢乱说。

王二蛋发现刚才握了一轮手，他口干舌燥，右手也酸酸的，好像干了一场苦活一样累。原来握手也是这么累人啊。

尤其后头那几个男人，不像女领导的手是软的，男人的手干硬，手劲也潦草，捏得他手疼。

女领导的手真是太好了。他坐下了，还回味着这种好。车啥时节发动了，开出庄子，已经在大路上跑了，他都没注意到，他沉浸在一种味道里，长了这么大，他还是头一回和女人握手，原来女人的手是这种感觉。这感觉啊，怎么说呢，暖烘烘的，好像把什么留在他手心里了，到现在也没散。他悄悄抬手，放在鼻子根下闻。没什么味道。庄里的男人们都说女人有香味的，可为什么没香味呢？不过，等回到庄里，他还是要跟二狗吹上一吹的，到时节就说女领导的手很香，像一朵花一样香，不，像……像……他想不起来比什么更香。反正就是香。

一个男人在前头开车。一直不回头也不说话，只是开车。中间四个座位围了一个桌子，女领导和三个男人面对面坐，胡主任在司机右边一个座位上坐了，还有一个男人坐到王二蛋身后去了。

王二蛋左右慢慢看，这车大，坐这几个人，后头就全空着。为什么要坐这么大一个车呢？还有这么多座儿空着，多可惜呀。要是叫王家庄的人多来几个把车座占满了多好。要是爷爷活着更好，让爷爷跟自己一起坐车爷爷肯定高兴坏了。可惜爷爷没享上这福。伤感只是在心里一闪就过去了。他很快就高兴起来，伸手摸座位，是皮的，凉森森的，屁股压下去，身子陷在一个坑里。他出汗了。手心里都是热汗。屁股下也出汗了。他感觉自己坐在一摊水上。

胡主任回头看了看，站出来给大家发水。一人一瓶矿泉水。也给了王二蛋一瓶。王二蛋捏着水，水凉，透过手心，把凉爽往心里传递。身上的汗散下去了，他在心里给自己嘿嘿笑，他发现自己和牛支书都想多了，愁得也多了，这三天当中，牛支书天天来他家，缠着他就那么几句话，你叫李玉龙，你这些年一直是个孤儿，靠村上的低保、救济过活，别的，啥都不记得了。他们再多问，你就笑。反正你傻嘛，傻人傻笑，旁人还能说啥？

牛支书教导，他就笑。嘿嘿嘿，嘿嘿嘿。他脸上笑，心里急，三天没去看蚂蚁挪窝了，那一窝蚂蚁不知把窝搬到哪儿去了。牛支书教育几遍，厌烦了，气哼哼在地上走，说，唉，一个瓜子嘛，唉，从里到外瓜透了嘛，唉，这脑子里就是一勺子散饭嘛……嘿嘿，牛支书的头本来就秃，这几天看来真是为这事熬煎了，头顶那坨秃头皮更亮了。牛支书他肯定没想到，他其实多虑了，这些人压根儿就没问王二蛋叫什么，李玉龙还是王二蛋，真是烈士的后人吗？他们没问。他们似乎对这个没一点兴趣。他们忙着说他们的呢。

他们说的也是这一带的方言，但又和王家庄人的口音不太一样，那个叫李副局长的瘦子男人声音有点沙哑，但话最多，更爱笑，笑起来嘎嘎响。他说打牌打牌，这五个多小时呢，不打牌把人无聊死了。

说着叼了一根烟。烟气很快在玻璃上蹿，因为找不到出口而着急。

你们这些男人，车里也抽，熏死人了！女局长抬起手，在眼前扇动，王二蛋才发现她的手肉嘟嘟的，她的脸也圆圆的，爱笑，就是嘴里在骂人，脸还是笑眯眯的。

就一根，就一根！瘾上来了嘛，不压压不成啊，只怕等不到目的地，就会牺牲在半路上了。瘦子一边笑，一边美美地大吸一口。

牺牲，这个字眼一下子就钻进王二蛋的心里了。这几天他没少听到这两个字。牛支书说李如山牺牲了，成了烈士。

那这个李副局长，犯烟瘾死了，也叫牺牲？他牺牲了，算不算烈士？王二蛋认真看这个李副局长的脸，和女局长比，他的脸又干又黑，咧着嘴叉子不停地笑，这笑又和女局长不一样，他脸上不见笑意，声音却一直呵呵哈哈从嘴里往出冲。

他们开始打牌了。四个人正好是两对。小桌的抽屉里有牌，女局长拿出来亲自洗牌。两个又白又胖的手抓着牌，分成两半，手指一压，两边一分，互相对头，手劲一松，两边的牌呼啦啦地流动、交叠，两半牌很快交织成一叠。肥肥的手一抬，一拍，一沓牌拍在四个人面前，四只手开始摸牌。

对于打牌王二蛋不陌生，相反很熟悉呢。冬天一到，王家庄外出打工的人三三五五回来了，回来闲得没意思，就一天到黑聚众打牌。去谁家里打牌都没有在王二蛋家方便。他家没女人娃娃哭闹打扰，尤其爷爷殁了后就更方便了。有时候打牌的人鹊巢鸠占，把王二蛋这个主人挤得没地方坐，想去外头转转，可冬天又没有蚂蚁挪窝，再说也冷得受不了，他只能站着看他们吵吵嚷嚷地打牌。

虽然他从来都不参与打牌，没人愿意跟一个傻子打牌，但是眼里看得多了，牌桌上的那些弯弯绕绕，他也多少明白了一些。

这四个人玩的是带钱的。很快桌上就堆了几张钱，有一块的，十块的。那瘦瘦的李副局长总是输，每回输了就不肯掏钱。女局长揪住不放，偏偏逼着他当场掏钱。

欠下——欠下嘛——瘦子喊，笑哈哈的，少不了你的——哎呀呀，我啥时节欠人不还的！

不行，还是清了再打吧！女局长压住牌不让重新翻。你个老赖，不见钱谁敢信？掏钱掏钱！

瘦子笑哈哈的，哎呀哎呀，这手臭啊——今儿出门忘了洗！

嘴里哭穷，手却从屁股后头的兜里摸出一张红色的钱来。

那是一百块。王二蛋认得的。一百块要比十块大，也比一块大。这个他也明白的。一块钱能买一包方便面，一百块能买多少方便面呢？他算不来，总之会是一大堆吧。他心疼这红灿灿的一百块。牛支书常骂他拿低保钱买方便面买面包吃，是败家子不知道爱惜钱，眼前这一幕要是叫牛支书看到还得了，肯定急得要跳车不活了。

车跑得又快又稳，窗外的房屋、土地、树、山都在向后倒去，好像有看不见的手在推着他们往后倒，往后倒。王二蛋觉得晕，好像自己的心、整副身子，也都跟着那些景物往后飘去。

胡主任在睡觉，头垂下来，在前后椅背上晃动。王二蛋也闭上眼。闭上又睡不着，他想到了爷爷，爷爷的老脸在眼前头一闪一闪的，爷爷说他的二蛋命苦，这辈子活得太可怜，别人家小伙子都是满世界乱跑，天南海北地，把啥世面也见识了，他只能一辈子在王家庄熬着。爷爷啊，他肯定想不到，他的二蛋也坐上这么大的车了，还出的是远门。车出王家庄的时候，路边好多乡亲在远远地观望呢，二狗也在其中，他们都看到了，王二蛋今儿也坐上车了，也享大福了。

他悄悄拧开瓶盖，喝了两口水，慢慢回味，这水，咋说呢，不甜，不咸，没啥味道，倒有股苦苦的后味。是水真苦呢，还是早上叫牛支书逼着他刷了牙，牙膏的苦味还没咽净？反正这水还没有王家庄沟里的泉水甜。不过，等明儿回到王家庄他可不想这么说。要是二狗问起，他就说一路上喝的是红牛、王老吉，一瓶好几块钱的饮料，想喝多少随便拿，要不是他肚子胀，他肯定喝上十瓶八瓶。

他又喝了两口。后味里似乎有了点甜味儿。他一口一口全喝了。想象这就是他回去要跟二狗夸耀的饮料味儿。喝完看瓶子，这瓶子真好看，又干净又漂亮，透明的瓶身，黄色的瓶盖，一个花花的塑料纸裹在肚子上，他舍不得扔，拿回去肯定有用，每天出门看蚂蚁挪窝之前装一瓶凉开水，口干了喝喝，要是有人看见问他喝的啥，他就毫不客气地回答，从小卖部买的矿泉水。

他觉得这主意真好。他紧紧捏着瓶子。他看见瘦子旁边的一个胖男人（他好像叫什么副书记，王二蛋记不清了）没喝矿泉水，自己带了个大保温杯，他一口一口吸溜着喝保温杯里的水。喝了两口，叹息说这杯子好是好，就是太能保温了，人越口干想喝水，它就越烫，急死人了。说着又吸溜一口。

瘦副局长一把夺了杯子，插进桌面上的一个圆坑里，拍着杯子笑，你就别抱怨了，我们这些人呀，身上的老壶盖子是越来越不紧了，只能靠保温杯泡点枸杞红枣来补了，哎，哪天我也买一个泡点喝。

几个人都大笑起来。

女领导又赢了。她手里在数钱，嘴里一个字一个字地说，壶口松了的是你们男人，可不要扯上我们女人。

大家一愣，但沉默只是坚持了十几秒，几个人同时张大嘴，哈哈大笑。瘦子笑得要断气了一样，嗓子里发出咕咕的声音。胖副书记不笑，两个手抱住了肚子，说你们女人没前列腺呀……

有，咋能没有——瘦子拍着胖副书记软乎乎的大肚子，前列腺男女都有，就看咋使唤了，人家女人没有咱男人用得勤嘛——

几个人又笑起来。连身后的那个人也大笑起来。震得座位哗哗抖。胡主任好像不敢大笑，咬着牙偷偷乐。王二蛋看着这几个人，不由得也跟上笑。笑得嘿嘿响。越笑他越迷茫，他们的话他听得糊里糊涂的，不就一个保温杯嘛，有啥好笑的？尽管不明白，他还是觉得好笑，再说都在一个车里坐着，大家都笑，一个人不笑好像不合适。所以他得笑。所以他就很卖力地跟着笑。

3

王二蛋想尿尿。

车上没有尿尿的地方。

车从王家庄出来，已经走了好半天，他看见外头太阳在升高之后，又开始往下落。前一阵车在一个地方停过，大家都下去了，胡主任问他下去方便不。他没说话，嘿嘿笑了一下。他们都下去了，过一阵又上来了。车接着走。胖副书记累了，换到后头睡觉去了。后头那个人换到前头，还是四个人坐成一圈，接着打牌。

话最多的瘦副局长手气一直很臭，红色的一百元从兜里掏出一张又一张，都叫女领导赢走了。王家庄的人也常打牌，从来都没有女人参与。王二蛋想回去后一定把这个稀罕告诉庄里人。

路一直很平坦。但奇怪的是，越到后头，王二蛋越觉得路面不平。路一颠一颠，他的身体一起一落，抖起来，小肚子一胀，落下来，小肚子又一胀，先前这胀还模模糊糊的，后来就疼起来了。好像小肚子里的水越攒越多，正在把小肚子胀成一个吹大的气球。

他现在真后悔为啥在路上喝了那么多水。四瓶矿泉水。他没事干，睡觉睡不着，看人家打牌，陪着傻笑，笑累了就喝水。纸箱子就在车门口，只要一伸手就能拿到。他就再取一瓶喝。反正这水又没人跟他要钱。在王家庄里，想喝一瓶矿泉水可是要去小卖部里买，一瓶还要两块钱呢。喝的时节他忘了这是在车上。不是在王家庄。王家庄啥时节想尿尿都成，有的是方便的地方。可这车上，哪儿也不像尿尿的地方啊。

他悄悄攥着一个空瓶子，如果悄悄拧开瓶盖，解开裤子，用这个矿泉水瓶子接住偷偷尿，尿完拧紧瓶盖，没人会发现吧？就在他试着解开裤带的时候，胖副书记醒了，看样子养足了精神，挪到前头来了，就在王二蛋右边坐下了。他居然还拿眼睛打量王二蛋，好像他现在才发现这车上多出这么个大活人来。

王二蛋不敢用瓶子解决问题了。但小肚子胀得更严重，一阵一阵地发硬。他想哭。想下车。想找个没人的地方藏起来好好地尿上一泡尿。

但是胖副书记笑眯眯的，已经在问他话了。一对圆圆的眼睛一笑眯成缝儿，缝深处的眼仁看着王二蛋，说你叫个啥名字来着？

王二蛋想，胖副书记肯定不知道一个人被尿憋得要死的滋味。

他痛苦地看着胖副书记。

胖副书记亲切地笑了，说李……李啥来着？

李玉龙。前头的胡主任回过了头，给胖副书记笑，做出回答：他叫李玉龙，李如山烈士的孙子辈儿。

王二蛋悄悄伸手去摸肚子。他想压压，压压就不会这么胀痛了吧。

看样子年龄不小了，家里还有啥人？

胖副书记问。还抬了抬屁股，看样子干脆要坐到王二蛋身边来。

王二蛋一阵紧张，心里一紧，下身一松，一股热辣辣的水冒了出来。

他尿到裤子上了。

他赶紧夹紧双腿，不能尿，这是车上，叫人发现就完了。牛牛支书反复交代过，不敢闯祸，闯了祸，回去就扣他的低保，让他饿死。

这尿裤子肯定也算闯祸了。

还好只尿了一点，肚子的胀痛稍微减轻了一点，他就夹住了那个装水的地方。

胖副书记的白脸还在旁边等着。在等什么呢？等王二蛋回答他的问题吧。可是他问了啥问题呢？

王二蛋的脑子空了。记不清他刚才问了啥。他只能给他傻笑，嘿嘿，嘿嘿嘿。

不能回答的问题，就傻笑。

四十五岁，身体健康，就是这儿有点那啥。胡主任说着抬手在自己太阳穴上点了点。

他说的这些王二蛋听得糊里糊涂，他干脆不听了，感觉身底下刚溢出的那一股热尿变凉了，裤裆里凉飕飕的。

瘦子又输了。手又在屁股后面摸钱。

女领导把钱塞进兜里，笑得很好听，说这李如山的事，我前几年在宣传口就听说过，确实是个人才，脑子灵活，胆子大，当年要不是他领着一帮进步青年连夜奔了延安，肯定就吃了地方团练的大亏。

何止是大亏？那简直就是冷亏！肯定早叫人家一锅端了。本来大家都不听他的，他拔出枪扣着青年小组长的头，逼着他点头连夜带大家离开的。

瘦子说着，干瘦的手哗哗洗牌。说：哎，你说那时节的人也真是行啊，年轻轻的，新媳妇领进门才半年，他还是家里的独子，再说李家可是李大堡一带的富户啊，他缺吃穿还是缺钱花？

他家缺钱花？笑话！我爷爷说李家躲土匪的时节，连夜挖地埋银圆呢，光那白花花的袁大头埋了几大瓦罐。胖副书记接过话头，说。

哎，你说也真是怪啊，家里光阴这么好过，放在那个时代真算是大户人家的公子了，在今天就是富二代，他自己又是师范生，也就是知识分子了，为啥偏偏要走革命道路？！一直话不多的另一个男人终于说了一句长话。说完回过头来看了一眼王二蛋。

王二蛋发现他鼻子上的眼镜滑下来，挂在鼻子尖上。样子很滑稽。他想笑，不敢笑，强忍着，憋得肚子疼。下身又冒出一股热流。这个男人该怎么称呼呢，他没记住。

那个时代的人嘛，有理想，有追求，有信念，不像我们今天，好日子把人过懒了，也残了。

胖副书记说着抬手抚摸他自己肥大的肚子。

不打了不打了，打了一路，颈椎病都犯了。

女领导把牌拍在桌面上，伸着懒腰嚷。

瘦副局长收了牌，呵呵笑，对对，夜里再打，反正夜长梦多，不打牌睡不着啊。

王二蛋等着听他们继续说李如山的事，可他们不说了，车里安静了下来。他们都睡觉了。连右边的胖副局长也闭上了嘴，拿着手机看。

王二蛋却还在纠结一个问题，李如山是谁，咋听着有点耳熟，明明很耳熟嘛，可他记不起来了。

小肚子又开始胀。这一泡尿要是在王家庄的黄土路上慢慢拉长了撒，肯定足够在浮土上画出二狗的一张脸。

二狗经常欺负他，二狗欺负的时候他不敢反抗，二狗走后他就解开裤子在路面上撒尿，给二狗画脸。他感觉这样的办法很解气，把二狗施加给他的那些欺负，都给还回去了。

他有些失落。难道胖副书记刚才的问话，就这么容易过去了？他都没来得及亲口说出牛支书教导的原话，胡主任的回答就把问题堵上了。就算王二蛋被小腹的胀痛折磨得什么都顾不上了，可他还是觉得遗憾，有些说不清楚的难受，觉得这个答案应该从自己嘴里说出来呀，不然这三天他和牛支书的功夫不就白费了。我是李玉龙。我是李玉龙。牛支书反复教，他反复跟着念。昨夜睡觉的时候他都还在念叨这个名字来着。牛支书从来都不会把这么重要的事情托付到他身上，既然这次托付了，他就想好好地完成任务。

可是他们那么轻易就把问题放过去了。这太马虎了，没人质疑他叫李玉龙，没人察觉他其实不是李玉龙，他是王二蛋。他们没一个人来问，这叫他总感觉心里有一个地方不踏实，悬着，这种悬让他难受，一难受尿就更胀了。

车颠了一下。身底一热。又一颠簸。又一股热。他夹不住了。他想哭。眼里却干巴巴的，哭不出一滴泪。想忍的尿尿偏偏夹不住，一股一股往出淌。他越是想忍住，就越忍不住。裤裆已经湿透了。顺着裤腿往下淌。他看见连脚底下也淌湿一摊。他全身冒汗了，很难受。想换个地方，想离开这里。坐车原来一点都不好。坐得时间长了全身都直了，哪有在王家庄自在啊？他还不如回去看蚂蚁挪窝呢。他豁出去了，不夹了，把剩下的尿尿都放了出来。

还好大家都在打瞌睡，好像没人闻到他的尿臊味。他们一个个垂着头打瞌睡，他也闭上眼装睡。这一路也太远了。不知道还有多远。他闭着眼睛想李如山。他现在又想起来了，李如山就是小五子啊。小五子就是王家庄的人啊。小五子当年可真能跑啊，一路从王家庄跑出门，跑到他们现在要去的地方。这么远的路途，那时节是坐车还是用脚走？真用脚走的话，得几天几夜的时间吧？不把脚底磨烂才怪哩。

爷爷说他年轻时赶着毛驴去盐池子驮盐，常常把脚走烂了。用烂毡片包上接着走。小五子的脚板跑烂了吗？用烂毡片包裹了吗？

他忍不住偷偷看低处。车里这几个人都穿着皮鞋。在王家庄能经常穿皮鞋的，只有牛支书和队长。会计也穿，但不常见，只是去乡上开会时才换皮鞋，更多时节还是和大家一样，穿着布鞋、球鞋，这才方便干地里的农活嘛。

牛支书和队长的皮鞋也总是穿不利索的，王家庄毕竟土多，走几步路就沾一层黄土。车里的这几个人，一看就不像常去地里干活儿的人，他们的皮鞋又黑又油，平展展地泛着光。

不知道当年的小五子，是穿着什么鞋上路的。

王二蛋今儿也穿了一双皮鞋。这是他这辈子头一回穿皮鞋。牛支书给他的。是牛支书穿过几回的旧鞋，松了点，但还是夹脚。他长期光着脚，或者趿拉着鞋子，一双从不受鞋子约束的脚有些变形，现在塞进这双有模有样的皮鞋里，时间越长越感觉到疼痛。就算不走路，只是在车里坐着，也还是疼。小五子当年步行连日带夜地跑，不知道脚有多疼呢。这小五子啊，想想还真是叫人心疼呢。

王二蛋一想这些就头疼。不想了不想了，睡觉。但是胡主任忽然打电话了。用一种王二蛋没听过的话跟人说话：好，我们马上进城了。在高速口接对吧，我们是一辆十九座的考斯特——好，到了联系。

4

车一进城，王二蛋就开始数蚂蚁。因为数蚂蚁的时候，他的心里就不那么紧张了。车从下了高速，有三个人接，女领导和瘦副局长，胡主任几个下去，他们握了手，车就跟着一辆白色卧车走。

路上的人多起来。车多起来。楼房更是多起来。他悄悄挪了下座位。尿湿的裤子还没干，他闻到了令他羞耻的臊味。他紧紧夹着腿，幻想这可耻的味道被消灭在别人看不见也闻不到的地方。可悲的是，两个腿夹得很疼，却还是夹不住那味道，一股一股往上钻，往鼻子里逼。他不敢动，不敢看任何人，他从前总是很久都不洗澡，有时候甚至一年到头也不洗，身上有多臭，他自己闻不到。但是大家见了他总是躲得远远的，二狗经常拿手在鼻子跟前扇动，说臭死了臭死了，比茅房还臭！

为了这趟出门，牛支书盯着他洗澡换衣裳，把他拾掇得从来没有这样干净过。变干净以后，他才知道以前的自己有多邋遢有多脏臭。到了这车里，跟这些人同坐一个车，他就明白牛支书的安排有多重要，用心真是良苦。

他有些感谢牛支书。可一泡尿，又把他变回去了。真是奇怪，今天他的鼻子好像变灵了，连一泡尿也能闻到了。可这灵醒只能让他更加羞愧和担心。不安像好多蚂蚁在他心里蠕动，熙熙攘攘地到处爬。他强压着难受，渴望找个别人看不见的地方钻进去，把自己藏起来，也把这让人羞耻的尿臊味一起都藏起来。

没有地方可躲，车就这么大。他一直都在一个座位上乖乖没动。他一直斜着脖子看窗外，装作用心欣赏车外的景致。事实上那些景致确实在不断地划过他的视界。楼房，车辆，人流，就在窗外一闪而过。多到数也数不过来。他干脆不数，车太快了，他的眼睛不太好，看不清那么多也记不住那些景象的具体模样。他干脆不记，也不看，他就把他们当作蚂蚁——男男女女的人，大大小小的车，高高低低的楼，他全部想象成蚂蚁，黑压压的蚂蚁，乱嚷嚷的蚂蚁，来来去去，进进出出，他们在挪窝吗？

对，他们确实在挪窝。这世上的人，这世上的生命，谁不是在挪窝呢？爷爷常念叨说王家庄的人啊，像蚂蚁一样勤苦，像蚂蚁一样奔走，都是为了日子。现在看来，这个城里的人，也是蚂蚁，也在奔走，也是为了日子。

他紧张的心渐渐放松，安稳下来了。面对蚂蚁，他好像又回到了王家庄，不是全身干干净净地和一群城里的干部坐在一个车里，他还是那个脏兮兮的孤儿王二蛋，他无忧无虑地看蚂蚁挪窝呢。

好多的蚂蚁啊，不止是一窝两窝，三窝五窝，是十几窝，几十窝，几百窝吧，乱乱地全出来了，连成线，挤成片，乌压压地涌动。

嘿嘿——嘿嘿嘿——他笑了起来。他一笑就完全放松下来了。不紧张了。也忘了身上的臊味。这时候车颠簸了最后一下，像一匹长途跋涉后累得要死的毛驴，吐出最后一口喘息，停止不动。胡主任先站起来，说先收一下大家的身份证，我们先入住，再赴宴。这边三楼宴会厅有接待。

大家都从兜里掏身份证。王二蛋也掏自己的兜。他出门时牛支书看着他装上的。他双手交给胡主任的时候很担心，牛支书不是反复强调过说他不是王二蛋，而是李玉龙吗，那身份证上可还是王二蛋哪。胡主任看见会不会说出来？说出来就麻烦了。

他想不出这麻烦是什么，有多大，他只是害怕回去后牛支书会生气，一顿臭骂不说，还会扣了他的低保。把自己的半份低保也给二狗吃了。二狗会有多得意呢，他都能想象二狗在自己面前的得意嘴脸了。

二狗得意，他就难受。

直到房间登好，大家拿着一张卡进房，胡主任都没有说什么。王二蛋跟在大家身后，看见一起来的人各自进了一个房门。开车的司机也进了一个房。剩下胡主任开了一个房门，回头喊他，说我们俩住一屋。

房间里很白。从地面到墙、房顶、床、被子、枕头，全是白的。王二蛋从来没有见过这么白的房间。就算是在电视里，好像也从来没有注意到。因为白，就给人感觉特别特别干净。他从来没进过这么干净的房间。他站着不敢动，裤子还没干透，要是再有个裤子换就好了。可惜胡主任好像没看到一样，放下手里的黑包，说吃饭去吧，我们先吃饭。

说着拔了房卡，这时候他回头忽然看了眼王二蛋，好像在犹豫什么。王二蛋以为他看到自己尿湿的裤子了。他腰里不由得就缩了一下。但是胡主任只看了一眼，拍拍王二蛋的肩膀，说到了餐厅好好吃饭，不要多说话，记下了吗？他的口气跟牛支书一模一样。王二蛋赶紧点头。

饭桌是圆的。椅子是木头的。但屁股坐下去，是软的。王二蛋被胡主任按在一张椅子上，他怀着往一盆火上落座的心情忐忑着把屁股落下去。椅子没有吭声。他心里踏实多了。他紧紧夹着腿，这样他就不用担心有人闻到他裤子上散发的臊味了。

人都来了。围着桌子坐了一圈，除了车上一起来的那几个人，另外又多出来四个生人。

他们由女局长带着，一一握手。握一圈儿。只有司机和王二蛋被绕过去了。王二蛋抬头看，桌子很大，奇异的是头顶上一个的灯，比桌子还大，像一朵巨大的花，独孤地悬挂在半空中。灯心里开满了花穗，花穗里亮着好多灯。有多少呢，他悄悄数。一二三四五……他数糊涂了。他对数字迷糊，他这脑子数不到十的。

很快他就不数数了，又有了一些疑惑，这么大的灯，是怎么挂上去的。他没看到拉灯的绳子。是用糨糊粘上去的？万一粘不牢掉下来呢，会把桌子边的人全砸死了吧？他悄悄往后退了一下，看自己的头退出灯的范围这才安心，他可不想死，还想回到王家庄天天看蚂蚁呢。

他希望胡主任也不要被砸中，这些人中，胡主任是对他最好的人。可胡主任压根儿不给他提示的机会，一桌人都不给他机会。他们已经端起了杯子，杯子里倒了红红的液体，他们全站了起来，咣，把杯子碰到一起，又分开，都仰着脖子往嘴里倒那液体。司机也站了起来。只有王二蛋还坐着。他面前也倒了半杯红颜色的液体。他刚要站起来，也端上杯子跟别人碰出清脆悦耳的声音，哪怕跟司机碰一下也好。但他们已经坐下了。司机也没有跟他碰一下的意思。

来，吃菜，远道而来，早饿了吧，现在啊，不让铺张，所以只能简单一点了。白酒没敢上，咱就喝点红酒吧。一个白白胖胖的中年男人，坐在王二蛋正对面，他笑呵呵说道。

对，对，现在都这样，理解理解！女局长应和着站起来，跟胖男人碰了一下杯子。

他们的话王二蛋更加听不懂了，因为他们已经完全不说王二蛋能听懂的方言了，每个人都卷着舌头，说电视上的人才说的那种洋话。

眼前的圆桌不知什么时候开始转动起来。等王二蛋注意到，它已经像被一个看不见的手拨弄着一样，一圈一圈地慢慢转动。王二蛋忍着惊讶，悄悄看下面，没找到暗中操作的手。谁的手呢？他很想看到这双手。

每个人的面前摆了一个小碗，一个小碟子，一双筷子，旋转的玻璃圆桌上摆上了一碟一碟的菜，绿的，白的，红的，红的，紫的……王二蛋看见有两个长得很漂亮的姑娘，还在往桌上端菜。她们从哪儿做的这些菜？他没看见厨房。眼前的碟子形状是不一样的，圆的，扁的，方的，那方的也不一样，有长的，短的，还有个羊槽形的。一个巨大的鱼形盘子里放着一条鱼。还有个比盆子还大的高盘子，下面有火在烧，端上来里头的汤还在咕嘟咕嘟地翻滚。

菜摆了一桌子。王二蛋看见大家拿起筷子，从转盘上的碟子里夹菜，夹到自己面前的盘子里才吃。他学着大家的样子，伸出筷子去夹菜。不等他夹到，盘子就转了半圈。他没夹到，才夹起来又掉回去了。他的手干啥都战战兢兢，不断地颤抖，自己是控制不住的。他只能看着一碟一碟的菜从眼前离开，忽然没有勇气再去夹。

胡主任给他夹了一筷子菜，又舀了一碗汤。还给了一个圆圆的饼子，一个黄灿灿的小馒头。

王二蛋再也顾不上看什么灯，也不找那个转动盘子的手，也不找做饭的厨房了。他大口吃着菜。喝汤的时节他咳嗽了，汤呛着他了。只咳了两声，眼泪就扑簌簌地淌。他拿袖子擦。胡主任递过来几张纸。白白的卫生纸好软啊，他赶紧把纸压在脸上，眼泪，鼻涕，口水，一起擦在洁白的纸上。他不知道，他咳嗽溅出的口水，已经惊动了一桌子的人。

正面的胖男人盯着他看。眼镜片上落了灯光，亮亮的，反光，看不见他的眼睛。只能看到一张瞬间张大的嘴巴。

女局长又倒了一杯酒，也给胖男人倒上，亲手把杯子送到胖男人手里，脸上泛着灯光，好像有人要她去做新娘子了，她害羞得很，她说对不起啊，对不起，没顾上给李局你们介绍，这是我们这次活动的主角，明天扫墓的烈士的后人。唉，烈士为国家做出贡献，国家也没亏待他的后人，他没留下亲儿子，这是侄孙子，低保户，五保户，救济，能给的照顾都给了，日子也算过得不错，只可惜啊，他这儿有点缺陷——女领导软软的手指在她自己的鬓角指了指。

王二蛋看着那只手，他想起那手翻牌和数钱的样子。

王二蛋右边的鬓角忽然很痒。他抬手抠了抠，嘿嘿地笑。笑完了低下头赶紧吃。好东西太多了，每一样都好吃得没法说，他放开了肚皮大吃。他开始自己夹菜了。他才不夹菜呢，专门挑肉。肉好吃，他已经很久没有吃过肉了。肉太好吃了。他吃得满手满嘴都是油，他怕别人跟他抢，爷爷说这世上的东西，看在眼里不算，吃进肚子才是自个儿的。他回去一定好好告诉二狗，牛支书有时节喝酒带你算个屁，我可是吃了好几盘子肉呢，拳头一样大的牛骨头，一盘子都叫他给啃光了，还有羊肉，拿在手里蘸着蒜泥吃。

这些人都不好好吃饭，在谈论什么，那些话他听不懂也不爱听，也没时间听，世上还有比吃肉更美的事吗？

他打了一个饱嗝。听到他们在说李如山，烈士，公墓，革命，牺牲，后人……吃了这么多肉，这些人都没有拦他。也没人和他抢。这些人比二狗好，比牛支书好，他感谢这些人。他心里幸福。他高兴，觉得非说点什么才好，他嘿嘿地笑，点头，说呃，我是李玉龙，我记着呢，我叫李玉龙，我不叫王二蛋。

他嘴里塞了太多的肉，一口还没咽净就又塞了一口，他噙着残肉，舌头又大，他的话这些人听懂了吗，他不知道，他只看到他们望着他，大家的眼里有一种他看不懂的意味。

5

王二蛋一夜没睡着。胡主任睡得很香，一头扑倒就睡死了。还打呼噜。呼噜声很响。王二蛋裤子上的尿痕倒是干了，可他好像有点岔铺，再加上呼噜太吵，他睡不着。头昏昏沉沉的，要炸开，又炸不开。他抱着头听窗外的声响。好多的车还在楼下的马路上跑。时不时响一下喇叭。

他回想白天见过的那么多蚂蚁挪窝的阵势。乌泱泱挪了一天，半夜还不睡吗？它们累不累呀？他吃得太多了，心口子胀痛，想吐，他忍着不吐。那么多肉，吃进去就是自己的了，吐出来多可惜。

他醒着，迎接着一波又一波从肚子深处泛上来的残余着肉香味和混合着臭味的饱嗝，他像咀嚼空气一样咀嚼着这气味，嚼一会儿，又重新咽回肚子。这一天见得太多，吃得太多，都需要他醒着慢慢回味。

胡主任像一头身子沉重的肥羊，叫人用刀子切断了脖子，喉咙里的热血在汩汩地冒，脖子窝住了，那血流得不顺畅，呼噜一声，呼噜又一声。王二蛋听得胆战心惊。有一阵胡主任忽然没了声响，好像断了气息。王二蛋爬起来，想过去查看一下。胡主任忽然翻个身，呼噜又开始了。

他没死。王二蛋却有点沮丧，躺回去继续睡觉。这一夜都没睡实，总是迷迷糊糊的，天就亮了，大家集体出发了。

坐在车上，王二蛋觉得身子轻飘飘的。车出发了，摇摇晃晃的，他的瞌睡好像被摇上来了，头靠在座椅背上闭上了眼。牛支书说借他出来一共两天时间，昨天已经用了一天，那就剩下今儿一天时间了。这是在回去吗？那么这一趟出来，干了个啥呢？坐车，吃饭，睡觉，车好，饭好，睡觉的房间更好，都是他长了这么大从没有见过的。回去见了二狗再也不怕了，二狗常去街上逛，回来就给他吹牛，说见了什么，吃了什么，这回他王二蛋也算是见了大世面的人，回去一定一点一点说出来，把二狗给活活气死，眼馋死。

身子一沉，又一轻。差点晃倒。惊醒了。王二蛋发现车已经停下了，车里的人开始下车。昨天接应的人也来了，他们带路，向前走。天空中飘着散散的雨丝。雨丝儿落下来粘在脸上，扑进脖子里，凉森森的，王二蛋残余的瞌睡全跑光了。胡主任和瘦副局长快步去了路旁的店铺。店铺门口的屋檐下摆满了花，那些花儿被扎成巨大的圆圈，铁架子撑高，前面挂着白纸，上头写着黑字。人很多，正一车一车地往来赶，来了，都去那些店铺里。胡主任和瘦副局长抬着一个大圆圈出来了。大家跟上花圈走。穿过一个又高又大的石门，一个大院子出现在眼前。两边长满了松树。这些树木同样很高大，直挺挺站成排。王二蛋想去抱一下那些树。这么端正高大的树，王家庄连一棵都没有。

可惜他们走得很急，他不敢一个人跑过去。他跟着众人的脚步，向很多石头台阶走上去，上了十几个吧，一个和树一样高的石头柱子立在正前方。石柱的正面写着大红的一行字，他不识字，一个都不会认，想让胡主任念给他听，只要用心听过他就会记在心里，回去也好跟二狗夸耀呢。但胡主任的脸绷得很紧，根本不想和他说话的样子。再看别的人，也一个个绷着脸，好像他们的脸忽然换了一张皮，全被人绷起来了。就连总是慈祥地微笑的女局长，笑嘻嘻的瘦副局长，他们也全都换了一个人。

他们的变化应该是进了这个大院子开始的。来的路上他们还在谈论着什么，瘦副局长插了好几句带荤腥味儿的笑话。这个院子，看来是个严肃得不能说笑的地方。

瘦副局长和胡主任抬着花圈，他们从石头柱子前绕过，王二蛋看见好多人，齐刷刷站在石柱前，弯着腰给石柱鞠躬呢。

他们进了旁边一个大房子。房子是一个中年男人打开的。男人的手里拎着个大铁圈，上头挂满钥匙。他走动，钥匙们锵锒锒作响。屋子很深，有点阴冷。雨大起来了。他们赶紧挤进门。门里地上摆着几排小柜子。柜子有一个一个的方形小抽匣。男人蹲下在一排架子前寻找。找了五步，对着一个抽匣看了看，用一把钥匙打开了。双手托出一个丝绒布包着的匣子。他把匣子摆到正中间的桌子上。又从里头拿出一个更小的相框。相框里有张相片。他把相片摆到匣子前方。看着大家，说今儿扫墓的人多，公共场所，大家不要太吵，时间也不要太长。说完他就出去了。

　　这就是烈士的骨灰和遗照。几个人站成两排，王二蛋被谁推到了前头，和女局长并肩站在最中间。他惶恐，想往后退缩。可身后有手托住了他。还拍了拍他的肩膀。他不敢动了，牛支书交代过，要乖乖地听话。

　　他听话地站住脚，就算他傻，也能感觉出现在的气氛有些肃穆，不适合东张西望，也不能乱动。

　　女领导手里拿出几张白纸，白纸上有黑字，她看着字开始念。用的是王二蛋听不懂的那种话。大家都静悄悄的。瘦副局长就在王二蛋右边。王二蛋用眼睛的余光偷偷看，瘦副局的脸绷得很紧，他不满嘴玩笑的时节，严肃的样子，像个干瘦的骚胡羊。他努力地想保持庄重，但王二蛋觉得他这个样子更让人觉得想笑。王二蛋真想笑，嘿嘿的笑声从肚子里蹿上来，要从嘴里往出喷。他赶紧忍。他知道这个时节笑真的不合适。他忍啊忍，笑变成了咳嗽。他咣咣地咳着。眼泪哗啦啦出来了，在脸上飞快地流淌。眼泪又滑又凉。他看见照片上的人在看着他。巴掌大的照片，一个男人，在黑白照片上微微地笑着，他的眼睛亮晶晶的，好像那眼神里含着两包清亮的水。这个人他见过。

牛支书的手机里就存着这个照片。

牛支书没给他足够的时间看清这张照片。现在没人拦他。他可以从容地看他了。这个男人好年轻啊。也就和牛支书那上大学的儿子一个年纪吧。他很好看。眉毛，眼睛，鼻子，嘴，下巴，和整个脸部的轮廓，都透着一股说不出的清秀。他长得真好看。王二蛋忽然脑子灵醒了，不笨不傻了。他知道这个男人是李如山。也就是王家庄人有时提起的小五子。

少年聪慧，勤学苦练，十七岁就以优异成绩考入师范学校……

女领导的声音在耳边响起。

王二蛋听不懂。他就不听了。他专心看照片。照片里的人目光始终亮晶晶的，好像有好多话要跟王二蛋说，不用嘴巴，直接用目光就能说。一个人在照片里过了这么多年，还能这么目光清亮，他本人又是什么样子呢？

王二蛋看着他的眼睛。他和他隔着好几十年的时间。目光对视，王二蛋感觉一张脸从那照片里浮了上来，像水面上慢慢浮起了一轮月亮，这脸面从单纯的黑白颜色，单薄陈旧，一点点变得清新、饱满、生动，他含笑看着王二蛋。那微微上扬的嘴角，是真的要跟王二蛋说什么吗？这世上真有一个人叫李玉龙吗？小五子有后人吗？好像儿子是有的，孙子也有过，后来去世的去世了，搬走的搬走了，就只留下了李玉龙一个名字还留在村民花名册上。现在他顶了这个名字。那么他就是李玉龙，是李如山的堂孙子。他应该把照片里的这个男人喊爷爷。

爷爷——他想笑。世上有这么年轻好看的爷爷吗。像爷爷那样弯腰驼背胡子一大把的老头儿才能当爷爷吧。爷爷——小五子——他在嗓子眼里喃喃地喊。他的喊声只有自己能听到。

女领导念完了。他们齐刷刷弯腰向照片和那个盒子鞠躬。他们鞠完躬已经抬起身子了，王二蛋才明白过来，他赶紧弯腰，学着他们的样子鞠躬。可他们已经把铁盒和照片抱起来送回木抽匣去了。

那个男人进来，把抽匣上锁。小五子被锁进柜子，和整整一架子的匣子融为一体。王二蛋再也看不出他在哪一个匣子里了。这些匣子外头全标了号码。一个号码一个匣子。一个匣子里就是一个人。这些人全是李如山一样的烈士。他们每个人身后有着自己的故事和经历，他们都变成骨灰和照片了。王家庄的人去世后全埋进祖坟里，一个人睡一个坑，一个人就是一个土堆，这里的人全装在匣子里，存在这间房子里。

雨大了起来。他们几乎是小跑着冲向车的。王二蛋还想去抱一抱那些松树，就留在了最后。当他赶到车前，大家已经上了车，只等着他一个人了。胡主任用一张纸顶在头上遮雨，纸湿了，软塌塌吊着，胡主任的头发粘在脸上，他一脸不高兴，在王二蛋身后搡了一把，王二蛋差点一个跟头栽倒。他踉跄着上了车。他昨天的座位上坐了胖副书记。他只能去后面的一个空座。车向山下开去。雨在玻璃上唰唰地泼，拧成了一股水，两边的玻璃都模糊了，他想看看车外这座山，已经看不清楚了。这座山叫什么名字呢，他没听到他们说起。想问一下车里的人，可他们一个个好像很累，似乎这一趟上山让他们耗费了全部力气。他们现在连说半句话的力气都没有。胡主任昨天一直笑眯眯的脸，没有再关注过他。王二蛋不敢问了，他在心里遗憾，回去跟二狗夸耀，连地名都说不上来，二狗肯定要笑话的。这让他在遗憾的同时，有说不出的沮丧。

他也觉得累了。学他们的样子闭上眼，把头靠在后座背上，试着入睡。这一回很顺利。他很快睡着了。睡得很沉，很香。但他梦里也没有忘了自己身在哪里，他始终端端正正坐着，身子不斜不倒，他听见耳边有笑嚷声重新响起。几个男人又陪着女领导打牌了，还是昨天的座位，还是那四个人。瘦副局长斜斜靠着，一边摸牌，一边蔫蔫地坏笑着。一轮下来，他又输了，干瘦的女人一样的白手又伸到屁股背后在兜里摸钱。

王二蛋不睁眼，他闭上眼装睡。这一切，他不用睁眼看，是从说笑声中推测出来的。这一路上他一直闭着眼，他没有喝矿泉水，也不再想着捡瓶子回去卖钱。他不想睁眼看任何人。窗外的雨一直在下，从起程到王家庄，整整下了一路。王二蛋心头一直在想一个人，想了一路。

盛　开

　　"五一"劳动节短假我哪都没去，爱人和孩子回老家看爷爷奶奶，我留在家里，目的很明确，只有一个，做整理。把这些年太平公主送给我的东西理出个头绪，做个大概统计，将结果报给她。这是其一，是她所要求的。其二吧，是我想借这次机会来个大整理，我想知道这些年她究竟给我买了多少东西。另外，她还有要求，就是她第一次网购给我的物品是什么，第一次网购给我的化妆品又是什么。

　　她第一次寄给我的东西我记得，因为那是我平生头一回收到快递，所以记忆犹新，只是第一次寄来的化妆品究竟是什么，说实话我忘了，因为之后她给我网购东西已经成为常态，而我收快递也已经频繁到早就没有了新鲜感，再说化妆品早就用光了，用过也就忘记了，真要我记住那么多细碎的事情，那得多大的大脑内存哪！还好我有个收藏旧物的习惯，尤其喜欢在用过的化妆品盒子中挑拣那类外形玲珑别致的收藏起来，我总感觉那大大小小形状各异的小容器很有趣，带着一个女人在岁月里走过的标记，也能说明我所生活的这个时代和这座小城里的普通阶层的女人们在这二三十年的社会历程中都使用过什么样的化妆品以及她们在护肤方面所处的消费层次。

但愿她第一次给我网购的化妆品瓶子还在，但愿我能从一柜子陈旧的瓶瓶罐罐里找出一点几年前的记忆来。

爱妃，还记得寡人赏你的第一件东西是什么吗？

本周二，她忽然在微信里问我。

我当时正忙着炒菜。牛肉蒜薹。牛肉切成薄片，蒜薹快刀斩成半寸长的段儿。肉八九分熟时，把蒜薹投进去，急火快炒，赶在蒜薹变老之前出锅，少盐少油少作料，牛肉泛着淡淡的红，蒜薹保持着一点辣味和鲜嫩的香，出锅后扣在一个瓦盆里温着。等会儿手擀面捞出来，再把牛肉蒜薹浇在上头，面白肉红菜绿，这就是青拌面了，爱人和孩子都爱吃，一周不吃一次就嚷嚷说馋。我这独创的拌面做法，被全家公推为最拿手厨艺之一，每次做这个面，我就拿出浑身解数，十分投入地做，全神贯注和一气呵成，中途一般不愿分心。

我瞅一眼微信，不理她，继续炒菜。

等饭菜上桌，解下围裙，洗了手，看着爱人和孩子吃得欢畅，我也开心，笑着划开手机看。我做饭这半天工夫里，叮儿咚儿蹿进来好一串新信息。

还是她。留言有长有短，不论长短，后面都加一个大大的问号，或者感叹号。这是她的风格。每一条信息里都透着尖刻和固执，从最初带着温情的询问，到后面逐步变成质问。我知道，她是在嗔怪，在抱怨，在怨恨，为什么不及时回复她信息，为什么怠慢一个想和你说话的人，为什么要装作很忙（哪怕是真忙也不应该），世上真有那么多重要的事需要你好几个小时地投入去忙，忙到连回复人一个笑脸的时间都没有？！

我一边看这些信息，一边忍不住会心地笑。透过这些带着未成年人口吻的文字，我想象她发送这些信息时候的情景和心情——孤单单一个人在空荡荡的单元楼房间里，像个小女孩一样期待被大人重视和疼爱。所以真的在眼巴巴地等待？还是在和某个男士逛街、闲聊、喝茶或者躺在同一张床上，而漫不经心地给我发着这些信息，只是想在一种奇异的心情中找个人发泄一种她自己也说不清楚的情绪？

总之她很无聊，很多时间都处在无聊当中，而当如果追着我问一串问题，并且执意等待回复的时候，应该是她的无聊数值达到了一个高峰。当然，这只是我的猜测。这方面的具体情况，我们从来没有展开和深入地交流过。

我的经验是，只要如果她忽然记起我来，并且追着问问题，我就得好好回答，千万不要不当事，迟迟拖延，或者简单地敷衍。因为对她草率的最后结果是她会让我充分尝到试图糊弄她的苦头。她会穷追不舍问个不休纠缠得我哭笑不得，用她的独特话语形容，就是叫我求生不能求死不得，把肠子悔青并且寸寸断裂。听听，这有多恶毒哪！

不过，用她的原话来讲，能被她这么既温柔又残酷地折磨的，是和她关系特别的人。至少是闺密、朋友、同学、情人。这几种角色，有的是单一的，有的交叉重合。像我，从前是小学同学、朋友、闺密，发展到今天，从资深同学和闺密上升到资深闺密。一路走来，这几十年里，我们的关系真是越来越难以掰扯清楚。用我的话说，就是水乳交融难分你我，她纠正说不对，是臭味相投狼狈为奸蛇鼠一窝。她学历比我高，学识比我丰富，使用起怪词儿来一串一串，而且顺畅到不分褒贬。我除了哭笑不得，拿她没一点办法。

一共二十八条未读信息。我一边往嘴里喂饭，一边看着这些信息下饭。

记不得了？没关系，寡人提醒你一下。

一套沙发垫子。

还有化妆品，还记得什么牌子吗？

也忘了？那总记得都包括什么了吧？

也给忘了？水，乳，霜，精华素，面膜，一整套！

记性真差！

这么有纪念意义的事也会忘？

寡人白宠你了。

寡人命令你，把所有这些年里，寡人赏给你的所有物品，做个整理统计，限你三天，把结果呈上来。

重要的事情说三遍，三遍！

接着是一串绿叶衬托的红玫瑰。

玫瑰之后是一把刃口上沾血的刀。

我逐条下拉，把收到这些信息的时间断断续续连起来，一共花了一个小时之多。我知道她在这一个多小时里并不只盯着我一个人说话，可能她同时在跟几个人发信息，或者她在和约会的男士面对面地聊天或进行着别的事情，甚至不排除身体的纠缠交织。

说明她的无聊症又犯了。

我集中精神吃饭，暂时不回复任何信息。

妈，是太平姨姨？她又给你买啥了？

女儿打量我变幻不定的神色，猜出个大概。

爱人停下吃饭，筷子敲着碗沿，还买啊？你看这家里，还缺啥？还有地方放吗？你快叫她刹住！都买的啥啊，乌七八糟的，中看不中用，白烧钱不说，看着都折磨人！

我大口吃饭，给他一个坏笑，说我们这种中年大姐嘛，肥腻，无聊，除了买点商品哄哄自己高兴，还能咋地？难道像你们男人出去勾搭一个，再来个第二春？

这一招十分有用，他被呛得无话可说，推开碗筷落荒而去。

我们结婚十八年，磕磕碰碰常有，最近尤其升温了，大有再不克制就可能上升到离婚的地步。因为他有出轨的迹象。他死活不承认。但我从目前掌握的种种反常迹象推断出一些间接证据。然后用这些证据推出一个结论，他和他们办公室的一个小干事有暧昧。他立场坚定，口风很紧，死不认罪。我死缠烂打，揪住不放。这段时间我们两个人说话都阴阳怪气，火药味呛人。

这样的状态，让我感觉活得很累。也烦。心里苦闷，只能拼命干家务，靠劳动惩罚自己疼痛的神经。

今天太平以她独有的方式冒了出来。我忽然发现，我早该想到她的，并联系一下她。我的烦恼，也许可以跟她吐吐。

我把手机划开，又关上。关上，又划开。我还是犹豫难定，女儿午休去了，我放下手机去洗碗。算了，不说了。事情只是一点苗头，也许压根儿就没有，只是我的猜测罢了，我们两口子关上门闹翻天，也终究只是我们的家务，真要跟她泄露一个字，这事情就变味了。性质也跟着就不一样了。我还是打落牙齿往自己肚子里咽吧。

洗完锅灶，我给她回过去一个笑脸，打一行字：有空就整理。

可现在这整理从哪儿做起呢？面对只剩下一个人的家，我感到左右为难。干脆躺到沙发上做深呼吸。深深地吸，慢慢地吐，重复十多次，然后猛地翻身爬起来，这就开始干活儿。就从手边开始。

布艺沙发上的坐垫是她买的。来自淘宝网。记得刚收到包裹后，她要求我拍照发她，再说说心里的感受。比如喜欢吗？满意吗？能打几分？

我哭笑不得。问她什么意思?

她说她要给卖家留言反馈。

最后她给卖家的留言究竟是什么,我没上网看,但我挺喜欢这套护垫。款式,大小,颜色,花样,都和沙发很搭。可见她上次来我家留了心,仔细观察过我家沙发。这也是我收到她网购的第一件物品。我知道商城里这种垫子卖二百多呢。我要把钱给她。她被逗笑了,说寡人赏你的,哪有叫爱妃花钱的,没道理。

那应该是她第一次喊我爱妃,同时自称寡人。

当时我没注意到这怪异的称呼。我沉浸在第一次收到网购商品的复杂情绪里,反复摩挲打量眼前的护垫,总感觉有些不真实,真的不用去店里看看,隔着遥远的距离,在电脑上手指轻轻一点,就把东西买到了手?

时到如今,垫子依旧很新,因为我比较喜欢,一直没舍得铺,平时折起来存着,来客之前才拿出来铺一会儿。昨晚有人来家里找丈夫办事,客人到达之前我换上了这套心仪的垫子。平时铺的是另外一套,那套也是她买的。还有一套,和第二套替换着铺。第二套来自天猫,第三套是唯品会上买的。价格应该都比第一套高,但我最中意的还是第一套。

我把垫子抽下来,折叠,装进一个带拉链的塑料袋里。

茶几上的一个塑料收纳盒也是她买的。圆盘状干果摆放盘也是。小垃圾桶也是。这种小巧的垃圾桶一共三个,另一个在餐桌上,第三个实在派不上用场,女儿拿进书房当笔筒用,里头插着一把缺胳膊少腿儿的残笔。

其实，我真不觉得茶几上有摆垃圾桶的必要。垃圾随手都丢进门后的大垃圾桶就行，何必这儿再多一个。

可她买之前不征求我意见。电话打来，叫取快递，取回来打开看，一个纸箱子，被胶带层层缠绕包裹，拆开之后的内容，就是这夹在几片塑料泡沫板之间的小玩意儿。买都买回来了，我又不能退回去，只能拿回家用。

收到小垃圾桶之后，我照例给她说了声谢谢，她白天迟迟没回话，到了夜里忽然冲我吐个舌头，好像一个顽皮无比的顽童躲在电脑前，望着屏幕在跟我捣蛋。

就在我完全接纳了这个东西并试着在生活中使用时，她忽然冒出来，爱妃，那东西还用得趁手吗？要不给你再淘一个？

我不敢迟疑，赶紧举手投降，大姑奶奶，求你了，已经够好了，别再买了。

她哈哈一笑，就此消失。

茶几上这片半塑化软苫巾，也是她买的。

电脑桌上、冰箱上、洗衣机和电视上的蕾丝花边苫巾，也都是她买的。一律淡黄颜色。我一一取下，折叠，丢在沙发上。整理电视台上的东西时，我有些气馁。我发现我这么做没有什么意义。日常生活里的居家用品，大大小小花花绿绿，几乎全是她买的，简直数不胜数无处不在，叫我怎么才能完全清理得出来？真要完全做到，岂不等于得把我们的家几乎给腾空出来？

望着大小十一瓶假花，我彻底投降了。躺回沙发，深呼吸，冥想，放电影一样用脑子回放这个女人给我的生活添置进来的东西。

就拿那些假花来说，是断断续续分两年买来的吧。有花儿连着瓶子一起买的，有只买几个瓶子的，也有只买几束干花的。那瓶子一个比一个古怪。铜丝的，铁皮的，瓦的，陶的，塑料的，还有一个秸秆编制的，竟然很像我们小时候家里装馍馍的麦草笼子。而有个陶罐，分明就是从前农村最常见的尿罐。

有一回她发一个照片给我，上面一个巨型鱼缸，问：爱妃，想不想养鱼？

吓得我神速拒绝：不喜欢，不喜欢。

只要爱妃喜欢，寡人这就下单。

我很坚决：真不要，家小，放不下，买回来他肯定发火。

她坏坏地笑着，等我让步。

我说：你敢买，我就舍得砸了它。

她可能被我坚决的口气吓着了，总算饶了我一回。

这些带着工艺气息的瓶子和插进瓶肚子里的假花，是她刚离婚那两年最爱买的。

忽然一天我收到了一大束麦穗。麦芒直挺挺毛茸茸，叶片绿莹莹的，看着挺像真正的麦穗。自然是假的。我哭笑不得，这什么意思？我懒得细细琢磨，就信手撂在柜顶上了。隔了段日子又收到一大束假玫瑰花。前后收到的假植物堆了满满一柜顶。这时候她忽然来做客，我们彻夜长谈。我才知道她离了。

她这婚结得突然，离得也突兀。说实话，那个做了她三个月时间男友加半年丈夫的男人，我实在没什么深刻印象。她结婚的时候我去了，坐在娘家的宾客当中，我们隔着一个婚礼台，她在台上，化了浓妆，一袭白色纱裙，美得像一朵灿烂得过了头的花朵。

我刚刚处理了一个意外怀孕的麻烦，做了刮宫流产，扛着病体去的。望着台上烁烁闪光的她，我恍惚得眩晕，想起和她的最初相识。小学三年级，她从附近一所小学转入我们小学。老师分配我们坐了同桌。巧的是我们俩都学习不错，是尖子生，这一对尖子生从此就开始了相伴相争的学习生涯。小学毕业又进了同一所初中，又做了三年的初中同学。直到初中毕业，我们才彻底分开。其实这六年当中，我们的友谊并不像很多师生看到的那么深厚。甚至可以说，那六年的十二个学期里，我们之间都不存在友谊。

如果人和人之间的友谊可以有一个数值来衡量，我俩之间的这个数值肯定始终徘徊在零左右。时而跃上零界，时而下沉到零度以下。当我成人后，具备了理性分析的能力，我好好思考过我们的关系。我觉得如果我们俩都学习不好，不是尖子生，要么当中有一个人学习不好，两个差生或者一优一差，走在一起，那样可能我们的关系就不会那么地紧张。

我们的性格里有相似的成分，都踏实，好学，想考第一。竞争伴随着我们，我们的成绩像齿轮一样紧紧咬合，一圈又一圈。这一局面直到中考结束后，分道扬镳，各走各的路，我们才彻底从彼此的阴影里走出。

望着台上站成一对、衣冠楚楚的新婚男女，我恶毒地想，他们婚前同居了吗？肯定早就把生米煮成了熟饭，现在只不过是补办一个掩人耳目的仪式罢了。她曾对我信誓旦旦地说不结婚，不嫁人，这辈子活自己的。她不相信女人没有男人会活不下去。这话是我结婚前夕，她和我夜里长谈时说过的。她怀疑我和那个一脸刻板的小公务员之间没有真正的爱情，更怀疑嫁给他我会真的一辈子幸福。

事实证明她的怀疑是有道理的。婚后我很快就不幸福了。我发现婚前曾经期待过的那些幸福，婚姻并没有给我兑现，相反，婚后生活里的琐碎、庸常、枯燥、乏味，让我不适应，只能逼着自己适应，这个过程里，我总有一种上当受骗上了贼船的感觉。这个做了我丈夫的小公务员真的很平庸、无趣、乏味、刻板。他从来都没有准备给我一个想要的幸福，哪怕是在情人节从路边随手买一枝发蔫的玫瑰献给我。

我在日复一日的磨合中适应着已经套上脚的婚姻牌鞋子。我没有跟她诉过苦。她曾经打来过电话，直奔主题，说上了婚姻的贼船，开始后悔了吧？我可是做好了看笑话的充分准备！也给你备了一袋子的面巾纸。一缸眼泪也够你擦。

这是她的性格。她不喜欢绕弯子。既然她能这么说，那就说明她真的已经在等着看我的笑话并且给予我她所能提供的安慰了。

我很冷静。我说哪能呢，他对我好着呢。说完我就往她身上扯，催她也找一条合适的贼船上了吧。女人嘛，迟早得嫁，这条船水深水浅，你站在岸上不下水，永远都不会知道，上去试了才能知道啊，你也老大不小了，别一个人在世上晃悠了。

她一听话题被我扯到她身上，哈哈一笑，说那你跟你的小公务员好好过吧，有一天实在受不了了就来找我，老同学是你永远的岸，等待你随时来停靠。

这以后她再也没有问过我婚姻的内幕。我们的日子在磕磕碰碰中度过了大多数婚姻都要经历的磨合期，随着怀孕生育，我们将婚姻生活过成了家庭生活，甚至有了甜蜜的味道。我开始在朋友圈晒幸福。小公务员炒了我爱吃的羊肉粉条小炒，我挺着孕肚散步，儿子初生照片，情人节老公买了支口红……她有时点赞，还评论一句。更多时候不露面，我知道她会看到的，而且一条不落地看了。但她心里不是滋味，就装作没看到。我的猜测不是无凭无据，是有依据的。有一回她来做客，我们彻夜长谈，我惊讶地发现，我的近况，只要我一提个头，她就接得上全部的下文。我不是有意给她下套，她也一副没心没肺的老样子。通过这些我才知道，她其实一直都在关注我。这之后，我有意减少了晒幸福的次数。因为我预感到，如果我再继续暴露自己的幸福，从高中开始，我们彼此间终于趋于正常的关系，有可能会再次紧张。

这不是我想要的。我只想和她做最普通的闺密。我希望曾经笼罩在我们两人关系之上的阴影再也不要出现。

我目光扫过电视柜、书桌、衣柜、窗台，十一瓶插花作品，全出自她手。当我把麦穗、假花积满了书柜顶的时候，她来了。先惊讶我竟然笨到了这种地步。我不生气，笑呵呵看着她。她动手，一边唠叨一边做花艺。插花用的瓶子、罐子、坛子，都是她买的。一次快递一个。十次快递十个。那个尿罐模样的罐子我看着实在太丑，就差点给扔了。多亏没扔，她第一个要找的居然是这个丑家伙。她做插瓶，一边做，一边诲人不倦地给我传授花艺知识。什么高低啊，疏密啊，色彩啊，配搭啊。

我表面装着一副受教不浅的恭敬模样，心里其实很不以为然。我忙着洗尿布，哄孩子，做饭，一大堆家务等着我做呢，在这琐碎的现实生活当中，我哪还有闲情逸致研究什么花艺呢，又不当饭吃，我只是一个凡俗妇女，现在就是一个超级保姆。她做出了好几瓶插花作品，然后满屋子给我们摆。说这摆放的位置也大有讲究。客厅有适合客厅的样式，书房有书房的颜色，卧室更需要摆出卧室的感觉。

她走了以后我继续过自己鸡零狗碎柴米油盐的凡俗日子。哄孩子入睡后，我望着这几束插花禁不住走神，我一遍遍想把这些花草摆弄出造型的那个人。同为女人，又是同龄，从小一起长大的我们，如今我们的人生道路竟然这样不一样。我走的是最传统的路子，毕业后工作，工作头一年就找对象结婚，第二年就怀孕生孩子。现在我上有公婆中有丈夫下有孩子。我和世上千百年来无数女人走一样的路。这样的日子踏实，稳定，但也枯燥乏味，人生这一辈子平淡得一眼能望到尽头。

她和我不一样。如果如今的她换了别人，我不熟悉，或者离我遥远的女人，我可能都能接受她的生活方式，并且认为这是理所当然的。可我和她太熟悉了。曾经就像手心手背的关系啊。她竟然选了一条和我完全不一样的道路！我总是觉得难以消化这样的特立独行。

她应该和我一样。除了上班之外，还火烧屁股一样天天被家务缠身，洗衣做饭，换洗尿布，喂奶，哄娃娃，忙得早就忘了女人还需要照镜子，化淡妆，穿流行衣服，做面膜，涂口红，抹指甲油，隔几天去做美容，每天出去打卡练瑜伽……

她至今不结婚。我曾多次替她担心。也偶尔跟丈夫提起她。孩子熟睡后，我们会躺在同一个被窝里，抚摸着彼此的身躯，在一种懒洋洋暖烘烘的气氛中，说不清楚为什么忽然就想跟他说说她。好像她是我心里的一个什么扣，过段时间我就想伸手摸摸这枚扣。我并不急着解开这扣，而只是摸摸，从这抚摸中似乎能得到一点淡薄的安慰。有时候我明明知道这扣和这抚摸一样，都是看不见摸不着的，但我一直在心里留着它。

谈论总是由我提起。从我二十二岁结婚之后开始，持续了十几年。我甚至可怜她，笑话她，偷偷猜测她身体有毛病，才耽搁着迟迟不肯结束单身生涯。

我应该可怜她呀。奔四十的人了，还单着呀。背后的苦，有谁知道！可我得承认，我有时是羡慕她的。尤其又苦又累的时候，看着镜子里自己蓬头垢面的黄脸婆模样，再想想这世上还有一个女人，跟我那么熟悉，居然能够过着跟我完全不一样的生活，她至今是自由身，身材和女孩子一样，没怎么走形，脸上也没有明显的皱纹，带着淡淡的但是姣好的妆容，还有闲心做少女时代我们做过的事儿，我就真的羡慕她了。这羡慕让我伤感，我感觉婚姻给予了我一些馈赠的同时，也实在带走了更多，而被带走的，却是一去再也难以复返的。

我偷偷质疑自己的选择。有一丝念头像火苗一样在心里舔着我的五脏。火苗固执，微弱，有些灼痛，却没烧伤。我觉得她的选择也许是对的。这想法我从来没有跟她说过。一种奇怪的自尊心让我说不出口。我固执地认为，只要我不说出口，我在她面前就有着让她羡慕的幸福的本钱。就像她生活中让我向往的那些内容。一旦说出口，这幸福肯定就会打折扣，就会掺了水分，就会褪掉色彩。就像她从不说她其实也羡慕我的凡俗稳定和平淡一样。

我从书架上抽出几本书。她买的。一本一本抽出来，在儿子的写字桌上整理。我竟然能记得清这些书来到的先后次序。都是熬制高级鸡汤的高手所写的所谓畅销著作。有几本我看了，有几本至今懒得去翻。我的阅读层次早已经超出了心灵鸡汤的水平。她不知道，她认为我这些年除了应对工作之外，就知道拉扯孩子伺候男人了，早就忘了提高自己。这是婚姻之外的女人所想象的婚姻之内的女人必然会有的境况吧。这件事上她露出了破绽，一个在凡俗生活之外的女人，永远无法窥破凡俗生活内部的本质和真实。

我望着这些书。我从来没有告诉她我其实不需要这些书，我的阅读层次早就高过了这些书。我像一个看透了世情的老女人，有些恶毒地看着一个不曾涉世的小女孩在重复一个幼稚的错误。我不说破，她的破绽就一直摆在那里，她不知道这需要修补，需要纠正。

她最后买来的应该是余秋雨的一本书。

这本书我认真读了。我也喜欢。

但我还是什么都没有说。我只静静观察，看她下一步的走向，是会沿着一个台阶往上缓缓升级，还是依旧在这样的水平线上臆想我的生活？

她却好像忽然开悟了，收手了，从此再也没有买过一本书。出了什么情况呢，难道她从此换了兴趣？

在卧室的衣柜里，我翻出了十三条胸罩。其中九条是她买的。还有裤头，不用翻开看，她买的不下十条。最值钱的是一件真丝睡裙。天猫的货，收到快递打开后，我第一次有点生气。太贵了。这睡裙我在网上查过，上千元呢。就这么一条轻飘飘的薄裙，哪值上千元呢？难道是金丝织成的？

我给她转了 1000 元红包。我说求你了大姑奶奶，以后别给我买东西好吗，缺啥我们门口的超市就有，你真的就不要再费心了好吗？

我一边发信息一边把睡裙挂在衣架上欣赏。细细瘦瘦的一条长裙，又是 M 码，这样细巧的腰身，哪是我这个刚生完二胎的腰身变形还没复原的女人能穿的？我拉上窗帘，大白天的脱了外衣往身上套这个睡裙。

竟然勉强套进去了。对着穿衣镜看，我看到了一个变形的自己，像一截小心翼翼地塞进一卷薄纱布里的胀袋的香肠，而睡裙，已经紧绷到快要撑破。

这种紧绷让我忽然生气，一种巨大的羞辱感袭击了我。我忍着悲愤，一边剥皮般往下剥离这长在身体上一样紧贴的睡裙，一边在微信里骂，是成心恶心人呢吧，明知道我已经不是少女身材了！

她没有回话。

一周后我收到另一个快递。

一个四方箱子。拆了箱子里头是一个塑料袋。剪开袋子，我哭笑不得。是两包卫生纸。

我拆开卫生纸，反复看。和我手头已有的卫生纸没什么两样。一包一元五。两包三元。这笔小款我不用给她转了。

我发一个笑脸，再发一个大哭。我说姑奶奶，真求你了，再不要下单好吗？别的不说，只看这里里外外好几层的包装，仅仅是胶带，就缠裹了好几层，拉开有一胳膊长了，咱无故浪费这么多资源，不是罪过吗？

她没吭声。我知道她没死，肯定活着，也在看手机，却就是不回我的质问。

我回想这些年自己收到，拆开并且扔掉的快递包装，箱子、盒子、袋子……记不得有多少了，有个玻璃花瓶，里外一共包了四层，大箱子和小箱子之间塞了厚厚一层泡沫板，拆除下来足足塞了一塑料袋子。收到快递，最高兴的不是我，我其实早就厌倦了。每次接到电话说有我快递，我就头大，犯愁。拿回快递，甚至都懒得拆。女儿叉着肉肉的小腿，抱包裹，拿剪刀或者刀子划开，拆快递似乎是一件让她十分快乐的事。那一道一道的透明胶带，被小手一条一条地拆下。拆不下就拿刀子划。划开所有的盒子袋子，露出里头层层缠裹的内容，当然，从来不是食物或者孩子的玩具，她这才厌倦了，扔下包裹，转移注意力。但下次快递来，她又会高高兴兴扑上来抢着拆。

有段时间，只要有人敲门，她就会欢快地跑在前头去开门。嘴里咕咕哝哝喊着快递，太平姨姨的快递。

为此我们吓唬、教训她好长一段时间，因为我和我的小公务员丈夫都在担心，怕有一天我们做大人的不在家，小姑娘会贸然为陌生人开了门。

还好孩子长大了。上学了。对快递的兴趣被别的东西所取代。

她对那个三两年中才来一次的太平姨姨寄来的东西，也没什么兴趣了。因为她寄来的东西没一样是孩子能用的。从我怀孕生产到送孩子上幼儿园，她始终没寄过一件和孩子有关的物品。从尿布到奶粉、纸尿裤、爽身粉、衣服、鞋袜，到学习用品，一样都没有。似乎她不知道我已经是和她不一样的女人了，不知道我正在凡俗女人必须经历的柴米油盐洗洗刷刷中跋涉挣扎。她不知道这时如果给我送一件婴儿内衣远比一束假花来得实际。

她是什么用意？嫉妒我过平凡的日子，还是看不起我过这种日子？要提醒我，别被日复一日的平淡日子淹没了自己，别忘了自己还是个女人！别忘了保持女人的容颜和身材，还有气质！别忘了生活中除了人间烟火、一地鸡毛，还有诗与远方！

很长一段时间，我不感激她。不管是良苦用心还是暗讽明讥，我都不感恩。看着她不定期塞进我生活里的物品，像一个个塞子填进了我原本漏洞百出严重进风的家庭生活，我想哭又想笑，哭笑不得，要知道，这些塞子在填补这些窟窿的同时，也外露出我生活里不愿让人看到的残缺和伤痕。

我绕过孩子的衣柜，不用打开看，我说过，她的赏赐从来都和孩子无关。

我启开了老床下面自带的暗仓。这张床还是以前我们的婚床，后来我和小公务员丈夫都胖了，尤其他，最初单薄得风一吹就倒的身子，扩充成了从前的三倍。这小床要摆下我们两具沉重臃肿的肉体，已经成了有难度的事情。自然而然地，它被挪进儿子房里给他一个人睡。

我慢慢抬起仓板，里头全是旧东西。床单、被套、蚊帐、枕巾、帽子、衣裳……旧了，舍不得丢，又不知道还能怎么用，干脆塞进塑料袋子收了起来。

一年一年，不觉意间，竟塞了满满的一暗仓。

我抖开看，这些旧衣物里不断跳出记忆的点滴，和她一样一样添给我这些物品时的情景。帽子尤其多，毛的、呢的、绒的、带舌头的、镶蕾丝的、贝雷形的……街头流行什么款式，她就买个什么款的。有些我戴过，有两顶我戴不进去或者顶在头上大得晃荡，就挂在衣帽架上落一段时间的灰尘，再摘下来压进这暗仓。也有几顶转手送给了别人。

我把所有帽子抱出来，摆开，占了大半个沙发。

进入卫生间，我头大了。放眼看去，满眼都是她的影子。

洗衣机上的绣花流苏套子，地面上一双棉麻编织拖鞋，手纸盒子、香皂盒、雕花檀木梳子（檀木是真是假我不会鉴别，但买回来这么久一直散发着一股香味），一把牛角小梳子，一个牛角刮痧板，墙角一排五个花形不同的粘贴式挂物钩，马桶盖上的绒线花形套子，头顶高处的浴帘，平滑式浴帘杆，浴帘杆上悬垂的一个圆形挂物钩，一个小熊造型的澡巾，一大朵浴花，一块手工精油皂，一瓶玻尿酸保湿乳液……我有一种悬悬的冲动。什么时候，我的生活中塞满了她的东西？

吃的穿的用的擦的洗的戴的抹的……简直没有哪一方面能够幸免。

这是帮助还是入侵？

她以这种润物无声的手段，把我的生活干预、掺和、左右到了如此的地步，而我却一直浑然不觉。真正让我对自己懊恼的，不是因为我真的浑然不觉，而是我一直都是清醒的，但我在装睡。我睁着眼睛装睡。我装了这么多年。这一刻我为自己的行事方式深感懊恼。

我纵容着她。看着她一点一点一天一天地改变着我的生活，或者说，干扰、拖延我滑向凡俗女人普通生活的步伐。

这种拖延，何尝不是我想要并且渴望的？

我把所有的东西摘下来，剔出来，抽出来，拔出来，装进一个大盆子里，装了满满一盆子。等拉开卫浴柜下面的大门柜，我看到了一柜子的瓶瓶罐罐盒子坛子。圆的扁的方的正的，厚的薄的，玻璃的塑料的，滚珠的按压的，有成套的也有几种拼凑的，有空的也有还没开封的。

全是针对我的一张脸而买的。水，乳，霜，眼霜，遮盖，防晒，美白，抗皱，BB，气垫，面膜，纯露，干面膜纸，压缩面膜……我一样一样往出挑，捡着捡着我一屁股坐在地上，十瓶里有七瓶是她买的，天猫，唯品会，淘宝，拼多多……有几盒淘宝的货我连封也没拆就放置起来了，现在早就过期。网购的化妆品我现在很少用，总感觉品质不能保证。

仅这些瓶瓶罐罐我又抱了一盆子。端出来往茶几上摆，瓶子摞瓶子，盒子压盒子，摆出了一座金字形的塔。我拍照，发给她。又把所有的物品归到一起，一边拍，一边发。我说我更年期提前了，实在记不清你第一次给我的化妆品是什么牌子，只能把它们全部拍下来，请你帮我找找看。我的心里有一种说不出来的快感，既然你那么无聊，那么我现在也算是有图有真相，你自己看吧，自己找吧，看看究竟是你在跟我算总账，还是我要跟你做清算。

拍完了，我也累了，懒得将这些七零八碎的东西归置到原来的位置上去。我看着缺失了这些东西的家。从客厅到主卧，到小卧室，到书房，到餐厅，到卫生，到厨房，到阳台……包括天花板和窗台……这些空间变了模样。就像被人摘取了什么器官一样，显得有些突兀地空，大，荒凉。迎门头顶上的常年挂的一个大红刺绣五头凤不见了，头顶上那一片骤然显得苍白。白得晃眼。穿衣镜前一个大红流苏长穗的中国结摘了，镜子上方好像光秃秃的。电视墙后的方形格子上，几只工艺绣品不见了，那面墙也好像变得陌生了……

我看着自己陌生的家。我在这里生活了十几年了。我把自己从妙龄少妇活成了中年妇女和货真价实的黄脸婆。与这间屋子，这个家，还有生活本身，达成了一种看不见但沉甸甸的妥协。

我回想追溯着妥协的具体过程。这个过程是温水煮青蛙，我没感觉到疼。我是清醒的，就在这清醒的日子里，我看着自己一步一步往生活深处滑。这个过程并不全是痛苦，也伴随着欢快和幸福。凡俗的生活就是这样，婚姻中男女恩爱，怀胎生育，拉扯孩子，看他们从一个小小的婴儿一点点蜕变成活泼鲜活的孩子。每一顿饭，从米面菜做成一桌饭菜，喂孩子吃，再到看着他（她）学会自己捉筷子，再到捉笔写字，从幼儿园到系着红领巾走进小学校门。

这就是生活。是成熟。是日子。是冒着烟火气的人间日月。

我这光洁的脸上添出的每一条细纹里，镶嵌的除了劳累苦辛还有夫妇之间父母孩子之间的温情暖意。这是骨肉之间的温情。她懂吗？她体验过吗？

也许从来没有。我笑了。看着手机。发了一串图片。她没回一个字。她沉得住。我没耐心陪她玩了。又是哪个男人惹了她，还是被什么样的新刺激又扎了心？她又跟我犯神经了。这种情况不是头一回遇上。尤其近两年来，变得频繁起来。

记得头一回，我感觉出她的变化，变得不正常，是两年半前。

那是一个冬天。放寒假了。我连着三天收到了三件快递。第一件拆开，里头是一片白布。又白又细又软的白绸布，四四方方，我抖开看着，它比手帕大了点，比头巾小，这做什么用呢？我以为自己看错了，难道这不是这次快递的内容？而是用来包装主要内容的一片布？再查看包裹过的袋子，三个塑料袋套在一起，最外头又套了一个快递公司专用的防水袋子。

三个袋子都是空的。我没有看错，没有扔掉什么。再看快递信息单，收件人一栏，姓名，电话，地址，全对。发件人一栏，是淘宝网某个小网店。物品名称上打着生活用品。

生活用品？一片白布，生活里怎么用？我知道又是她下的单。我不问。第二天，又一个包裹到。打开，里头是一片白粗布。大小和昨天的一样。只是棉质质地。什么意思？第三天，又一个快递。我懒得拆。直接用剪刀剪开。把一片布剪成了两半。拼起来是一片四方的红布。不是绸质，也是小学生红领巾那种布质和颜色。

我哭笑不得，心里既想骂娘，又十分好奇，甚至有一丝说不出的惶恐。这究竟什么意思啊？有这么折磨人的吗？还是世上真有这么无聊的人？

她露面了。先发一串坏笑。说爱妃，寡人的赏赐收到了吗？作何感想？

这是我头一回清醒意识到她所使用的称呼。

我反复查看这称呼，想笑，嗓子里痒，笑声从嘴里冲出来变成了一串咳嗽。

我擦着笑出来的眼泪，回味被她安在我们身上的称呼，寡人，什么时候她变得这样自信，居然能这样熟练地驾驭这个被中国古代帝王独霸的称呼！而爱妃，是在表示她对我的宠爱和呵护吗？这哪是哪啊，真够扯淡的。

这些年我们之间的称呼经历了一连串的变化。从小学刚成了同桌，直接喊名字，到毕业册上写出某某同学，到初中毕业前夕预感到高中再在同一学校同一年级同一班级又成同桌的概率几乎为零，终于彼此绷紧的关系有了一丝松动，在彼此的同学录上的称呼换成了某某姐妹的字样。上了大学，开始通信，彼此只呼名，而省略了姓。这样就有了超出一般同学情谊的味道。走上社会参加工作，开始人生的另一种历程后，有了手机，电话，联系方式更多更方便，我们之间反倒什么也不喊了，我喊她小马，她喊我小李。似乎我们成了关系刻板的同事，其实我们的生活在相距二百多公里的不同城市。刚参加工作这几年里我们的关系稳定而正常，平时各忙各的，周末假期，我给她打个电话，要么她会打电话给我。无非就是交流一下近来的心情。刚参加工作的小年轻，烦恼无非就是工作的苦啊，累啊，烦琐啊，受领导欺负啊，被同事排挤啊，盼着涨工资啊，去哪儿买房子啊，选房子的苦恼啊，攒首付的苦楚啊，谈对象的酸甜苦辣啊……有时候甚至挺真诚的，掏着心窝子说心口堵着的烦恼。因为我们离得远，现在已成为没有直接利害关系和竞争的个体，所以这几年我们的交流大多出自真心。可以说这段时间是我们关系中的蜜月期。直到她第一次婚姻失败，而我也结婚走入婚姻，我们的关系出现了裂痕。

这一次是真正的成年人之间的裂痕。和少年时代持续多年的互相较劲不同，各怀心事不同，这是明明能感觉到但谁也不会说出口的那种离心。我们一度靠近的心，终于有了距离。这次拉开的距离，就算我们一辈子去修复，再也无法弥合到原初。

我结婚她连一句祝福的话语都没说。只淡淡地说等着看我的后悔和帮我擦眼泪。但是我没有示弱，我以一种异常坚韧的耐性熬过了婚姻中一道又一道的坎儿，直到和我的小公务员丈夫完全磨合成功，成就平凡但是踏实的普通男女生活。她似乎人间蒸发了。后来再次回复联系，她喊我亲爱的。刚听到这一称呼，我浑身一麻，觉得怪难为情。但很快我就想起这三个字是当下正流行的称谓，涉及的关系宽泛而普遍，早已超出情人、爱人和亲情之间可以使用的范围。我们办公室同事之间甚至不分男女都随口这么信口招呼。

亲爱的，下班了吧。

亲爱的，小柳今天咋没上班来？

亲爱的，帮我看看这个报表吧。

……

我终于消化了她忽然吐出口的称谓。

我说亲爱的，还好吗？

这一刻，我们似乎打通了一个堵塞的关节。一下子豁然开朗。我看见了她的心，她也看到了我的心。

我和她成了另一个层面上的莫逆之交。

这个含着暧昧味道的称呼没有坚持多久，她又换了，喊我的名字，只两个字，小梅，含着亲密，这种亲密让我常产生错觉，感觉我们可能是失散的亲姐妹，又是一对刚刚情感破裂从而离婚的夫妻。

就在我还没从这种错觉里醒过神来，她又改变了我们的称谓：宝贝、老同学、小李……我终究适应了所有的变换。尽管我的适应速度总是滞后于她的变换速度。

互联网时代铺天盖地而来。需要适应的东西实在太多，从我们大学时代开始流行的 IC 卡电话、BP 机、手机、电子邮件，到后来的 QQ、微信、微博、直播、自媒体……我在适应众多变迁的同时，我也适应了她的变化和她赋予我的称呼。

后来网上购物兴了起来，刚开始我觉得这有些天方夜谭一般，我和同事议论网上购物的真实性，我们一致认定这不可靠，哪有不见面、不亲手摸摸、亲眼看看，就能买东西的，买的东西能好？真能寄到下单人手里？提前支付的钱不会被虚拟的收款人拿走玩消失吗？毕竟是在虚拟世界里进行的贸易啊。

这时我收到了平生头一件快递。当我应快递小哥要求在快递签收单上写下自己的名字后，我发现自己的手出汗了，心也有些颤抖，被一种叫作"第一次"的看不见的东西所左右。我怀着近似神圣的感觉打开了包裹。

之后我接到了她的短信。快递收到了吗，喜欢吗？我才知道这单是她下的。

那时我不会网上转钱，她的钱只能欠着。之后再收到快递也就没有了最初的大惊讶和大欢喜。半年后我们见面了，我把前面所有她快递来的物品钱一起给她。她收了物品钱，快递费死活不收。再后来我自己也学会了网上购物，也会货比三家，花最少的钱买最好的货，力求性价比的最大化。

　　她还坚持给我买东西。有些东西随手添置进生活当中似乎真有用，勉强算雪中送炭，有些属于可有可无锦上添花，我也能接受。可有些实在是多此一举，我目前的生活里实在用不上。可她一样接一样地买，一个又一个快递上门。我收快递累，拆快递累，扔快递包裹废弃物累，怎么摆放处置快递来的物品更是让人犯愁。更有一个让我说不出口的痛心的地方是，这些物品都是要花钱的呀，别小看小零小碎的，每次三五十块百八十块，但积少成多，买得多了，三五个月下来，我就得给她转过去好几百甚至上千元。

　　这可都是我们生活开支之外的花费呀，叫我从哪儿去支？我们每月的工资是按固定比例还款的。我的公务员丈夫当上了办公室主任，可以借着单位买办公用品为孩子买点学习用品，公务接待的时候也能在饭后带回一些打包的剩饭剩菜，有人求办事或者找领导的时候他给牵线引路，能收受几个小钱。他也算是个正在成长的小贪官了。但我们的生活远没有富裕到可以随意买一些无用之物来挥霍血汗钱的地步。

　　丈夫有一次干脆把刚收到的快递箱子摔在地上，又踩了两脚。把一个价值一百多的红瓷花瓶弄成一包碎片。他叫我换个手机号，直接把那个不断为我们买东西的疯女人拉黑。拉入黑名单就可以从此拒收那些莫名其妙的快递了！要么，我直接告诉她，以后改了这乱买乱给人塞东西的毛病！我看着手机反复为难，总觉得这话伤人，说不出口。也下不了手。其实小公务员丈夫他哪里知道，对于她硬塞来的这些，我一面拒绝，一面又在留恋着不愿意彻底断裂。似乎是一双手，在把我从目前陷进的脚往出拉，往后拽。告诉我，人生除了眼前的苟且，还有远方和诗意。

她喊我爱妃以后，这称谓就固定下来了。后来，她买给我东西，不再叫买，也不叫送，叫赏赐。爱妃，这款凯特王妃同款玫瑰果油你用得可好？爱妃，上次赏的凉席软垫儿，躺着可舒服吗？爱妃……从她寄来那三块莫名其妙的大手帕子后，她又不说话了，让我猜了三天，生了三天的闷气，她才忽然冒出来，说那是古代男女成亲初夜用来检测新娘贞洁的东西。接着她说爱妃，寡人今晚就宠幸你，你备好了等着。

神经病。我骂。在心里骂。把两片洁白一片殷红的帕子丢进垃圾桶。什么乱七八糟的东西。我差点拿它们做手帕擦嘴了。从此我不再给她支付这些乱七八糟的钱了。你钱多，你任性，就由着你败吧，你一个人吃饱了全家不愁，我那点工资还得养家糊口呢，你这种玩笑姑奶奶再也赔不起了。

更让我愤怒的是，现在网上真什么东西都有卖的啊——什么人那么无聊，没事捣鼓这些无聊的东西！

以后她照旧下单，寄东西。从不问我究竟是否需要这些东西。她像霸气的帝王，兴致来了就赏赐给我她认为我想要的东西。我照单全收，心情好了跟她说个谢字。郁闷的时候干脆连这个字也省了。

她不计较这些。依旧我行我素。

神经病！丈夫又一次隔着箱子摔了我刚签收的快递。我看就是个神经病！一个女人，奔四了还不嫁人，成天价瞎折腾啥？折腾她自己也就罢了，还捎带着来折腾你我，这明明是她嫉恨，嫉恨你懂吗？

我望着他砸在地上的包裹。我忽然满心涌上莫名的悲愤，我觉得自己什么珍贵的东西被他砸破了。我反问，我一个黄脸婆，为了这个家，为了过日子，已经熬成这个嘴脸了，腰里这游泳圈挂了三圈半，脸上的褶子比抹布还粗，我还有什么值得她嫉恨的？

质问完我软软坐在沙发上，我不依不饶地哭着。似乎不甘心什么东西的丢失，要用蛮不讲理和哭泣追索回来。我和她是同龄人，我们几乎是一起长大，互相看着对方的脸由孩子气变成了女人，我们之间，再没有比彼此更熟悉的人了。凭什么她至今还像少女一样保持着好身材，脸上一个皱纹也没有，钱自己挣自己花，想吃什么想穿什么想去哪儿玩，都由着自己做主，想走就走，想买就买？我呢，我除了上班挣工资养家糊口之外，还要洗衣做饭一有空就捉个抹布围着锅碗瓢盆打转，我还有什么，我就是丈夫不用付工资的廉价保姆。

我的委屈、伤心，像开了闸的洪水。我号啕大哭。像孩子一样哭着。

我不知道这伤心和委屈都从哪儿来的。怎么就积攒了这么多。

我的小公务员丈夫挺着明显凸起的主任肚子，指着我说神经病，又一个精神病！你们还什么知己、同学、闺密、发小……我看就是一对神经病。

他骂他的，我哭我的。我觉得我的悲哀他永远都不会懂。

痛哭过后。头疼，眼眶肿胀，浑身酸痛，我躺下慢慢思考她这些年来的所作所为，自从兴起网上购物以来的所作所为，还有我们这几十年的人生道路。我不得不承认，我这毒舌公务员丈夫的话其实是有道理的。仔细思考，她这个人好像还真的有些不正常。分明就是个脑子出了问题的病人。或者说，患上了我们这个社会共有的时代病。她跟我同岁，进入 2019 年，我们都四十岁。我已经是两个孩子的母亲。大儿子去年上了高中，二胎女儿也送进了校门。她还是一个人。这些年她经历过多少恋爱，和多少男人有过情感纠葛，我不知道。她才不会告诉我。我也从来都没有想过要去询问和倾听。她是不是也有过想要寻一个合适的人成个家，找个归宿，把自己安置下来过安稳日子的念头？像她这样已经错过最好年华的女人，还找得见理想的男人吗？找不到的时候，会不会也偷偷在心里羡慕过我，哪怕只是偶尔？

我们像两株并排生长的树，根扎在同一块泥土里。但我们离开地面，就接受不同的阳光和空气。我接受什么样的空气和阳光我知道，滋养她的阳光和空气是什么样的，也只有她自己最清楚。

我们哪怕是并肩而生，一起长大，却从来没有想过互相拥抱，互相欣赏，互相爱护，我们像两株芒刺蓬乱的麦穗，像两片同一条根上长出来的仙人掌，自从小学老师把我们安排坐在同一张课桌上的时候，我们就成了互相排斥的影子，后来的日子里，我们拉扯，抵抗，想从矛盾的心理中剥离出来，但又无法挣脱。后来好不容易脱离了彼此，从此人生道路分道而行，如果我们愿意，我们完全可以就这样越走越远，余生永不相见。可我们又像离散的同卵双胞胎姐妹，心里竟然牵挂着对方，不管这牵念是真是假，哪怕全部是假，我们也还是以自己的方式牵念着对方。哪怕这牵念里含着刀光剑影，伤及对方的同时，也把自己伤害得满身暗伤。也许，这种互相牵念，才像镜子一样，让我们看见彼此在生活里走过的一段一段的道路和经历，一场场起起落落和每一天每一年的冷热寒凉。

我爬起来再次打量眼前。

沙发上、茶几上、地面上，堆满了东西，都是她买的，她在网络上下单，然后通过快递送达，这些东西以积少成多的方式插入了我的生活，而我也半是抗拒半是欢迎的姿态，迎接了这些馈赠。如今，它们当中有崭新的，有半新不旧的，有对于我的生活有用的，有放到今天也完全没用的。

我戴上一顶她买的帽子。围一条她买的围巾。戴一副她买的珍珠耳环。佩一条她买的珍珠项链。抹上她买的化妆品。穿上她买的草编工艺拖鞋……我对着镜子流连。我成了女人，一个被宠爱包裹的女人。帽子是天猫的，耳环是淘宝的，项链来自唯品会，鞋是拼多多的，化妆品在京东买的，围巾是……如果抽去我这副皮肉骨架，堆砌起我的就是我们时代的网购地图。

我不断地看手机，她还是不见露面。天黑下来了，我从一大堆物品中站起身，再次打量它们，我说不清楚此刻的心情，我全清理出来了，她没有让我整理得这样彻底，她只是问寡人赏赐给你的第一件东西爱妃还记得吗？我在寻找这个第一的同时，一口气把所有都清理出来了。因为我有预感，接下来她可能会一件一件地问，一步一步地折腾我。那我不如全清出来发给她，再问她，要不要全部打包快递给你？

有人敲门。天完全黑了，我还没开灯。目光在淡淡的暮色里一路跋山涉水地穿过去，我发现这住了十多年的屋子变得这样辽阔，空大，甚至从来都没有这么陌生过。敲门声沿着防盗门一下一下传进来，像敲打在我心上。我吓了一跳，凑过去趴在猫眼上瞅，隔着门问是谁。

送快递的，你快递到了。

是个女人的声音。

小城里什么时候有了女快递员？

我反身压住门，好像担心她能破门而入。

我说明天吧，明天再送来。

她咚咚咚敲门，提高了声音喊，爱妃，是我，寡人。

我听出来了，是她。我还是不信，用手机拨打她电话。门外响起一串铃声：岁月在墙上剥落，看见小时候……

铃声近在门外，门外百分百是她。

我一点一点拉开门，楼道里的声控灯坏了，借着门口溢出的光线，我看见果然是她。

为什么拒收我快递？为什么换了电话？为什么连着三次退货？她一边质问一边往门里挤。不等我招呼已经甩了鞋一屁股把自己甩到沙发上。屁股下就是她买给我的成堆的细软物品。她怀里抱着一个很大的箱子，望着我笑，说你不收，快递员拿你没办法，我只能亲自送上门来了。来，这是寡人赏给爱妃的最后一件礼物，放心，再也不会打扰你了。下个月，我就结婚了。

我傻看着她。我一直有个疑惑，这个自称寡人的女子，她的后宫里豢养的爱妃肯定不止我一个，但是我从来都没有问过。此刻我竟有些好奇。我想知道在她众多的后宫佳丽当中，我究竟占个什么地位？

她一把一把撕扯箱子外的胶带，打开箱子，里头是又一个稍小的箱子。同样裹粽子一样粘裹得严严实实。她再撕，再打开。里头又是一个小箱子……箱子一层套着一层，一个包着一个。胶带扯下来丢了一堆。她终于扯开了最后一个箱子。这已经是个小盒子了。那种装金银首饰的小纸盒。纸盒打开，里头是空的。要说装有什么，那就是空气吧。

我笑了。她也笑了。她把大大小小七八个箱子踢得乱飞，满地打滚，她说看见了吧，一场空，空气也没有，屁也没有，就是一场空。

夜里我们同床并枕，我枕着我的枕头，她枕着我公务员丈夫的枕头。她一倒下就睡着了。很快拉起鼾声来。我听见她鼾声均匀、震天，不像是装出来的。这个人确实睡着了。我才松了一口气。本来还担心她会骂我丈夫臭男人太邋遢，枕头枕巾上全是汗臭。想不到她没嫌弃，甚至在这深夜当中，给人感觉她的鼾声分明是我那明显发福开始谢顶的公务员丈夫发出来的。

　　半睡半醒中，我反复回味她的名字，自从生活里有了网络，她的名字也有了变化，不再叫本名，而是叫太平公主，简称太平，是她专门为自己起的网名。这些年我一直用这个称谓在称呼她，以至于我都要忘记她的本名了，而她的真名跟我的一样，老实本分又土得掉渣，我们的名字啊，分别是李小梅和马冬梅。

同　居

　　为了叙述方便我们权且称她女一号吧。如果再简洁点，叫女一也未尝不可。女一到达宾馆门口时天色已经暗下来了，空中飘着细碎的雪。她舒一口气，抖抖围巾上的雪粒子，跺了跺脚上并未沾染多少的雪泥，直起腰走向前台。

　　登记很顺利，她递上身份证，服务员核对后就通过了。她看到服务员面前有个册子，上头有本次会议通知回执，回执单上打印着参会名单。她要住的房间后面打着两个人名，其中一个就是她。服务员在她的名字下面打了个勾。另一个名字后面空着。拿了房卡上楼的时候，她心里有一点模糊的期待，但愿同房那个参会者不要来。

　　打开房门第一件事是拉上窗帘。合纱帘时她望了望外头。

天完全黑下来了，窗外是个种满草木的花园，此刻花园被黑暗覆盖，只有远处一座楼房的路灯射出的光幕在夜空里绵延出一点亮色。借着那亮色看过去，杂雪在乱乱地飞，雪似乎下大了。她有点欢喜，不来了，女二号肯定不来了，都已经这个点了，再说雪也这么大。

她完全放松下来，开始拆卸全副武装的自己。大棉外套，围巾，打底裤，铁箍一样在脚上套了一天的高靴子，微微发臭的厚袜子，还有紧箍咒一样勒在胸脯上的乳罩。她一边解脱一边感受随着一步一步的松懈而袭来的松弛与舒畅。

衣物，大包，小包，手机，保温杯，一本书，随手全堆在门口第一张床上。换上一次性拖鞋，进厕所解个手。洗手的时候记起大包里还压着明天会议的正装——现在开会都这样，动辄要求着正装，她便带上了。一套黑色西服，折了装在塑料袋里，然后和睡衣、枕巾、梳洗用品都塞在一个大包里。一路上西服难免受到挤压，这会儿挂出来，用随身携带的一个小小的化妆水空瓶，给压皱的地方喷洒一点水，等明天自然晾干了，褶皱也就平顺了。

折腾完这些，人也累了。先烧半壶自来水，开了后，端着壶前后晃动，让开水把壶的内胆全部烫到，又乘着滚烫冲洗梳洗台上的一个玻璃杯，准备刷牙时候用。将剩下的一点热水沿着马桶盖冲洗一圈，同时一边关了灯，一边查看了一圈卫生间的四处墙壁。从网上看来的入住宾馆须知说了，进屋后第一件事是关灯四处查看，以防被人暗装摄像头进行偷拍。她这个人平时就言行严谨，外出就更加注意，所以就算被偷拍了也没什么。她还是看了一圈，没发现有疑似传说中的针孔摄像头存在，这才完全安心了。对于她来说，这一系列的过程，其实也是初进一间屋子，跟这个房屋的一个磨合。是从陌生到熟悉，到完全接受的过程。也是为今晚的阅读和睡觉，以及在这里度过的这个夜晚的一个良好氛围的营造。

倒了杯开水，又把电视和网络盒子都关了，把台灯挪到床头柜上，关了所有多余的灯，只打开台灯，上了靠窗那张床，开始舒舒服服看书。

前面忙碌那么长时间，其实只为营造一种利于阅读的气氛，可面对书的时候，还是不能完全静下心来。似乎耳边有雪在簌簌地落。窗玻璃厚，不可能听得见雪声。是心神不能宁静吧？又下地，把装过拖鞋的塑料袋捡起来放进垃圾桶，反锁上门，试着拉了几下，插销结实，确保安全。这才觉得心里踏实了。

"这是一个最好的时代，也是一个最坏的时代。"

《双城记》已经读到后半部了，但时不时地，这句话就冒上来，像一个固执的声音在她耳边念叨。有时拖得十分绵长，似乎是一个尝尽了人间沧桑的老头子在喟叹，有时又语速飞快坚硬，像个高冷的人在不带丝毫情感地发泄内心的不忿。

她多次试着在文中寻找这句话的明显注脚和证据，但感觉总也找不到。越找不到就越想找到。在这执着的寻找过程中，似乎增添了阅读的趣味。这也是她多年来坚持阅读名著的主要原因。

"我爱你，不是因为你是一个怎样的人，而是因为我喜欢与你在一起时的感觉。"

她停下阅读，回味着文字。

"吱儿——"门叫了一声。

是磁卡刷过门锁，磁性感应发出的特有声响。她竖起了耳朵。有人开门？

门锁锵啷一响。被门里反锁的链子绊住了。

锁链哗啦啦啦响。的确有人来了。

她下床去开门。

一个女的，裹着一团寒冷和大片雪花扑了进来。

你也开会的？女一号下意识地问。

对方似乎一愣。廊灯昏暗，看不清她的长相和表情。女一却已经确定她就是来开会的，并且是住在这间屋子里的那位迟来者。她没时间细看，赶紧回身去清理床上的凌乱。还好只动了一张床上的被褥，她把门口床上的衣服、包、杂物全搬到罗圈形的座椅上，赔一个笑给对方，说我以为你不来了呢。

对方走进光亮处，说：迟了——呵——雪太大了！

咕哝完开始解除武装。

女一心里有微微的不快。似乎一种利益被侵犯了。但是又没法维权。只能看着床走神。精心营造的一个人的氛围，就这样明显被打破了，这破碎一出现就是一个缺口，再也难以弥合。她整理自己的衣物，一件一件地折叠，连内衣也不放过，进行得很仔细。她知道自己在外人面前那种力求整洁简单、不打扰不影响他人的强迫症又犯了。

衣架呢，这么少？女二打开衣橱，草草看一眼，大声嘀咕。

女一赶紧过去拿自己的西服，说给你腾一个，只是，这房间的衣架本来就太少了。

女二摆手，算了不腾了，真不用了！

女一还是坚持腾出来，把西服搭在椅背上，又把两件衣服套在一起挂起来。一切整理顺当了，直起腰看女二，说：太累了，我想早睡，我先洗澡好吗，我会很快的。

洗吧洗吧。女二说着身子一横，抛死尸一样将自己的身躯丢到了床上，不看女一，对着手机呵呵笑。

女一溜进卫生间，手撑住洗手台喘气。她刚才太紧张了，居然都冒汗了。紧张什么，不就是两个人住一间房嘛，常有的事！可能是心理上一直认定会一个人住，所以一开始就松懈了，后面忽然被改变，所以难以马上适应造成的吧。她快速调水、脱衣裳，只脱外衣外裤，全部放在一个特意带进来的塑料袋上，看看一切都好了，一把灭了灯，摸黑走进莲蓬头下，在水花下冲洗。水太烫，浇到肉上像火把，一下一下灼烧着身子。她斜着身子摸，重新调水。终于调好了，呼一口气，舒舒服服闭上眼，享受热水的大手包裹自己。好像微信上看的帖子，说有人就是因为大意，住酒店被针孔摄像头录了隐私到处传播。所以她很谨慎。尤其洗澡这种需要脱光全身的情况下，她是加倍小心。

身体彻底放松了，脑子里开始想一门之隔的另一个女人。她，很漂亮。很年轻。漂亮加年轻，两个突出的特征综合到一名女性身上，就算灯光有些昏暗，她还是给人一种光彩夺目的美艳。脸似乎很白，头发垫过发根，发梢漂染过，像一大团草高高地扎成一团，绕一个大疙瘩盘在头顶上，显得脖子细长，高挑，再配上尖下巴，锥子脸，整个人都水灵灵的。是典型的网红形象。应该是九〇后了。形象、打扮、抱着手机不离手的样子，和日常生活中常见的众多九〇后印象相符。

女一是八〇后。其实只沾了个八〇后的边儿，差一点就七〇后了。八〇后和九〇后，两个年代的人了。她就知道今晚和这个同居者没什么共同语言了。也好，早睡早起，明天上午八点半还要正式参会。

洗完了，摸黑套上裤头、背心，把最隐秘的地方先盖起来，这才开了灯。再快速套上外头的睡衣睡裤。回头看看卫生间没落下任何私人物品，放心出门上床。

女二还在看手机。一看那痴痴沉溺的深度，就知道果然是九〇后甚至〇〇后的做派。她已经翻了个身，仰面躺着，对着手机呜呜地说着什么，又咕咕地笑，笑声一下长一下短，像一个顽皮的孩子在学弹琴，手指头在琴弦上有一下没一下地咣咣弹着，上面的一条腿还一翘一翘地抖。手机里铃声乱乱地响，是正流行的《沙漠骆驼》。一个声嘶力竭的嗓音在扯长了吼。她断定女二在看快手。平时在家里，老公就喜欢看快手，走路看，吃饭看，一天到黑几乎所有的空闲时间都手机不离手。好多快手段子都喜欢配这首歌。她早听得不爱听了。

她拿起书凑近灯看。早在女二刚进门她就把台灯放回原位了，宾馆的床头灯太暗，她瞅了一会儿，字乱乱地在视线里蠕动。眼神乱，心也乱，总有一根线扯着心一样，禁不住往另一张床上游离。她有点恨自己，为什么就收不住心呢，为什么老是往她身上跑呢？是被她什么吸引住了？那旁若无人的气势吧。女二的气势确实很吸引人，嘎嘎地大笑，笑声一会儿温柔得能捏出水，下一声冷不防就冷硬得像铁，这中间竟然丝毫都没有铺垫和过渡，直接就实现了跨越。女一愣了一小会儿，确定自己正是被她那种冰火两头毫无障碍地交织贯通的气势所吸引的。

她望着女二的身子发呆。想象这小姑娘的内心世界。她的女儿也十来岁了，个子和她一样高，但还一身学生气。脾气却倔，总爱跟她对着顶，有时她实在猜不透孩子心里想的是什么。她现在看着这九〇后姑娘忍不住想，女儿有一天也会变成这个样子吧，有了自己的手机，成天抱着手机看，笑，傻子一样，那手机上头要是有个能一头扎进去的门，她肯定就一头扎进去再也不出来。

现在的年轻人啊。

年轻人忽然翻了起来，眼睛不理手机，脚摸索着踩上拖鞋，手里手机不放，一边看一边进卫生间去了。门合上，传来水声。过了一会儿，水还在流，女一听出先是冲马桶，马桶水声停了，还有哗哗声在持续。是水龙头的水在流，还开到了最大。刷牙还是洗脸呢？有必要开这么大吗？而且持续的时间还这么长！

她手里的书越看不下去了。黑压压的文字好像慢慢复活了，在乱乱地蠕动，跳荡，她感觉白花花的水从开到最大的水龙头里喷涌而出，溅落白瓷洗手池的情景就在眼前头一样。洗个脸刷个牙，早就结束了呀，咋就舍得这么使唤水呀，真是太浪费了。

她觉得说不出的可惜，也有了一些愤慨。她是在山里长大的，山村缺水，珍惜用水早就成了深入骨子里的习惯。在家里用水节省，可以说是为了省钱，外出宾馆的水也舍不得糟蹋，不是给宾馆节省钱，而是舍不得浪费水。白花花清亮亮的水，看着白白地流淌出去，她就有一种造孽的罪恶感。

到了女儿手里已经不一样了，孩子对用水没概念，仅仅为女儿开着龙头刷牙的习惯，她们娘儿两个没少争嘴。女儿笑她老土，农村人的本性难改。

所以每次住宾馆，她就盼着一个人住。要和别人住，她总是忍不住留意人家用水用电的生活习惯。看在眼里，心里不舒服，又不好劝，这上头她还吃过一回亏，被一个同住一室的女人狠狠嘲笑了一回，之后她学会了闭嘴装作看不见。

但水声还在哗哗地响，响得人心里烦，要是接个桶，这会儿能接一两桶水了吧——就这么白白地流淌，真是可惜了，哪怕洗点什么也好呢。

那女人哼着歌儿，是随着手机唱呢吧。水终于停了，另一种水声响了起来。这回不是哗哗带着力量的那种喷射的响，是铺开平洒，绵柔、均匀，飒飒飒，簌簌簌……这是开了莲蓬头洗澡了。

她等了一会儿。推断这会儿水温冷热均匀了，女二站进去洗了。她放下书在地上走。地面铺着地毯，一次性拖鞋薄软，她感觉脚步被一种空旷吸没了，而心里有一种做贼的感觉。走了两圈，最后在女二的行李前停下。这个粗放毛糙的女人，东西乱放，大箱子敞开，几个袋子扯出来摆在椅子上。一个梳妆包拉链大开，露出里头的化妆品，有瓶子也有罐子，散乱扔着。她扫一眼，就看出是好油。瓶子、盒子，都透着精致。她匆匆看一眼卫生间的门，门关着，水声在洒落。她拿起一个盒子看。刚看到一个"素"字，里头哗啦一声响，什么摔在了地上。吓得她手一软，赶紧把盒子放回原地。快步跑上床，拿起书看。

现在的小姑娘生活时尚，用的抹的都比她这种大婶级别的八〇后名贵。不知道这姑娘是天生娇嫩，还是化妆品好，看着水灵灵的。前者的话她是做不到了，后者倒可以，她也想买套那样的化妆品试试。可惜没看清楚牌子，也不知在哪儿买的。

女二出来了。湿拖鞋在地上吧嗒吧嗒响，手里举着手机。手机里换了声音，一个女人正起劲儿地说着什么。看来是在直播。

女一看书。这会儿心倒安静下来了。文字一行一行从眼里过，往心里走。但只在心里过，却不停，看了好几段，翻过页，才恍然发现这半天都没明白看了些什么。还是没走心。干脆错开书，看九〇后。这一看，她就知道自己这几段文字看不进去，脑子一片空白的原因了。总觉得眼睛余光里有什么在吸引她分神。原来是女二的身体。她没穿衣裳，全身只裹了一条白毛巾。

女一赶紧避开，看书。就算她也是女的，可真要她直通通盯着一个同胞的裸体看，还是没那个勇气。

女二不着急穿衣裳，而是开始拍脸。爽肤水，啪啪啪，两个手心拍得脸响。

女一再次挪开书看，女二裹的毛巾是酒店的，就叠放在卫生间的毛巾架子上。那种大毛巾，强力漂洗剂漂得很白。但她从来不用，总担心不干净。没想到这姑娘倒浑不在意，直接贴肉缠在身上，也不怕传染什么病？真有这么粗枝大叶的女人？

再看书，看了三行，有几个字不认识。逼着自己往下看。不认识的字却更多了，她吃了一惊，双手捧起书细看，才发现是把书拿倒了。她忍不住偷偷笑。心里却忽然豁然了，放下书，大大方方看女二。

女二已经拍完水和乳液，开始抹霜了。她一边抹一边往床边走，头发披散下来，堆在耳后，露出一张长脸。头发衬托，脸形变了，没有扎起来那么好看。甚至有一种老相。细看脸，刚来时候的长睫毛不见了，眼睛也没有那么大了，脸更不白了。这张脸怎么就变了个样儿呢，夸张点说，就像进去洗个澡竟把脸给换了。

女一觉得很想说点什么。就咳嗽一声，说明儿几点的会啊，你知道吗？

女二倒不冷场，反应挺快，说八点半吧，我们七点半去吃早餐。

女一再次确定女二是个爽快人，所以就不再绕弯子，直接问你用的化妆品啥牌子呀，闻着味道很好，效果也很好吧，你看你多年轻漂亮！你是，九几年生的？

问完她盯着对方的脸观察她的反应。她问了两层意思，前面一层是引子，最后那句才是真正想知道的。

嘻嘻——女二笑了，我，九〇后？你看我像九〇后？才不是呢，已经老了，七九年的！

说完举着小镜子往眼圈上抹眼霜。细长的手指像跳舞一样在眼圈周围做着弹压动作。

七九年的？那就是七〇后了。比自己都大！女一傻了一下，为自己这眼神惭愧，想不到看差了两个年代！真是有意思，是自己没眼力，还是这人太年轻漂亮？还是自己一开始就根本没有细看造成的？

反正也无所谓了。计较这个做什么，只是一起住一夜，天一亮就分手，说不定以后一辈子也不会再有机会见第二面。可是，她这换脸也太快了呀，难道真是化妆品和化妆术的作用？她盯着那张脸看，不笑，再次直问：你用的啥化妆品，效果很好？还是因为你天生的好皮肤？反正我看你就是一个九〇后，太年轻了！

她只强调"年轻"两个字，刻意省掉了"漂亮"。女二确实漂亮，可是对于一个七〇后的女人，漂亮已经不适用了，作为奔四的女人，她明白对于这个年纪的同胞，年轻比漂亮更能深入内心，甚至直达灵魂。

果然，女二很高兴，似乎被一种意外的喜悦惊吓到了，她有些难为情地摇头，说哪有啊，老了，这皱纹都有了，我嘛，用的雅诗兰黛。

女一脑子空了一下。好多化妆品的名字在脑子里乱飞。八杯水、欧诗漫、京润珍珠、自然堂、水密码、百雀羚、植物医生……她好像都用过，从二十来岁开始用专柜上的化妆品，每年都换着买，前后把十来种牌子都试遍了。雅诗兰黛好不好呢，她记不起这种化妆品的瓶子形状和颜色，还有油脂的味道和感觉。她确定自己没有用过。

对方好像不屑于细说化妆品的事，一手拿着手机，一手扯下毛巾，露出一个大屁股，看样子要上床，却不急着进被子，屁股撅着，跪在床沿把两个枕头叠起来，要靠，又不舒服，手啪啪地拍打。

女一有点不敢相信自己的眼睛。这一幕来得太突然。原来女人的屁股这么白。她一把抓起书，逼着自己看书。书上的字就是钉子，也得一颗一颗往心里钉。一种恶心感已经扑上来，潮水一样翻腾。她飞快地看书，想用文字的清香压住这恶心。为什么会有这种奇怪的念头。她怀疑自己心理有问题。一想，肯定没问题，又不是同性恋。厌恶才正常呢。

女二完全不知道一样，一边看手机，一边钻进被子，就那么光溜溜躺下，望着手机傻笑。

现在她应该是在手机上直播了。

女一也拿起手机，她没见过真实直播的现场，虽然偶尔也看快手，但看到的都是主播愿意或者刻意展现给粉丝的，她不知道这女二此刻摄进视频范围里的，是什么场面，多大尺幅，只有一张脸，还是把脖子和身体也取进镜头了？

看她半蹲半靠又用被子围住身子的样子，应该只在视频里露出一张脸，尺幅太大的直播会被禁播封号的。再说她也不像那种不顾脸面的女人。

女二在笑。笑声妩媚，娇柔，分明在和榜一打情骂俏。两个人你一言我一语地推动着剧情，似乎在争执一个问题。榜一应该是男的，他打字，她用语音，所以具体剧情只能从她的言语神态间去推测。

我真在外住宾馆的话你就会来看我？好啊，你不来你就是狗！

没骗你没骗你——

谢谢榜一哥的棒棒糖！

真住宾馆呢，没骗你。真不是我家！好，给你看看全屋——

女二说着还真起身下地，居然开始录整个房间了。就那么光着身子，拖鞋也没穿，光着脚走猫步。

女一怕自己也被录进去，赶紧溜倒，装睡，用被子捂了头。

女二在笑，依旧笑得娇滴滴的，好像那笑声能滴下一颗一颗的水来。

肉麻，真肉麻。女一在心里哭笑不得地等着。在被窝里摸出手机登上快手，搜索附近的人。看了一圈儿，因为不知道同居者的快手号，搜不到这个同处一屋的直播者。

女一慢慢揭开被子，目光偷偷瞄，直播的人已经录完房间，上了床，重新和榜一唇枪舌剑地扯皮。

女一忽然感觉自己真好笑，刚才怕什么了，弄得自己好像做了贼一样。还好，估计自己没出镜。她不好意思再看对方，干脆打开摄像头，在镜头里看。手机慢慢转，摄像距离调整，不断地拉近，推远，反复调整，却还是看不到对方直播给粉丝的界面。究竟会是个什么形象呢？她最好奇的就是这个。

他们还在争执她今晚住宾馆的真实性。榜一说他已经出发在路上了，要她发个位置和房间号。她偏偏不说。说你来个穿云箭，我就说。

然后就又绕着穿云箭反复起哄纠缠。

直播一般是两个小时，在这两个钟头的时间里，就得靠这种驴拉磨转闲圈儿的闲谈往下维持，女一很少看快手直播，就因为觉得没意思，白浪费时间。

女二换了个姿势，右边大腿露出来了，又长又肥的一条腿，白得晃眼。随着她大笑，大腿面上的肉在软软地颤抖。女一不动声色地看着，手机就定格在那儿，按住拍了十几秒。然后缓缓挪动。巧的是女二这时又翻个身，一对胳膊和上半个胸也露出来了。拍摄的人倒不好意思了，手机停住不敢继续拍。又怕人家察觉到，赶紧关了手机，倒头睡觉。

这一夜女一睡得不好。为了防止睡实后被人家拍进快手直播出去，不敢真睡，头上捂着被子又觉得难受。最后把书打开盖在了脸上。枕头也不如家里荞皮的舒服，这种胀蓬蓬的丝绵芯枕头枕着说不出的热，连心里也跟着燥热。她翻个身，再翻个身，也不知道过去多久了，女二才算结束直播，关灯睡觉。她倒是一倒头就睡着了。

女一迟迟睡不着，醒在寂静里听对方打鼾。鼾声不算响，但是在夜里感觉很吵。她努力在脑子里回想刚看过的书中的情节。想着想着可算是睡着了。睡着竟然做起了噩梦。梦见自己被人偷拍了，从蹲马桶到脱衣洗澡到睡着的脸，都被拍了，还挂到网上去了。她想爬起来去阻拦那拍摄的人，夺来针孔摄像机和手机，砸在地上，丢进马桶，彻底毁了，这才能踏实。奇怪的是她浑身酸软得严重，怎么努力都使不上劲。

她惊醒了。惊醒后发现只是一个噩梦。是梦就好，醒了就没事了。她不开灯，摸黑下地去卫生间。推开门，卫生间的灯全亮着。她心疼了一下。就一直这么亮着？！一夜得浪费多少电呀！她怕吵醒女二，关上门悄悄解手，完了合上马桶盖子，这才轻轻按一下小按钮，这个是节水的按钮。压下去，听见水声在深暗处闷闷地响着。回身看梳妆台，几瓶护肤品都在，轻轻拿起一瓶看。自然堂的面霜，再看，膜法世家的面膜，没看到雅诗兰黛。心里忽然想起来了，曾听人说过雅诗兰黛，好像很贵，一小瓶儿就上千元呢。她从来舍不得花那冤枉钱，所以至今也没买过。据说雅诗兰黛是国际一线品牌。女二跟她说了谎。她不甘心。漫步出门，借着手机光偷偷打量女二梳妆袋子里的几个瓶瓶罐罐，还是没有雅诗兰黛。

还是有些不甘心，轻轻打开了床头灯。借着灯光看床上的女人，她侧着睡着，发出很响的鼾声。手机在枕边放着，手机外壳很漂亮，缀了好几簇珠花。她的指甲染过，在夜里显得很鲜艳。

她望着她的脸看，确定是七〇后的脸。就是在梦里，嘴角和眉梢的皱纹也能看得见。看来梦境也不能完全抚平这岁月留下的痕迹。

就是这么个人，自己竟然认成了九〇后。说出去怎叫人不好笑？

她笑着上床。这一回睡得很香，一夜到亮，闹铃响了才惊醒。

八点半的会。会场在宾馆旁边的上级单位大楼。会议时间是一个上午，结束后估计不来这里，而是去吃饭。所以这房间得先退了。女一刷牙洗脸时就拿定了主意。洗完临走拿手纸把梳洗台擦得干干净净，将用过的垃圾全部放进垃圾桶，又看看马桶，也冲得很干净。确定没落下任何私人物品和不雅的痕迹，这才安心出门。因为她的习惯是走到哪儿都要力求整洁，她的一切都随时井井有条，所以随身物品三五下就拾掇好了。提上包就能直接离开。

女二进去洗脸，水哗哗响。女一没走，站着听这声音。这一个脸洗下来，得两桶水吧，她叹了一口气。把床上被子捋平了，提上大小包，说一声再见就出门离开了。

会场不大，但坐满了人，女一找到了自己的桌签，对号入座，然后前后左右看，一行三十个，一排七十个，今天参会的有二百多人。她想找找女二，目光转了半圈，忽然没了兴致，不找了，出了那扇叫309的门，彼此已经是陌路人了。甚至连她叫什么名字都不知道呢。

会议通知上说八点半的会，来了才知道八点四十都过了，主席台上还空着，就知道正式会议应该在九点整。为了不让参会者迟到，现在各部门单位都喜欢这么做，给普通参会者和领导通知的会议时间有差异。还有十几分钟，闲得无聊，又没一个认识的人，她干脆学所有早来的人，看手机。现在的人，不管是什么场合只要掏出手机对着看，不管怎么冷清无聊，都能把时间消磨过去。

在微信朋友圈看了一圈，给几个不咸不淡的帖子点了赞，又看看微博，一些大V、明星、有钱人又在晒吃晒喝晒包包豪车，还有几对明星在你死我活地闹离婚，更有人在高调秀恩爱。她心里烦烦的，觉得没意思。又看快手上的热门作品。看了一圈，还是没意思。信手点开自己的账户，她没开过直播，也没发过作品，忽然想发一个作品试试，就把昨夜拍摄的视频打开，链接上，配了个《沙漠骆驼》的音乐，又写了三个字"同居者"。

她望着配好的段子犹豫，发出去也许没人看，她的快手好友寥寥几个，熟悉的朋友中应该没人知道是她发的。她这快手号还是女儿帮她捣鼓的，头像、名称都和自己无关。可是发这么一条段子有什么意义呢？她又不想靠快手走红赚钱。再说，发人家的不雅视频，就算对方可能不会知道，也没法找她算账，可是不是有点不够厚道呢，要不删了吧。

全场一阵骚动，骤然严肃了。主席台上鱼贯走上一排人，开始开会了。开会的前五分钟最好不要看手机，有记者在拍摄，这种大会肯定上新闻呢。她赶紧藏手机，却在最后关头手指一点，终于把编好的段子发了出去。

自助火锅

车刚一停稳，两个孩子就迫不及待地拉开车门往出冲。

慢点慢点——小心车！李小梅一边戴口罩一边喊叫着追。

还好停车场已经差不多停满了车，剩余空间比较狭窄，没有车辆快速开进。

两个孩子像同时弹出去的皮球一左一右弹跳着跑。

李小梅就像那个弹射皮球的人，这球一旦弹出就失去控制，她再努力也收不回到手里来了。两个娃兴奋得不行，女儿从侧面的手动门进，儿子却钻进了旋转玻璃门。小小的身子在巨大的玻璃门里跳窜，眼看一不小心就会被夹住手脚。

李小梅从侧面小跑进大厅，撵上去一把揪住儿子，另一个手扯住女儿的手，看看左右没有人在注意这里，飞快地给女儿屁股上蹦一脚，又飞脚去踢儿子。儿子早躲到姐姐身后，扭着软软的小身子往地上出溜，嘟着嘴耍死狗，李小梅拉不起他，脚也够不上。

李小梅发了狠，丢开女儿，专门教训儿子，在他后脖子上打三巴掌，攥着他小手反身走向门口。走，这火锅没法吃了，出门前的约法三章一出门就忘了？我咋要求的！要听话，进了这火锅广场一定好好听话！你一到这里就全忘了？回，回去咱吃剩饭吧！

这话果然有威慑力，儿子一听顿时苦起小脸，身子更扭成了麻花。一双小手同时抓住李小梅的左右手，摇摆着恳求：我听话，听话还不成吗？现在就听话！

王大兵把车停好以后才跟进门来。一家四口走向收银台。耳边除了嘈杂人语，还有火锅广场特有的音乐。夜灯开了，柔柔的灯火笼罩在几十张方形桌和分割卡桌的隔断之上，映出了一片低调又奢华的富丽堂皇。这感觉真好。这种感觉，寻遍这座西北小城也没有第二家。亲民价格，贵族享受，固城首家大型火锅广场——这是火锅广场打出的广告语。置身其中，给人感觉那广告并没有过分夸张。

一进入这种氛围，孩子又开始兴奋了。女儿稍微保持着一点矜持，儿子浑身的骨头都痒了一样，在母亲的手里扭着，目光可怜巴巴瞅向旁边直立的电子游戏机，很想玩这个。鼻子又被一张张桌子上冒热气的香味吸引，只想扑过去占一张桌子，马上自由地跑来跑去拿各种食物。李小梅抓着他始终不松手，等待丈夫交钱。这时候需要量身高，女儿已经是成人价。儿子过去量了，算半价。

交完钱，拿上筷子和押金票，李小梅松开了手。两个孩子箭一样利索，很快消失到人丛里。王大兵找座位。李小梅用目光远远去追儿子，这场合人太多，座位找定之前，她怕孩子万一走丢。

王大兵转了大半个广场，没找到理想的座位。按他们的最佳需求，自然是找个四座的小卡座，一家人坐一起，清静舒适，最好离前台再近一点，这样取菜方便。这样的需求，以前好几次就得到了满足。今晚却迟迟难以敲定。

人太多了，整个室内广场黑压压的全是人头。李小梅看见孩子在冷饮区停下奔跑，就知道又去偷吃冰激凌了。两个小家伙在冰激凌面前自然会出奇安静，不再乱跑。她放下心来，随着丈夫满场走，走了一圈，竟没看见一张完全空着的四座桌位。只能沿原路往回折。看到离收银台不远还有一个空桌，却是八座的。

只能拼桌了。李小梅用目光征求丈夫的意见。

那就不吃了。王大兵神情坚定，看样子是真的要走。

李小梅过去坐下，说娃娃都吃上了，咋走？就这儿吧，凑合一下也成。

王大兵皱眉，你们娘儿三个真是的，随便吃个啥不好？荞面搅团，手抓羊肉，牛骨头，都不是好吃的？偏要来这种地方凑热闹，火锅嘛，有啥吃头？

李小梅给孩子占两个座位，她坐最边上，示意王大兵坐儿子边上，另外那半张桌子不要动，留着给别人。

坐下了，再回头看收银台边还在排队的人群，还有不断往里赶的食客，李小梅深感幸运，人这么多，都挤成这样了，还能占到四个人的座位，这不是挺幸运的吗，为啥还不高兴呢！

王大兵还是想走，李小梅不理他，既然已经来了，哪有不吃就离开的理，两个娃为了这一顿自助火锅，前后盼望快三四个月了。真不让孩子满足一下心愿，她心里过意不去。再说她也馋了好长时间了，今晚来之前就做好了敞开腮帮子好好犒劳一顿的准备了。

是明儿要涨价，还是今晚是 2018 年的最后一天，怎么这么多人呢？李小梅轻轻嘀咕。同时目光扫视着各个桌子上腾起的团团热气和热气下正忙着往锅里一碟一碟倒蔬菜、肉卷、鱼虾的人。

女儿摇摇晃晃挪着碎步回来了，两个手里顶着三个盘子，一盘水果拼盘，一盘各色面点，一盘凉拌牛筋、鸡爪、海蜇皮。

李小梅端坐不动，女儿到身边了，她才低声数落：谁叫你拿这么多水果？又不是新鲜水果，全是罐头水果，糖水泡的，吃多了凉？

女儿左手抓一块小蛋糕塞进嘴里，右手抓一片罐头苹果，水淋淋一起往嘴里塞。冷一口，热一口，吃得欢畅。

李小梅瞪她：注意吃相，这可是公共场合，叫人看了笑话！

儿子笑嘻嘻从背后冒出来。双手端一个盘子，盘子里堆出一个又高又尖的山，全是刀切奶油甜点。还有一小碗可以用勺子挖着吃的雪糕。

谁答应你吃这个了？

李小梅劈手去夺盘子，儿子早有防备，一边退一边嘻嘻笑，求饶：就这一口，就这一口妈妈——

两个人过来了。一男一女，女人怀里还抱了个娃娃。

服务员带路，指到这个桌上来了。

李小梅收了手，用目光教训儿子，示意他不要吃，或者少吃点。孩子早就摸准了大人的脾气，知道当妈的好面子，不会当着外人的面来夺碟子，就肆无忌惮地大口吃起来。

李小梅看着儿子吃，她哭笑不得。上回就因为吃了这个，回去吐了，好长一段时间不好好吃饭，脾胃弱的娃娃，本来就不能多吃寒凉食物，这次这么吃，回去肯定又不好好吃饭了。孩子就这毛病。在家里你说东他不往西，出了门当着外人的面，就像小刺猬，全身的刺都倒竖起来，专门跟大人对着干。这时候大人只能顺着去捋毛，有多少恨等回到家里关上门再教训不迟。这会儿当着这么多人，只能是越想拾掇他，越出丑。

李小梅假装给儿子慈笑：就一碟啊儿子，真不敢多吃——你不是还要吃虾吗？快拿虾去，迟了就没了。

这话点中孩子的命穴了，他果然一溜小跑走了。

李小梅一把抓住女儿左手，低声警告：快去看看，不许弟弟再吃一口冷饮，不听话以后再不可能领你们吃自助！

女儿委屈：你明明知道他不听我的。

快去，快去！

来的男女看样子是两口子。怀里的孩子很小，襁褓解开了，露出一个小脑门。

李小梅瞅见那小脑门就心里吃惊。这么小就抱出来吃饭，这女人也太心急了吧。男人也能由着女人胡来？看样子也就三四个月吧。这么小的娃抱到这么人杂的地方，万一有身上不干净的给冲撞一下，娃回去哭闹起来，太不划算了。真不明白这两口子哪来的心劲。

李小梅眼睛看着这对男女，脑子里回放着自己两个孩子三四个月时的日子，她那时候要多狼狈有多狼狈，一天到黑窝在家里，蓬头垢面的，喂奶，擦屎，洗尿布，做饭……重复完了再重复，周而复始，昼夜不停。身子也胖得变形，眼前这个女人倒看着挺利索挺紧致的。

李小梅目光在她腰部落定，然后像刀子一样，紧紧扣着那身躯往上篦，肚子，胸脯，哪儿都不放过。身为过来人，她的目光已经不仅仅是凡人肉眼，而是淬了毒，过了火，这一眼看过去早已把眼前的肉身对穿了几个过趟。

女人比李小梅年轻，应该是三十左右吧，不会超过三十五的。

还是年轻好啊。李小梅悄悄伸手在桌子下面摸自己的肚子。她穿的是加绒打底裤，外面又罩一条连衣裙，这种下摆宽阔多褶的连衣裙，正好用来遮住肥大下垂的肚腩。

都是肚子，可经历了岁月的考验，这肚子早就不是那肚子啊。

她深吸一口气，把肚子吸回去，吸出一个还算平坦的小腹。

当然，这办法不能从根本上解决问题，这口憋着的气息一散，那层松弛还是会再次下垂。

她忽然盼这女人离开。说不清为什么，她的第一感觉是有点不大喜欢这女人。

女人走了半圈，明显在犹豫要不要坐这桌。

李小梅冷眼看着，本来刚刚还要给这两口子打招呼，欢迎他们坐下，既然要拼一桌，也算有缘分。这拼桌的命运逃不过去，就坐一起高高兴兴吃吧，好不容易出来吃一回，再因为无谓的事影响得心情不好，可就不划算了。

可是女人的犹豫，尤其那浅浅的扫过来的眼神，都带着不加掩饰的情绪，好像眼前这一家人根本就不存在，又好像在掂量这一家人配不配和他们坐一起拼这个桌。

李小梅来气了。脸上准备的笑凉下去。爱坐不坐。不想拼就去别处啊，没人拽着你们。

锅来了。李小梅一家四口全是清淡锅底。李小梅给大家一一开火，开到儿子的小锅，不由得想起上次吃火锅前儿子的那场哭，禁不住翘起嘴灿然轻笑。那次临出发李小梅打了个小算盘，说我们可以少点一个锅，说不定可以省一个锅的钱呢。这个被省略的自然是儿子，因为他还小，可以跟妈妈共用一个锅。

当时儿子和女儿在争论去了点什么锅，儿子说麻辣，我要麻辣！

李小梅装着生气，说你要的啥锅？这么碎的人，不用点锅！实在想要个锅也成，咱家里那么多锅，蒸馍的炒菜的下面的，你看上哪个挑一个背上就成！

李小梅是碎碎嘴，随口说完就忙别的去了。早把这茬给忘了。

一家人临出发的时候，儿子哭着不换衣服。说不吃火锅了。

王大兵反复哄，小人儿就是哭个不停。

李小梅发现儿子是真的在伤心，哭得眼泪汪汪的。

她才发现问题有点严重了，就把他小身子抱进怀里，耐心地哄，儿子这才哭着说你叫我背咱家的锅，我才不背呢，凭啥你们都能点锅，就我一个人要背锅？背个锅别人肯定都要笑话我。

李小梅这才弄懂儿子哭得像个女孩的原因。她抱着儿子笑出了眼泪。

从那以后一家四口干什么都把儿子当大人对待，吃氽面，李小梅一小碗，儿子女儿也各要一小碗。儿子用一场哭为自己争取到了提前获得成人待遇的条件。

但真正的长大哪能那么容易，不是说说就能实现的。一到这自助火锅广场，儿子又原形毕露了。似乎比平时还小了好多，完全不听话，不稳重了。李小梅是爱面子的人，才不想在这人满为患的场合让别人看到自己家孩子的狼狈吃相。

儿子端着高高一碟子螃蟹腿回来了。大老远就喊了起来：妈妈，没虾了，我抢不过他们啊，他们早抢光了——

孩子像在自己家中一样高声，一点顾忌都没有。

李小梅左右溜几眼，还好，没人看这边。半人高的茶色玻璃隔间，热气浮上来，空气变得迷蒙，再配上很有西方情调的音乐在耳畔回旋，好像有一种催人打瞌睡的昏沉感。偌大的火锅广场，被一种暖烘烘懒洋洋的气氛所笼罩。

大人都变得慵懒起来，只有孩子始终活跃。

有几个孩子，跟李小梅的儿子女儿一样，也在乐颠颠乱跑，手里举着盘子，那嘴脸兴奋得好像《阿里巴巴和四十大盗》中那些闯进山洞，面对大批珠宝的强盗。

李小梅稍微安心了，坐下后还是悄悄抱怨儿子：拿这么多螃蟹腿做啥？这儿的螃蟹就没肉，瘦得只有硬壳，腿更没吃头！

儿子笑嘻嘻的，哗啦啦把螃蟹腿往锅里倒，煮了满满一锅红色的腿。

小夫妻身后还跟了个女儿。那女孩跟李小梅的儿子差不多大，很瘦，但是白，一对小眼睛在干巴巴的小脸上骨碌碌转动，目光盯着李小梅儿子，把一根指头伸在嘴里嘬着。看样子她已经被看馋了。

偏偏那小两口还没拿定主意。站在那儿不断地扯长脖子四面张望，在等待有一桌忽然吃完离开把桌子空出来，他们便可以去坐。又不敢完全离了这半桌，怕只要一离开就会被别人抢占了。

李小梅不看那小夫妻，一边慢慢吃着女儿吃不完的面点，一边冷眼看着别处。女儿毕竟大了，先用三碟子满足了好奇心，不再端那些花里胡哨不靠谱的吃喝，而是一本正经往来端菜蔬。又调了两小碗芝麻酱。王大兵开始端肉。一口气端了四碟子，开大火力，正式煮肉。

小夫妻终于结束犹豫，坐下了。抱孩子的女人挨着李小梅。李小梅往里挪挪，想尽量离这女人远点。但看到襁褓里的小脸儿，心里一热，不由得凑近去看，比四个月还小呢，也就三个月吧，这么小就抱出来吃火锅，看来这小媳妇真是坐月子拉扯孩子快憋疯了。李小梅深知这种感受，生了两个孩子，坐了两个月子，那种把自己关在一个屋子里闷一个月，日夜围着娇嫩的婴儿打转的生活，回头去看，真是有种头上要长出乱草的烦闷和后怕。现在看到有女同胞正在经历自己熬过的生活，李小梅觉得有种爬出泥坑的庆幸，同时，也天然地深感同情。

她想帮这个女人把娃娃抱一下。哪怕转一下手也好，好让她腾出身去拿点菜、调碗蘸汁。

女人没有和李小梅亲近的意思。还是看都不看这边，把娃娃塞给男人，起身走远。

李小梅不动声色，目送她离去。她身材还好，随着高跟鞋一扭一扭，很快走远，看背影不像刚生过的女人，听她踩出的咯噔声那么清脆，俨然还是个妙龄的未婚女子呢，她居然穿的是筷子细的高跟鞋。

李小梅夹菜的同时低头看自己的下半身。打底裤，坡跟鞋，鞋跟很粗，而且是休闲款式一体胶跟，这种鞋只能把身高稍微撑高一点点，这样的脚跟不能为女人增添该有的味道和风韵。从前她才不穿呢，感觉只有大妈、大嫂级别的妇女才会穿。

从前的李小梅也是常年驾驭高跟鞋的人，五寸筷子跟的鞋也有好几双呢。

但出了第二个月子，她就怯了高跟鞋。不要说穿，连想想也觉得凶险，一百二十斤的吨位，踩在两根五寸长的筷子上，每根承重六十斤啊，想想胆量都打折。

李小梅就在一天天口上喊着减肥，实际上体重正比例上升的过程里，和那筷子一样细的高跟鞋做了告别。如今看这个女人还有魄力踩着这种鞋，昂首前行，她的心情忽然就像眼前这翻腾着气泡热浪的五鲜汤锅，说不清都有什么滋味在其中交织。

她望着汤锅，短暂地出神，最后悄然吐出一口气，女人活着，就该像眼前这口汤锅吧，趁着还未煮老，就应该把一口气撑起来，咬牙坚持着，不让倒，这架子就一直不会散。而一旦自己松了散了，要重新扶起来，那已经是隔着重重山水的感觉了。所以，在遗憾自己过早向岁月投降的同时，她觉得自己应该向那个依然坚守阵地寸土不让的女同胞致敬。

婴儿开始哭。小男人本来坐着看手机，伸手拍拍孩子。那婴儿倒哭得更厉害了。小男人只能抱起来哄，把褵褓架在胳膊上，边走边簌簌地抖着，嘴里嗷嗷地哄。

这哄孩子的姿势和腔调都叫人看着眼熟。李小梅不由得偷偷乐，这样的情景，她身边的王大兵也曾上演过。是不是天下男人都这样，抱娃没有抱娃的姿势，哄娃不像哄娃的模样，毛手毛脚慌里慌张的，好像怀里抱的是一团没有骨头的肉，那肉蠕蠕地动，他两个大手直板板的，抱紧了怕孩子疼，松开了怕掉到地上。

被子散开，露出腿来，男人赶紧裹腿。另一头脑袋又出来了，他忙着去裹脑袋。孩子哭得起劲，小脸都憋红了。小男人显得越发笨拙了，一张细白的脸上渗出一层油汗。

李小梅一眼就看出这男人跟自己男人一样，属于那种甩手掌柜，不常抱孩子，明显手生。

儿子的螃蟹腿煮熟了，他笨拙地往出捞，捞出一碟子红灿灿的腿，抓一个啃，啃几下没意思，丢下了，噔噔噔又跑走了。

李小梅关了火，向小男人伸出手。小男人似乎正等着这个茬儿，连过渡都不用，孩子顺顺当当已经到了李小梅手上。

李小梅发现自己竟然有些生疏了，不知道该怎么抱这么小的娃了。三年荒个秀才，我娃娃大了才几年哪——她笑了，给娃娃笑。同时整个身子像一个和谐柔软轻灵的摇床，轻轻地摇，有节奏地晃，数十秒之间，母亲的天性复苏了。她一边哄，一边笑。哭声笑了，停了，一对小眼睛还含着泪，但亮晶晶瞅着李小梅看，婴儿不哭了。李小梅内心深处久违的喜悦和温情被唤醒，这一刻她从心底里觉得这孩子可爱。

她摇一会儿，抱着孩子坐回原位，孩子居然很乖，慢慢合上眼睡着了。

儿子还是女儿？

李小梅忽然问。

儿子。小男人嘴角有一抹满足的笑。

李小梅心里替他高兴。

一儿一女，真好。她说。

我也觉得好。男人说着看一眼李小梅怀里的他儿子。又看李小梅的脸。看儿子时那一抹喜悦柔软的光，移到李小梅的脸上时，还残留了一点。

李小梅忽然心里一荡，有一抹异样，游丝一般划了过去。她悄然抿了一下唇。心里有了一抹悔意。出门太匆忙了，只对着镜子匆匆扫了一眼，心里想着是晚上出去吃火锅，外头风大，又飞着雪末子，等进店又是在灯下吃火锅，热气腾腾的，大家的注意力都在吃喝上，没人会注意一个普通女人的，所以她就素着一张脸出来了。

但这一刻，她后悔自己的懒散和随意。还好小男人的目光没在她脸上多流连，像一道薄薄的热气，浮腾着就划过去了。

他们的锅来了。小男人低头开火。小女孩回来了，小手掌着一个盘子，盘子里的奶油蛋糕、冰激凌堆成一座尖尖的小山。

李小梅忍不住莞尔轻笑，世上的娃娃真是一个样，到了自助火锅店，他们的本性就全露出来了，柔柔弱弱的小女孩跟顽皮淘气的儿子没什么区别，也贪吃冷饮雪糕，就连吃相也惊人地一致。她一放下碟子，腾出一只手，就左一把右一把往嘴里塞。吃得嘴角沾满了泥巴一样的奶油。

娃娃为啥都爱吃个冷的，天气这么冷，我们当大人的看着都心里怕。李小梅含着笑说道。她不看对面的男人，看怀里的小脸。孩子睡着了，睡着就不哭闹了，应该把孩子还回去了。但是李小梅心里有一个声音说不着急，等睡稳了再给他。她觉得抱着这么个暖烘烘的小家伙，心里挺欢喜的。

就是的。这娃娃就是不听话。

小男人应和了李小梅的话。还满脸欢笑地看了她一眼。

两个人同时笑了。好像商量好的一样。

他们笑得欢畅，投入，没注意王大兵回来了。他落座，把手里的两盘子羊肉卷全倒进锅里。锅本来就小，肉进去后他把火调到了最大，等待烧滚煮熟的过程里，他冷冷看了一眼李小梅，然后干巴巴坐着，始终不看左边那个小男人。

李小梅捕捉到了丈夫的不悦。她忽然脸上发烧，有种做了什么见不得人的事被丈夫当场撞见的尴尬。赶紧刹住笑，让脸上的肌肉放松，恢复原位，不过心里挺好笑的，还有一点点的舒服。他吃醋了。爱吃就叫他吃吧。看年近四十的中年油腻大叔吃醋，李小梅甚至有一点感动。有一种恍然回到少女时代，被男人十分在意的感觉。好久都没有这种感觉了。

一阵清脆的高跟鞋走近，女人来了。两个手里叠压着端了四个盘子。盘子里红的绿的白的黑的，全是自助区取的菜蔬肉卷，居然还在中间夹了一碗调好的酱汁。李小梅不由得记起自己头一次进自助火锅店吃火锅的经历，又激动又忐忑，激动的是眼前这么多好吃的食物，居然全不要钱，可以由着性子取，想拿多少拿多少，没人限制。忐忑的是，这么放开手脚取东西，总有种做贼的心虚感。正是怀着这种奇怪矛盾的想法，揣着狂欢的做贼的念头，狠狠地拿，狠狠地煮，狠狠地吃。她当时也是把几碟子肉叠压着一起端来的。

这个女人自然不是头一回吃自助火锅。她也这么贪婪，肯定是坐月子拉扯娃娃，几个月在家里把人快馋疯了，这才准备放开手脚狂吃一顿的。

小男人起身给女人接盘子，女人这才注意到她男人手里没有抱娃娃。她在李小梅手里看到了孩子。

李小梅带着一种等待感恩般的幸福心情等待这娃的母亲做出反应，会感激地一笑，还是说句谢谢呢？都不要紧，反正她帮他们哄娃娃也不图什么谢，只是出自女人的本性罢了。

既然孩子的母亲回来了，李小梅站起来，准备把娃还给他们。她的锅已经在翻腾。

女人一趔，躲开了她男人接盘子的手，也没有迎接李小梅友善的笑。盘子落在桌上，重重有声，连王大兵也惊动了。他抬头看了一眼。又低下头去涮肉。

小男人看了眼李小梅，牙龇了一下，那表情像什么呢，像李小梅那犯了错误的儿子，恰好被李小梅抓个正着的时候。

是个妻管严。李小梅有点看不起他了。现在的男人大多数这样，一个个被媳妇治得服服帖帖的。真不知道是女人太厉害，还是男人愿意软着让着。

李小梅绕过小男人，把娃娃放到女人身边的椅子上，没看女人的脸，转身直接走向取菜区，来了这半天她都没亲自去为自己拿点想吃的。

李小梅一边取菜，一边抬头望了望四处，八九个餐厅服务员在忙着补充食材，洗净的菜蔬，烧烤的羊腿和鸡腿，用自动切肉机刨出的肉卷，要同时经营好这么多，他们显得十分忙碌。取菜的食客流水一样来来去去穿梭，大人之间夹杂着几个孩子。

李小梅不看大人，目光追着孩子看。再次确认所有的孩子进了这儿都是一个模样，一个个兴奋得小脸儿放光，你追我赶，在水产区、凉菜区、面点区、烧烤区反复转悠。见什么都想拿一些，拿了又发现下一样更好，留拿了放下，放下又捡新的，猴子掰苞谷一样，反反复复。李小梅看了一阵，笑着摇头，走向座位。

座位上只有小男人，在独自涮肉。

小男人忽然抬头，给李小梅笑了一下。

李小梅心里一紧，又一松。一种奇怪的情绪在心里翻了个跟头。这男人有意思，怎么能在这么短的时间内就这么快变换脸色呢，跟个女人一样。既然怕老婆，那就规规矩矩的，女人刚一走他就又眉眼活络起来，看来不是个省事的人。

李小梅变得矜持了。目光扫见那婴儿被放在椅子上，睡得正香。她一句话没忍住，就问出了口。

四个月了吧？

小男人马上就给了回答。

八十天。

他的快，让李小梅有些无措。难道他一直关注着她的反应。这是个什么样的男人呀。

高跟鞋近了。女人回来了。李小梅的丈夫王大兵也回来了，他边走边赶羊一样挥手驱赶着两个孩子。

现在两家八口人全了，除了襁褓里睡觉的婴儿，其余人全部入座开吃。

王大兵对别的没兴趣，他只吃肉，又把两盘子肉卷倒进了锅里。

忘了血压血脂都很高啊，肉少吃！李小梅伸筷子点了一下丈夫捞肉的筷子，低声劝阻。

不吃他个十盘八盘，这自助还吃个什么劲儿！白浪费钱了！王大兵轻轻嘀咕。

就是，爸爸你得多吃，至少把我和你的两份钱吃回来。女儿嘴快，冒出一句。接着又追加一句：最好把弟弟的那半份钱也给吃回来。

话多！李小梅戳一下女儿胳膊。同时配合手的动作，用眼神狠狠地剜。

女儿吐出一截鲜红的舌头给李小梅，然后快速收了回去，夹一个大螃蟹腿伸嘴咬。

注意吃相！李小梅凑近女儿耳朵：这不是咱家里！

女儿又吐一个舌头，往边上挪挪，刻意离李小梅远了点。

李小梅气得翻白眼，这孩子也是，进了人多的场合，就各种毛病都藏不住，全冒出来了，咋劝也听不进去。

这时一直低沉回旋的音乐停了，一个女声开始广播：为了答谢广大顾客的支持，本店两年里坚持了不涨价，但随着市场物价上升，食材价格大涨，本店利润十分薄弱，为此本店将于 2019 年 1 月 1 日起价格上调……

明天就是元旦，他们就是踏着时间节点走！女儿嘴里塞个蘑菇形小馒头，不等咽下去就嘟囔：明天就涨价，一个人涨二十，我们三个大人一个孩子，至少七十块钱！哇，咱们今晚来对了，至少省了七十块！妈妈我们占大便宜了！

李小梅给女儿一个白眼，示意她这是公众场所，对面半个桌子上还有陌生人拼桌呢。

女儿再次吐一下舌头。

对桌的小姑娘倒是对螃蟹腿没兴趣。看来她偏爱鸡翅，把一碟子鸡翅煮进锅里，还没熟透，就急着要吃。

没煮熟！她妈拦住。

小姑娘放下筷子，又跑走了。转眼又端着一碟子鸡翅膀回来了。

这时李小梅的儿子也端来了一碟子螃蟹腿。

李小梅看看这两个孩子，心里禁不住笑。娃娃就是这么有意思。爱什么就一个劲儿爱。进了这自助火锅广场，他们由着性子把偏好展示到了极点。

桌面上的小锅都开了，水汽森森上翻，热气浮上去，又落下来，一种烦躁的闷热在狭窄的空间里飞流。

桌面上的碟子越摆越多，挤得满满当当。李小梅看丈夫和女儿腾空一个，就赶紧叠压一个。还在手里捏着一张餐巾纸，随时擦拭孩子溅出的汤水汁液。

两个完全不认识的家庭合拼成一桌吃饭，在这公用的空间中就得十分节制自己的行为，注意自己的言行，这是李小梅向来对自己的要求，如今也在为孩子以身作则树立好榜样。

王大兵四两肉涮完，又要去拿。李小梅抢先站起来，我去拿——你坐着！

李小梅在丈夫肩头按一把，把他稳住，她却不拿肉。在豆制品区域流连，细细地挑了两盘豆腐、豆皮、豆干、菌类。一盘自己吃，一盘给丈夫。晚上回去就睡，吃一口肉，只怕肚子里就会长一两赘肉。豆制品多吃点倒不怕。

这个年纪的男女正是容易发福变胖的时节，女人一般能自觉要求自己，李小梅早在迈开腿加强锻炼的时候，就在嘴巴上严格要求自己了。但这腰身就是奇怪，喝凉水也长肉肉。所以她近几年都是一边喊着减肥一边看着这肚子上的游泳圈越来越大。

但是，无论肚子上的游泳圈增大还是缩小，减肥大任她一刻都没有放松，就算效果不理想，也不能就这样放开嘴巴胡吃海塞自暴自弃吧，她不但自己减，还监督丈夫减。

李小梅想着丈夫被自己监督吃不到肉只是吃素的样子，那样子可痛苦了，她心里就想笑。两口子过日子久了，磨合出了一种默契，也过出了一种别人没法替代的共有气息。比如丈夫有时会在李小梅面前撒娇，就跟个大孩子一样，好像是李小梅生出来的。尤其被李小梅小打小骂的时候，他不生气，相反死皮赖脸地笑着往上贴。

李小梅的笑从心里溢到了脸上。

三个孩子又不见了。肯定又去端螃蟹腿和鸡翅膀了。

小男人也不在，李小梅丈夫和对面的女人在说话。

他们在说话。他们居然会说话。

李小梅收住脚步，她有点犹豫，回去坐下呢还是转身再去拿点菜。

因为她有种不想打断他们的念头。

这念头，怎么说呢，像一只迷路的鸟儿，忽然蹿进了心里，到处乱撞。撞得她的心，像沸腾的汤锅上翻腾的一片千页豆腐，轻飘飘地颤着，她看着它颤抖。她含着恶作剧的心思，静静看着丈夫和这个女人攀谈。他们说得很高兴。他们居然谈得这么开心。好像还真有共同的话题，这话题让他们喜悦、欢畅，甚至兴奋。

李小梅端着两个盘子，手腕都酸了。她撑着不动。

有多久了呢，没见过丈夫跟一个女人说得这样高兴。她有些恍惚，夫妻做了二十年，从最初认识恋爱到如今一路过下来，他在她面前这么高兴过吗？有。好像又从来都不曾有。或者是从前有，现在又没有了。实在是记不清楚了。

耳边暖烘烘回旋着高高低低的人语，眼前悬浮着热气，人声人影在眼前和耳边交织，一时清晰得近在眼前，一时又远到模糊不清。她就在这起伏回落拉近推远中恍惚走神。一丝细细的伤感，线一样在心头缠绕。绕了一圈。又是一圈。

丈夫是个怎样的男人呢，她似乎从来都没有细细琢磨过。也许从前琢磨过，后来熟悉了，甚至在一起过上了柴米油盐的日子，也就懒得去琢磨了。近处无风景，这两个人之间就越来越随意了，男女性别和个体性情之间的一些棱角，也被磨平了，也就漠视了对彼此的好奇和关注，甚至好像连继续深入了解的兴趣都没有了。

这一刻，她真的记不清丈夫是个什么样的男人。尤其在男女关系这件事上头。她怀着好奇的心情看着眼前那一幕。他笑得很欢畅。一边笑，一边捏着筷子在锅里慢慢搅，但好久都没夹起什么来喂进嘴里。好像这翻搅的动作只是为了掩饰内心的什么，或者只是助兴的一个举动。他的目光也是活的，热的，在大团的热气之间跳跃，浮游，似乎在寻找什么，又好像什么都没寻找，只是想在这喧闹的空间里寻找一个安静的地方把目光安置下来。

　　三个孩子跑来了。

　　三个人居然成了朋友。儿子一手端盘子，一手小心翼翼护着小女孩，好像担心小女孩会随时绊倒，而他是当哥哥的，有责任看护。

　　孩子们叽叽喳喳的欢闹打破了眼前的气氛。

　　两个男女的交谈中断了。

　　李小梅软软落座。对面的小男人也回来了。他跟李小梅的丈夫惊人地一致，也端了高高两盘子肉卷。人还没坐下，盘子里竖起的肉卷全灌进了热汤里。

　　王大兵和对面女人之间的线，就这么断了。他们这就成了陌生人。话也没了，连神态动作之间，都没了一丝一毫的关系。

　　李小梅慢吞吞忙着，一片叶子，一片豆腐，精挑细选地选择，缓缓下进锅里，火力开到最小，慢慢地煮。心思也在悠悠回转。对面的女人，吃相还算优雅，看她那淡淡中带着点儿冷的神态，李小梅真忍不住怀疑刚才她还在和一个陌生男人那么开心地交谈过。两个人这么短时间就这么投缘？不，不是，她无声地摇头，轻轻给自己笑。还谈不上缘分，还没深入到那个火候。应该是比陌生人多了一点点的熟悉，却又比熟悉人少了一点儿内容的那种关系。

李小梅夹起一片红薯在嘴里咬，脑子里忽然找到了一个比较合适的词，一种准确的比喻。他们刚才的关系，或者说气氛，像这火锅汤里的红薯片吧，切得很薄，匀称，平整，下进汤里煮上一会儿就得捞，捞出来就得吃。火候得拿捏好，煮少了夹生，煮久就烂了。烂了就不好吃了，会失去那种熟与烂熟之间最好的状态。丈夫和对面的女人之间，应该就是这个状态。他们抓住了。他们好像完成了一个只属于他们两个人的秘密交织。这秘密薄脆得接近透明的空气。只要外人轻轻一碰，不，还没来得及碰触，秘密就碎了，围绕着秘密而浮动的那些东西，亲密的感觉，柔软的空气，女人和男人之间天然会滋生不需要任何外在辅助就萌发的那种亲近，随着碎裂而悄然消散了。

三个孩子已经不吃了，沉溺在取、煮，然后往出捞这些食物的过程里。好像经过自己的手，把各种食材取回来，塞进同一个小锅里煮烫，由不同的生，煮成同一种熟，然后捞进浮着辣子油的酱汁里蘸，再拖出来，任其软塌塌趴在盘子里，这就是一种乐趣、一种享受。他们忙得不亦乐乎。

他们的加入，还是没能打破这一对男女刚才拥有的那种默契亲密。或者是李小梅自己深陷在一种错觉里难以拔出。她有些恨这个女人。这恨来得莫名其妙。她自己也变得莫名其妙。

她开始有点恨自己。出来吃顿火锅，对于他们家来说不是常有的事，一家四口，三口人全价，小儿子半价，加起来二百多呢，算得上一次奢侈了。应该好好享受，包括美食和氛围，和这次外出。好好的心情，为什么要自己跟自己过不去呢？

她发现自己从进来到现在都绷着，跟什么看不见的东西较着劲，这不对，不能把享受变成受罪，不能白白花这一笔钱，得好好吃，至少吃个舒心。被一种奇异的情绪牵引着，她也拿了两盘肉卷。煮肉的同时，又去烤肉区拿了一盘烤羊腿上削下来的片儿和两个烤鸡翅。

她怀着报复的心理，慢慢吃着。她始终保持着外在该有的优雅。心里却怀着解恨的痛快。等消灭完这些肉食，一个饱嗝猝不及防从嘴里喷了出来。还好她反应快，及时捂住了嘴。借着掩饰自己的失态，目光悄然观察对面的人。一切如旧。根本没人留意她这边。她却不能多吃了。减肥是一项长远而艰巨的任务。减肥尚未成功，女人铁定还需努力。她嘴下留情，开始清理锅底的剩菜。

自助广场有规定，吃多少取多少，禁止浪费。临走服务员会来查看的，按所剩食物的量，进行百分之十的罚款，罚金直接从押金里扣。来之前李小梅就警告过孩子们，不许多拿，谁要不听话，最后吃不完罚了款，她回家饶不了谁。

她吃光了自己的锅，连泡开的红枣、桂圆等也吃了。一股甜丝丝的腻味在舌头上弥散，胃胀得满满的，整个肚子也是胀的。吃火锅就是这样，冷的热的辣的甜的荤的素的五花八门杂七杂八一起往嘴里塞，往胃里吞，这肠胃好像反倒比平时容量更小了，没觉察就饱胀到了极限。

对面的襁褓在蠕动。婴儿醒了。没哭，只是蠕动。那两口子也吃累了，小男人点起一根烟，慢慢地吸，李小梅看见王大兵的嘴拧出一个很厌恶的表情。这是从内心讨厌有人在公众场所吸烟。

王大兵也有吸烟习惯，但他这会儿不吸，他像个女人一样表情夸张地讨厌着身边的这个同性。

今晚这是怎么了，这桌拼的，怎么叫人心里这么别扭呢？

那女人在看手机。不知道是朋友圈还是快手，有轻音乐相伴，看得高兴，嘴角浮着一抹开心的笑。

她没察觉孩子醒了。椅子小，孩子横着放，万一翻个滚儿，就会跌下来。

李小梅咳嗽。目光看着对面的椅子。

小男人比女人先察觉到了，捅了一下女人的胳膊。

女人放下手机抱起孩子，然后腾出手关手机里播放的视频。拿筷子在锅里捞了捞，说走吧，没心吃了。

小男人把烟屁股按进烟灰缸里，按不死，他端起手边半杯饮料泼上，烟灭了。他们两口子已经起身，小女孩本来玩累了，刚乖乖坐下，像个小公主一样端正听话。

走了走了，口罩戴上。女人推一把女儿。

我还没吃够。小女孩顶了一句。不过她真乖，就嚷了这么一句，乖乖拿上手套口罩穿上外衣，就跟上父母离开了。

他们没有给李小梅一家打招呼。

一个服务员过来，快速看了看，在手里的纸条上写了几个字，匆匆去了收银台。

收银台前，那一家人正等着退押金。

收银台前挤满了人。李小梅这才注意到还有人在往来赶。而时间已经晚上八点半了。这会儿来，什么时候吃结束呢，这些人还真心劲大啊。再看四处，座位还是满满的。收银台前有等着退钱离开的，有排队等着入座的。吃过和没吃的人，神情是不一样的。前者带着心满意足的慵懒和困倦，后者脸上布满清醒和焦灼。

那一家人融入人群，要不是女人怀里抱着襁褓，李小梅还真无法从人群里把他们一家区分出来。

李小梅有些依恋地遥望他们。灯火依旧，璀璨中透着昏沉，一抹带着西洋味道的音乐，不知疲倦地重复播放着。

李小梅忽然觉得很困。想上床好好睡上一觉。

那一家四口终于消失不见。李小梅好像心里有什么被他们带走了。其实什么也没有。但人的心就这么奇怪。在的时候不是满心排斥，觉得处处不方便吗，为什么走了，又觉得若有所失了呢？

悄然观察王大兵的脸，他慢腾腾喝着一罐红茶。红茶消食。

李小梅把儿子锅里乱煮的东西夹两筷子给他，说你得给你儿子清扫战场。

丈夫不恼，也不笑，拿起筷子慢慢吃。好像他又是那个对妻子言听计从充满依恋的大孩子。

李小梅望着煮得发软的长长短短纠结成团的粉丝、肉条、菌团，被塞进那张布满一圈胡茬的大嘴。这些食物像一团拧乱的草绳。李小梅觉得一股乱蓬蓬的东西在自己食道里艰难地下滑。而面前的男人是这样听话稳重，好像他就是一头老牛，在忍辱负重地咀嚼并吞咽着一截老旧的绳子。

她觉得不可思议，这男人的肚子到底有多大呢，怎么不声不响就又吃上了，还吃得这么投入安静。

男人的心思，有时候还真让人捉摸不透。这个人和自己同床共枕二十年，她本以为自己已经把他的心思，把他整个人，全部摸得清清楚楚了。今晚这一场自助火锅吃下来，她才发现居然还有自己从前没摸到的盲区。

那女人离开，他始终淡定，连目送一眼都不曾有。

难道他心里压根儿就没留下那个女人的影子，连划过一丝波纹都没有？

她回想那小男人的脸，还有身材。他比她的丈夫王大兵年轻，挺拔，和李小梅对面独坐的时候，尤其谈论襁褓里的婴儿时，他那么亲近地跟李小梅笑，望着李小梅的脸，亮亮的眼神在她脸上划来划去，当时李小梅心里起了波澜，感觉那是一只手在摸她的五官。现在这只手还在，只是抚摸的感觉轻了，淡了，变成了一根羽毛，轻飘飘划着，没有力量，却让人心里有说不出的异样。

她知道自己喜欢这感觉。

李小梅为这骤然明白过来的心思羞愧。还好这只是一个人深藏在内心深处的波澜，不说出口，别人是不会知道的。

丈夫也是一样的情形吗？

男人和女人的内心，究竟有多大的不同？

她又把夹给丈夫的几片宽粉夹回来，自己慢慢吃。对面空出的半边桌子上一片狼藉。尤其在使用卫生纸上，那一家人毫不珍惜，把一盒纸抽空了。要不是李小梅在他们落座前就为自家四口人抽了十几张备在手边，这会儿她家已经没纸可用了。他们用过的纸当中有几张还白生生的，只是揉搓成一团在嘴上蹭了一下，就丢在桌子上。

李小梅伸筷子夹过来，用这纸为儿子和女儿擦桌面。他们随时糊脏，她就随时擦了。尤其华而不实的螃蟹腿，掰开吃一个，就会把手弄脏一回。

有四个人看这儿空了，立马就走了过来。他们很爽快，没犹豫就认定这儿了，喊服务员快来收拾桌子。

儿子居然又端来一碟子豆腐和粉皮。说妈妈这是你爱吃的，我专门给你拿的。

李小梅简直想哭。你快放回去，哪儿拿的放到哪儿，我根本吃不下了。剩下人家可是要罚钱的。

儿子从怀里掏出一包方便面，拆开就啃，吃得嘎巴嘎巴脆响。好像来吃这一顿火锅，最香的就是这一包方便面。

李小梅气笑了，看着儿子端来的食材，自己亲自送回去吧，怕被服务员撞见嚷起来就尴尬了。犹豫着端起碟子慢慢走，最后把碟子放在取水器前，接了一杯开水，没人看她，她赶紧溜开了。

四个男人已经坐下点锅了。四个大男人，其中两个中年发福，肚子明显很大，四个人齐刷刷坐下，半边桌子的空间骤然小了，连同李小梅的这边也被挤占了。李小梅再也没心思坐了，盯着儿子吃最后一块方便面，看女儿喝完一杯她自己用咖啡牛奶胡乱兑出来的所谓的奶茶。

走，比我们迟来的都已经吃完回去了，咱们难道要一直吃到人家关门？李小梅提醒丈夫，又提醒儿子和女儿。她带着警告的口气，声音压得很低，不想让桌子对面那几个男人听到。

儿子坐回位置，像刚进门的食客，动手打火烧汤，说我还吃得下，咱缓一会儿我再吃。

李小梅给了他一巴掌，但巴掌落下去变成了抚摸，儿子，咱走，差不多了，过几天再领你们来吃好吗？

儿子明显不敢信，他知道当大人的又在撒谎。妈妈才舍不得过几天就领他们来吃，就这一顿，还是他和姐姐不停地嚷嚷，嘟囔了很长很长时间，才得以兑现的。

李小梅捏住儿子的手，说走吧走吧，听话。一边哄一边手上加劲。儿子知道自己逃不脱了，只能乖乖放下筷子。

李小梅麻利地将空盘子叠压成一叠，再次伸筷子在四口小锅里捞了一遍，确定什么都没有剩余，就将四双筷子顺溜溜放在一起。

一家人起身，穿上外衣，李小梅把四个人坐过的椅子——

推回原位。就像她在学校里上完一堂课把所有教具一一摆放到该放的位置，这才安然离开课堂。

四个男人看李小梅一家刚一起身，他们就把屁股挪到了刚腾出的座位上。

李小梅最后看了看自己一家坐过的半边桌面，空盘叠放整齐，四个汤锅里残留着快要煮干的一点汤水，没有剩余和浪费，她拉着孩子放心离开。

退完押金，儿子飞跑着冲向旋转门，李小梅赶上去拉他，怕他被夹，又怕这样淘气会惹来门口服务生的嫌恶，硬拉着他的手从侧门走出。他们一出门就迎头撞上了大雪。雪已经从最初的碎散颗粒变成了片状，带着对这一年最后一个夜晚的留恋，大片大片地落着。

韩式平眉

　　这种眉型据说叫作半永久韩式平眉，早就不流行了。在她脸上还残留着。像一个时代已经画上句号成为过去，有人却苦苦揪着尾巴不放。这就有了别样的味道。究竟什么味道说不清楚，反正怪怪的。柳如月瞅着那对眉毛，想笑，不敢笑，憋着，目光里就有了刀子的味道，她拿刀刃挖她，狠狠地。心里暗暗给她起了绰号，就叫韩式平眉。

　　韩式平眉不知道有人在心里恨自己，她保持着一个紧绷的姿态，树桩一样立在柳如月前面，笔挺、强大、冷硬，不容有丝毫的侵犯。一个大双肩包被她背在后面，屁股一顶，包就分外凸，硬硬的，随着她本身的活动，大包时不时剐到柳如月身上，硬擦而过，像钝刀子在割，柳如月隔着薄羽绒服也觉得骨头疼。她已经擦剐柳如月好几下了。柳如月想发作，可身处的环境实在不是发作的地方，她柳如月也不是那种说发作就能发出来的女人。她有点懊丧，有个男人在身边就好了，最好是高大强壮类型的，护花使者在侧，韩式平眉就不会这样肆无忌惮了吧。不过她很快否决了自己。可笑，什么时候她柳如月需要借助一个男人来抵御同性的欺负了！坚持了半辈子的自尊，难道会在这点小委屈面前坍塌？

她稍微拉开小半步，和韩式平眉保留一点空隙，但也保持警惕，随时防备有人从斜刺里插进来。哪怕插一个人都是危险的，都可能让她一大早开始排队的艰辛付诸东流。墙上的白色信息板里写有护理信息，今日出院的七名，需要住院的已经排出一长排，柳如月数次回头瞄，不会少于十个人。明显的求大于供。所以排队就显得尤为重要，能不能住得上，能不能及早得到治疗，就看这排队的功夫了。妹妹和母亲被挡在呼吸科通道外，没有办好住院手续不让进。想到母亲昨天被她们姊妹带着在门诊和各种检查的路上奔走大半天，昨夜又被病痛折腾了一夜，今早来排队办入院就更显得十分重要，像打仗中必须英勇夺到的高峰一样。

数九寒天，是呼吸病高发期，老弱病残扎着堆儿往医院撺，呼吸科天天爆满，也在情理之中。柳如月的老娘每年冬天不犯几次肺气肿，简直就不叫熬冬。老人受罪，子女心疼，恨不能立刻把老娘放上病床让接受治疗。这队排得人绝望，十几个人围着一米来长的半月形护士台，恨不能把自己手里的住院证、核酸检测单和医保卡抢先塞到护士手里。所有人都急，但护士不急，办理手续的只有一个人，慢腾腾瞅着电脑屏幕，根本不理排队的人急得眼里冒火。先办出院，再入住！不出我给你咋入啊？她喊。已经喊了不下八遍了。没人听，入住者的耳朵好像集体失聪，只认定一个目标，要赶紧挤，抢，争，要先把自己或者自己亲属的住院证给办了，一切才能缓缓商量。

一根弦儿是怎么绷紧的，不知道，反正已经很紧很紧了，却不能松，哪怕是越来越紧。没人叫他们排队，是他们自觉排起来的，是拥挤的过程里，产生出的一个歪歪斜斜的队形。像一截便秘患者勉强挤出肛门的排泄物，硬撅撅横着，把护士站进出的通道都堵住了，护士们进进出出忙碌，要擦着他们的身子走。也有护士试图劝说，叫至少把通道让开。没人听。十来具身体像活的木偶一样，热腾腾杵着，谁都不愿意挪步，身子挨着身子紧紧揳在一起，实现了陌生人之间的无缝隙衔接。还是有人试图插队。而且有大夫领来一个人，走进护士台给护士交代让办理入院。谁都看出来那人找了大夫的后门。气氛就变得微妙起来。一股愤愤不平的气息，在肉体之间扩散。没人说话，只是身子们挤得紧了些，好像在取暖。

柳如月又被韩式平眉的包剐了一下。这韩式平眉要是端端正正站着，这擦剐就不会出现，偏偏她要回过头给旁边的一个男人说话，身子每斜转一下，包跟着往相反的方向掉头，这就注定要剐到紧挨在后的柳如月胸口。疼得柳如月悄悄吸冷气。气人的是，韩式平眉好像丝毫都不知道发生了什么，她的眼睛全在那个男人身上，嘴里不停地跟他说着话。

柳如月叹了一口气。前后看看，本来狭窄的走廊，每个病房外头都有加床，药瓶子吊在半空中，人就坐在行人注视下输液。而她担忧再不拼命挤，老娘连这样的床位也住不上呢。人哪，千好万好，别被病盯上就好。

事实证明，这时候连暗自感叹也是矫情奢侈的。那个包又剐撞了她几下。每一下都火辣辣的，不知道那双肩包里都装了什么杀伤性武器，能这样伤人于无形。柳如月一边往后退，一边拿眼睛瞪这个韩式平眉。可惜人家还是一副浑然不觉的模样，压根儿不知道已经把别人伤得苦不堪言。她的注意力全在旁边的男人身上，和他说话，注视他，忽然又提醒他找个地儿坐下缓缓，别累着了。

柳如月原谅了韩式平眉。也其实是跟自己做了和解。不然还能怎么样。以同样的方式撞还回去？还是和她吵一架？再不然打一架？都不可行。都只是心头一闪而过的念头。人心里每天都滋长念头，好的，坏的，善的，恶的，简单的，复杂的，阳光的，阴暗的，柳如月是个简单人，也不能完全做到心如清水，一尘不染。老娘说过，一个人心里要是起了做坏事的念头，没有说出来没有做出来，及时刹住了车，那就不算有罪。也就是说在心里一个人偷偷想想，是无罪的。柳如月觉得这个有意思。跟法律是一个原理，在心里偷偷用意念杀人放火的人，你能判他有罪？柳如月却不会在心里把韩式平眉怎么样，主要是她懒得怎么样。怎么样的念头，也是需要耗费精气神儿的。陪老娘折腾了一夜，一大早又奔到医院排队，她睡意沉沉，脚脖子都是酸的，没心思在心里计较。

有个胖子办出院。递上去的条子里没有缴费押金单。你单子呢？护士问。胖子眼睛瞪大，没有吗？没有啊！你们给过我单子吗？给了，快去找！护士催。胖子不乐意走，两个白胖的手在身上上下摸，要摸出一张单子来。柳如月瞅着他，她发现出院者和入院者是两种气势，很明显的不一样，入院者可怜兮兮赔着小心，恨不能把这些年轻的小护士喊声妈，请求能快速让自己的亲人住进来。办出院的人却腰杆子硬多了，磨磨叽叽的，有种我时间耗得起，你态度不好我就随时敢跟你吼的架势。反正已经要出院了，也不用再低三下四求着你们了。

琢磨着这里头的变化，再看看护士台里那些埋头干活或者站着发呆的护士，柳如月忽然就理解了她们的职业性冷漠和僵硬。进出两种人，冰火两重天，天长日久甚至职业生涯的几十年都被来来去去的病人这样对待，她们早就看多了，习惯了。柳如月极力忍耐了韩式平眉的豪横。她觉得不是自己怕事，怕这个女人，怕女人身边那个男人，她是不想添麻烦，给自己，也给这些忙碌的护士，给此刻的呼吸科住院部。

胖子回病房去找单据了。又一个矮个子挤进来，拿着单据，说为啥这个和这个上头的钱数不一样？差了一千多哩？他的口气明显不好，有质问的意思。看样子他要护士们立马给出一个明确答案。一个护士冷冷接过单据，瞅了瞅，说少打了一张，等下给你打。矮子就插在了柳如月和韩式平眉之间。凭空揳进来一个大活人，空间再次无缝隙衔接。柳如月留意着身体两侧，怕再插进来一个，这个出院的好说，要插进来入院的呢，这是她没法接受的。所以她必须保持警惕，守好这个临时的阵地。

矮子进来，立刻显出了韩式平眉的高大。柳如月暗暗庆幸自己刚才的理智，多亏没有和韩式平眉急，就算被撞剐得肉疼，这个亏也是吃对了，真要闹起来，不用那个男人出手，韩式平眉一个人对付她都绰绰有余。真是不识庐山真面目，只缘身在此山中。当时挤在韩式平眉身后，没觉出她有多壮实，也没比较出自己和她之间的差别。有这个矮男人做对比，韩式平眉显得分外高，像一座壮壮的肉塔立在那里。目测有一米七吧。体重应该不下一百四五十斤。脖子拧过去和她男人说话，能看到脖子里有一圈肉在扭动。柳如月注意到她一个手抓着双肩包带子，另一个握着手机，两个手都很引人注意，不像女性的手，没有雌性该有的那种柔媚细致，蓦然捕捉到这样的手，如果不看手的主人，你会毫不犹豫地认定这是男人的手。这样的男人，也是比较强壮的，稍微阴柔点的男人是不会长这么一对手的。总体来说，韩式平眉是个颇具男性特征的女性，五大三粗，膀大腰圆，身体和气势都散发出浓郁的雄性味道。这种反性别身份存在的气势散射出来，柳如月觉得就是危险的味道。她的包已经蹭着矮男人了，矮男人抬起胳膊做抵挡，看来他也受不了。后面又有人试图插队，队伍像水面上起了波浪，在原地扭曲起伏。

矮男人从队伍里挣脱出去，拿到了护士刚打出的单据，却不走，站在边上核对，看样子是不能接受花费的钱数，只有——落到实处，他才会情愿。柳如月羡慕他，能拿着收费明细核对金额，说明他或者他的病人家属，已经住完了院，熬过了病痛，现在要出去了，离开这个让人不得不来来了却痛苦的地方，离开眼前这让人窒息的人群。既然要脱离苦海了，为什么还不走，有意逗留是留恋这里吗——这念头当然不厚道，柳如月赶紧压制，可能是个经济不宽裕的人吧，才这么计较钱。柳如月也不是多有钱的人，不过她真的渴望这个人能和自己互换，已经住院结束要出去的是自己和母亲，她才不会计较有一千多块钱对不上账。最重要的是人好了就万幸了，偷偷感念上苍吧。

　　胖男人的押金单终于拿出来了，开始为他办出院。队伍悄然紧了起来，肉体和肉体之间的缝隙又缩短了，肉眼是看不见的，但身体跟着往前推进的感觉在。柳如月警惕着，不想再挨剐，和韩式平眉保持了一点肉眼可见的距离。这样一来韩式平眉的身体获得了更大的活动空间，她更大幅度地往后面转，看被她支使过去歇着的男人。男人挺有人缘的，很轻松就得到了一把凳子，那凳子本来是楼道里一张加床边配备的。一个女人躺在病床上，本来伺候女人的一个年轻女人在旁边站着。柳如月想不起来她原来是不是坐在那个凳子上的。她可能把凳子让给了这个男人。她现在在和男人说话，说得挺热络，两个人的眉眼间都有微笑。柳如月细看远在六七步之外的男人，再细看近在咫尺的韩式平眉。再次想笑。他们是夫妻。这个是肯定的，一起挤了近一个钟头了，谁和谁啥关系早看明白了。不像姐弟，更不像母子，那么除了夫妻，再不会有这样亲密的关系了。

　　现在这对夫妻分开了，一个在排队，另一个坐在那里等。应该是给那男的看病吧——柳如月发现人到了一种特定的环境里，会变得无比的无聊，比如她自己，现在就无聊得很，一面头脑晕乎乎身体软塌塌地排着队，一面还有兴致观察着他人。好像这样就能减少排队的无趣和焦虑。人活在世上挺苦的，病了躺倒等待治疗的人苦，陪着病人前后奔忙的人何尝不苦呢，也苦。趋利避害是动物的本能，作为人类中的一员，她柳如月何尝不是通过东瞧西看胡思乱想来放松紧绷的那根弦——这么排下去，最后真要住不上，她不知道自己会不会忽然奔溃。

　　只能极力做转移，寻找比无聊本身更无聊的事。无聊的无聊，就是有趣。比如她发现了一个有趣的现象，韩式平眉和她的男人，他们两口子的关系，有点意思。说实话，要不是一开始就紧紧挤在一起排队，站远了看，她不会认为这是夫妻。他们不像。一点都不像。身形，长相，气质，都让人没法把他们往一起搭。就是土豆和茄子吧，叫谁的眼睛看都不会觉得他们是同一个类。柳如月一开始就和她们近，这种近让她看到了这两个人的关系，能确定是夫妻。不是夫妻不会这个样子。正是因为明明已经确定了他们的关系，柳如月才觉得有意思。还是那种不般配的感觉在作祟。如果把他们拆分开去看，没问题，感觉不会太特别。女人嘛，高大威猛，壮实泼辣，露在外面的五官比一般人粗大，属于加强版。这样的女性现实当中也常见。不常见的是，她偏偏配了一个小型号男人。特大配特小，号码严重错位，别扭感就来了。这个男人其实算不上矮小，中等身材，放在男人堆里的话，算中号。之所以出现如此大的视觉差异感，是女人的大和胖。有这样的大号参照物在身边，他自然就分外显眼。

显眼的另一个重要原因，是他长得好。全身偏瘦，肤色淡黄，整个人显得玉树临风，有一股风流倜傥的气度。他不像别人用口罩把自己捂得严严实实，他的口罩被拉下来挂在脖子里，这样五官就露在了外头。是为了展示自己出众的长相吗，敢公然不戴口罩！柳如月忽然意识到自己比较喜欢往他的方向看。这个男人具备吸引女人目光的资本。越看她越觉得可惜，看样子有四十多五十岁了吧，还能有这样的风度，再年轻二三十年，岂不是能迷死满大街的少女。岁月不败美人，也打不倒男神，年龄给他添了皱纹，两个眼圈周围全是纹路，一笑层层地堆叠。就这样，也不十分影响他的帅。相反，倒添了一抹别样的魅力。你说，这样的男人，怎么就和这样的女人配成了一对儿？真是不可思议。慢慢地她有了一点愤慨。为那个男人。这感觉，就是一块嫩生生的好肥肉，你想不通它怎么就落进了这样一张嘴里，并被慢慢地享用着。是单纯的惋惜，还是有着为何我就没能下嘴咬一口的遗憾？都有吧。这念头够无聊吧！柳如月拿自己开涮，在心里上演着一出女版的食色性也之大戏。

终于又办完了一个出院。队伍悄然往前挪了几寸。继续办出院。柳如月的目光反复去舔信息板上的数字，不管咋看，都是出院比排队入院的少。她难以踏实，又从最前头起数排队者，如果中间没有插队的话，她是能住上的。可也不敢绝对确定，尘埃落定之前，一切都不好说。她排在中间，不前不后，这个位置让人倍增了焦虑。真要排最后，她肯定干脆不排了，带着老娘换个小点的医院去住了。可眼看着有希望，人就特别舍不得放弃这个希望，好像这时候下恒心排队，就是帮母亲拽着健康，她的命，她的病，都攥在女儿的手心里，因此女儿不能松手。别人能排，能等，能挤，老娘的女儿凭什么不能！凭什么要放弃，凭什么要偷懒！好像跟谁杠上了，骨子里有一股劲儿在撺掇，逼着她非得把这个名额争取到母亲名下。

前头的韩式平眉应该也是一样的念头，她豁出老劲也要为她男人争到住院的机会。也亏了有她这样的猛女，不然凭她男人那么清瘦单薄，挤在这样的队伍里来排队，只怕要被挤成纸片儿。当然这想法有些夸张。可那样的男人，确实应该有这么个女人来呵护，像亲妈护犊子一样地护着。柳如月一边看韩式平眉，一边偷偷地乐。她觉得自己有些恶毒。

十多个人的队伍，一条长蛇，痛苦地扭曲了两个小时后，大多数住上了。一个中途走掉了。剩下两个不甘心，一个胆小的站在一边看，一个胆大的跟护士吵。柳如月住上了。护士这里一收住，楼道门口一个看守通道门的护士就给办了陪护证，有了证柳如月就顺利把等在楼道外的老娘接了进来。人一进病房，天大的病也就不慌了，大夫护士已经围了一圈，给老太太检查询问呢，氧气和心脏检测也很快就上了。柳如月觉得人老了就像孩子，本来看上去病得马上就能咽气，这进了医院住下，只吸着氧气做个检测，危急情况就缓和了，这也可能是肺气肿病人的共性吧。

柳如月一颗高悬的心才算慢慢落下来挨到了实处。当年母亲生养拉扯儿女，据说一次次揪心，担忧，吓得死去活来，如今老太太反过来讨起债来了，用同样的方式把柳如月一次次吓得六神无主。人生就是一种互相的欠债和还债吧，中间的纽带是你没法抗拒的血亲。看着老太太满足的脸，柳如月深感庆幸，觉得为抢一个床位那么拼命地排队是值得的，那两个没排上的呢，应该走了，去了哪里，他们家的病人，会不会由此耽误病情？但愿都好起来吧。柳如月发现当时自己的心挺硬的，在疾病面前人心变硬了，当仁不让，能抢就抢。事后回想，心里还是挺愧疚的。希望大家都好吧。

整个呼吸科的常设床位，加上楼道里临时加的十几张，每个床位都有病人与陪护家属，加上护士和大夫，还有清洁工，小小的楼道里人满为患。和柳如月一起入住的那些患者都分散进了不同的房间，和原来的病友融为一体。柳如月只认得在她后面站过的一个女人，人看着病恹恹的，挤起来劲头不饶人，惶急中还踩了她一脚。柳如月没计较这个，在楼道里碰到，两个人互相微笑，点头，好像是朋友。别的人柳如月几乎没记住。当时只顾着挤，身子和身子较量，压根儿没心情看脸。恍然瞅见韩式平眉的男人，蹲在楼道里，和一个护士说笑。第二次出去，还在说笑，蹲的地儿稍微挪了下，护士换了，他没换。柳如月心里嘀咕，这病人心够宽的，住院呢不在病床上好好躺着，老跑出来做啥，医生咋也不管管。可能韩式平眉忙去了，他成了缺娘管束的孩子，由着性子到处乱跑呢。

柳如月的心乱了。微微的一点，却也足以左右她的行为。她感觉病房里够闷的，窗户不能开，都是呼吸类病人，最怕见冷风。她就出去，在楼道里。楼道里的空气清新不了多少，进了医院还指望呼吸新鲜空气，这本身就是矫情的事。她还是喜欢楼道胜过了守在母亲床前。老太太也不能没人守。柳如月就进进出出走，像个忙碌的孝女。每从那男人身边经过一次，她就有新的收获。有时候她走得很慢，观察他的表情，听他具体在说啥，有时候故意很快走过，竭力装出一点高冷，她只是路过，对他毫无兴趣。其实她眼观六路耳听八方，紧张地捕捉着他散射出的每一点信息。

他确实是个很特别的男人。身形头形脸形和肤色都没的说，绝对的帅男标配。再具体到五官，每一个器官都有棱有角，立体感十足，好像造物主亲自用手一点一点捏出来的。尤其是眼圈周围的那些皱纹，更显出了一种成熟的帅，是超越了毛头小伙子的成年之帅。最要命的是他的神情和姿态，他总是那么乐观，好像世界上就没有不愉快的事，他随时都活在愉悦当中，见了哪个女的都微微地动人地笑着——他好像总是在跟女性打交道，柳如月觉得沮丧，从认识以来，好像没见过他和哪个男的一起说过话，全是女的。而且那些女的好像全都不在意他不认真戴口罩，有可能会传播病毒。如今的女人啊——柳如月在心里感慨，如今的女人都没有矜持可言了，见到皮囊看得过去的男性就恨不能往上扑。人在事中的时候，总是喜欢把自己排除在外，然后用道德的武器轰炸别人，全然忘了自己也是那个扑火团中的一员。

有一回柳如月看到和他说笑的换成了一个女病人，女病人是加床，床就放在楼道里，一张床一个输液架子就是她住院的全部。白天输液，夜里睡在床上，脸露在外头，过道里谁都可以免费参观到她的睡姿。人睡着了是没有自我保护能力的，可她还在极力保护着自己。身子蜷缩成一团，侧身睡着，两个手在紧紧抱着肚子，枕头边放着眼镜和手机。从她身边经过的时候，柳如月曾经心头有些怜悯，一个人来医院，还睡楼道里，说不清楚为啥，莫名地就让人替她难受。

意外的是，在这白天，她和韩式平眉的男人说笑的时候，完全换了一个人，好像睡着了是一个很虚弱的人，让人担心随时会停止呼吸，现在神采回来了，眉眼活络，思维利索，和那个健谈的男人一样健谈，两个人头对头坐着，她在床边，他把屁股下的铁凳子一直挪到她跟前，好像要和她咬耳朵说个秘密事情，她没有介意男人的亲密，咯咯咯地笑个不停。她要比护士放得开，可能护士是因为在她们工作的场合吧，得收敛着，她就不一样了，她是病人，和韩式平眉的男人是病友。身边又没来照顾的人，她一个人自由自在，和病友交流交流挺正常的。

等天黑了，韩式平眉的男人回病房去了，女加床也早早睡了。手机还是在枕头边。现在的人都离不开手机，一时半会儿也不能离开。只有睡着了，手机才舍得从身体上分开。要是就这么死了呢，再也睁不开眼了呢，那么手机咋办？临睡前她跟手机说再见了吗，如果永远不再见面，那么手机里有没有存着不愿意让别人知道的秘密而没有来得及删除。这么一个年轻的女子，就算隔着口罩也能看出颇有几分姿色，还挺洋气，手机里肯定没少存自拍照，也许还有大尺度的甚至是裸照呢，真要永别手机，这些也是要删除的，难不成留给别人！也许还有更多的，不能让别人知晓的秘密。柳如月远远收住脚步，偷偷看她。她觉得挺解气的，这个忽然盼望她睡过去再也不能苏醒的念头，好像替她报了什么仇一样。

这天查床前，柳如月的母亲忽然就严重了，一口气上不来，憋得脸青紫，整个人像一片黄透的叶子，在风里飘摇，随时都要从生命的枝头落下。大夫护士呼啦啦冲来抢救的时候，柳如月站着看。等抢救过来，她才发现一双腿软得撑不住身子，就哗啦坐在凳子上。脑子里有一锅粥，白花花翻滚，眼看着要炸锅，她不知道撤火，只是一个劲儿添火。接下来心情既紧张，又糟糕，守着母亲寸步都不敢离开。忙碌起来就把那个男人给忘了。

到了夜里忽然又想了起来。那真是男人里头的奇葩，病了不在床上好好待着，总往外头跑，真不知道哪来的闲心情招惹他人。他女人呢，咋也不好好收管收管。奇怪，这几天进来后好像再没见他女人。估计是把男人安置下就回去了，那风风火火的样子，肯定是家里的顶梁柱，全方位保姆，没有她家里的日子都转不开。只是她怎么放心把男人一个人放医院里的，没有她的全职保姆般照顾，老母亲般的呵护，悍妻般的约束，她男人就脱缰了，野马一样在呼吸科活动，明显在勾搭女性，还有老少通吃美丑兼并的迹象。那是一对怎么样的夫妻呢，平常的日子怎么过的？属于青年时期就牵手的伴侣，还是后来半路上结合的二婚？无论哪种，柳如月都能够断定，他们不幸福，没有幸福可言，那男人究竟因为什么娶了那样一个丑八怪，那丑八怪又凭什么嫁了那样一个帅哥，真正的内幕可能只有当事的他们俩知道。算了算了，为啥忍不住要为别人瞎操心呢，真是吃饱了撑的。这世上的男女关系，自古少有十全十美的。人无完人，两个完人真要在一起过日子，估计那日子也会受不了要崩塌。

柳如月去水房洗碗，迎头碰到了他，刚从厕所出来，埋头整理着裤带，耳朵上斜斜挂着口罩。擦身而过的一刹那，柳如月的心忽然荡了一下，莫名地紧张。他却看都没看柳如月，压根儿就没注意到柳如月这奇特的心理变化。柳如月有些羞愧，回头目送他消失。旁边一个女人忽然哼了一声，说那个垃圾男人，有啥看头？柳如月心头扑通一下，以为她看透了自己的心情。女人却看都不看柳如月，哗哗地搓洗着一个红裤头，说遇上这样的男人，倒了八辈子月经霉！柳如月一愣，接着差点笑喷。这姐们奇特，别人最夸张也就倒个血霉，她倒好，连大姨妈也拉来助阵。有多恨那男人呢。

终于见着了一个恨他的。这倒难得。如果排队筛选的话，这呼吸科的楼道里估计能站一长排，场面比呼吸病高发时段办入住还壮观，都是喜欢那个男人的，其中既有护士，也有病人。虽然这推理有些狗血，有些牵强，不过还真不是特别离谱，事实摆在那里。难得有一个例外。这一个怎么就例外了呢？柳如月的八卦心迅速复活，做出了判断。八成是在他那里受了伤，求而不得，才恨得咬牙切齿吧。情理之中，情理之中嘛。柳如月不笑了，吃不到葡萄，牙根能酸成这样，也是可怜女子一个。

女子却不自怜，只是愤慨，说你不知道，他老婆对他有多好，我敢打赌，他妈对他都没那么好！柳如月再次差点笑喷。这女人看上去精瘦精瘦，言语却粗壮生猛，大姨妈刚助完阵，这下又拉上人家妈了。韩式平眉对她男人好，柳如月第一天就目睹了。相信满楼道的人也都看见了。柳如月这几天只要看到那男人在楼道里和别的女人闲扯，就想笑，就反复想起韩式平眉那张脸，脸上那对过时的眉。两个明显不般配的人，要在一起长久生活，肯定有一个人的迁就和忍让，不然早散伙了。他们之间，受伤的注定是那个女人。

看柳如月不吭声，瘦女人憋不住了，说不信你就去看看，亲眼看了你就信了！跟我一个病房。说着拧了裤头就走。柳如月好像被无形的手给牵住了，不由得跟上走。路过护士站，看见他坐在护士的椅子上，不知道刚说了什么，两个小护士被逗得咯咯笑。护士台里头病人是不能进去的，只要越过半步就会被及时劝退。这个人能进去，还有椅子坐，看来和小护士的关系又亲厚了一层。柳如月狠狠瞅他一眼，心里说这个人才不会好好在病房里待着呢，你让我跟你去看什么？瘦女人甩一下裤头，拽住柳如月的胳膊，低声说别理他，一个垃圾。把柳如月拽进了她的病房。

这个病房大，里头密密麻麻塞满了床，柳如月抬眼看过去，一共十二张，人满为患。气味比母亲住的房间难闻得多。女人拉着柳如月走到最里头，靠窗户的一个床位前，嘴一努，示意她看。柳如月已经看到了，11 号床上躺着韩式平眉。她本来睁眼望着高处发呆，注意到有人走近，目光收了回来，慢慢抬头看。柳如月确定是她，韩式平眉。有五六天没见吧，她瘦了好多，肤色蜡黄，明显一副病容。鼻子里插着氧气。旁边还有一台心脏检测仪在运行。柳如月深感意外，住院的居然是她，不是那个男人？她还一直以为是那男人病了。怪不得这几天不见她露面，那男人倒是满楼道晃悠。是什么误导了柳如月，是那天办入院排队时的情景。那天的韩式平眉太不像个病人了，而她的男人，则柔柔弱弱，乖顺听话，跟在大姐姐屁股后面，就是个生病了的小老弟。所以一开始柳如月就先入为主地以为病的是他。

瘦女人搭好了裤头，手在裤缝上蹭几下，动手给韩式平眉披披被角，说又胡思乱想啥哩，为那么一个东西，你值得吗？韩式平眉瞅柳如月，又看看瘦女人，喊了一声姐。声音拖长，显得不情愿，也有撒娇的味道。柳如月看呆了。要不是亲眼看到，打死她也不相信这个女人也会有温柔的时候。她，居然会有温柔的时候。想想办入院的那个早晨，排队的人群里，她是多么能挤，胖墩墩的身体跟一个装得过饱随时都要爆裂的口袋一样，沉甸甸地扛在柳如月前头，一边排队，一边回头照顾她男人——那个瘦弱得一阵风都会刮倒的清秀男人。你坐那儿去吧，站着多累。你饿吗，忍一会儿吧。渴不，住下了就给你晾水。玩会儿手机吧，别心慌了。他真的坐下了，也掏出手机看了，她又喊头抬高点，费眼睛。一会儿又说缓缓吧，起来活动活动，老低个头，累着颈椎了。看样子是专为住院来的，带的东西比较多，除了她后背上扛的一个双肩包，她脚边还放了个大包，看上去不轻，她一边排队一边还得时不时关照大包，却始终不见让男人提过去照看。所有的举动，都显示出她的强壮，能干，包揽一切。那个男人就是病人，所以享受着病人该有的照顾和体贴。柳如月当时看着挺肉麻的，除了觉得这对男女不般配外，还觉得女人太啰唆了，简直母爱泛滥，对别人粗暴蛮横，恨不能把前后左右排队的人都给挤出几里之外，对那个男人，她完全是另外的表情，就差喊他宝贝疙瘩了。闹了半天，生病住院的是她，压根儿不是那个被全方位照顾的男人。

她呀，一个姐妹，不会笑话的——瘦女人给柳如月一摆手，又伸手在韩式平眉额头拍拍。你说你有多傻哩，真是叫人拿你没办法！

韩式平眉又喊了一声姐，打断了瘦女人。她真的不高兴了，眉头拧着，眼里有阻止的意思，也有哀求的神色。瘦女人看来也没料到人家会这样，余下的话就卡在嘴门上，看了看躺着的人，反应过来了，说嗨呀，这大妹子，不说了，不说了，姐听你的还不行吗。柳如月不是笨人，察言观色，看出来了，人家不欢迎自己，也不想向自己这个外人敞开心扉，有意要隐瞒呢。就赶紧往后退，给瘦女人点头，说我妈喊我呢，走了走了。退出门，不再回头，快步奔回了母亲的病房。

再去打水，柳如月有意慢走，留意观察那个男人。难得没人陪他闲扯，他一个人坐在一张加床头边的一把铁板凳上，没看手机，仰起头靠住身后的墙，好像在冥想。柳如月不敢逗留，快步走过，心里说这就是浪子啊，一个老了还浪荡的人，浪子也有累的时候吗？提上水往回走的时候，她装作对他没一点兴趣，有些高傲地仰起头走自己的路。耳边听到他咻地一笑，说姑娘你暖壶盖儿呢。一句话打乱了柳如月的方寸。她这才感觉到一股灼烫从壶口往上来喷。她差点丢了壶。赶紧两个手托住壶，果然把壶塞儿忘在了水房里。她狠狠地瞪了他一眼。噔噔噔回去，拿了壶塞儿，又噔噔噔返回，始终不看那老浪子一眼。她越走越快，最后几步甚至跟跄着小跑，直到奔进病房门。

你咋了？母亲抬起头。她察觉到女儿的紧张。这不是又活过来了吗，你揪心啥？放心，完不了，命在骨髓里头里。她以为女儿是为自己的病担忧呢。柳如月没法解释，懒懒地坐着，心里有一缕乱。她是大风浪里蹚过来的人，这些年结婚，离婚，再婚，再离婚，吃过情感的亏，算不上百炼成钢，却也还不至于见个小阴沟就一头扎进去把船翻掉。她觉得懊恼，这是怎么了？瘦女人口口声声说是个垃圾男人，她自己也亲眼看到了，就是个情场高手，没有责任心的浪荡子，老婆在病床上躺着，他却不去守着，跟流浪狗一样在楼道里蹲守，逮着一个女的就调情，这样的男人，就是颜如宋玉貌比潘安，那又怎样，也是个金玉其外败絮其中的贾宝玉。

柳如月端着母亲的小便去倒，瘦女人跟来了，进了厕所劈头就给柳如月说，你不要多心，她对你没恶意，就是自己心里不得劲，还牙硬舌头软，死不承认罢了。柳如月摇头，心里说没多心啊，再说我有理由计较吗，又不是我的啥人，我用不着自寻烦恼。瘦女人忽然抬手拍了柳如月一巴掌，笑了，我说呢，我没看走眼，你跟我一样，好女人！

柳如月一头雾水，心里说进了医院就只有病人和没病的家属，又不是分好人坏人的地方。再说你凭啥认定我就是好女人了。瘦女人有着一副又薄又干的嘴唇，一笑嘴唇全部咧开了，露出红艳艳的牙床，看得人心里怪难受的，好像她的牙龈随时都要出血。瘦女人说妹子我观察这几天了，整个呼吸科就你为人正经，从不和那个垃圾男人招嘴，你看那些女的，一个个恨不能跳进他眼睛里去，只有你走得端行得正，我刚还跟她说呢，你是个好女人。

事情搞清楚了。柳如月悄悄吐舌头。真是羞愧啊。原来瘦女人特意靠近自己，是因为自己通过了她的观察。她现在把她当朋友对待了。柳如月不敢让她看到自己的眼，眼里有慌乱，她忽然深感愧疚，知人知面难知心，她这心里也为那个人起过波澜，费过思量，几十分钟前，还差点烫到了自己。她没有她说得这么好。都说女人水性杨花，她柳如月也不例外，也喜欢视觉效果，也迷恋英俊皮囊，也暗暗渴望风花雪月。

瘦女人欢喜得不行，把柳如月拉进女厕所深处，说你是眼里没见，真要见了肯定能把你气死！纯粹就是个垃圾！懒，馋，奸猾，娇气，还心眼多。看着是跟到医院伺候病人来了，其实啥都不管，就是个甩手大掌柜，好像他来医院是参观来了，还嫌病房里味道重，跑到楼道里呼吸新鲜空气，要我说，呼吸个屁，满楼道都是人，你看这呼吸科，一个个咳着痰，吐着脓，还哪有新鲜空气？纯粹就是矫情。柳如月心里忍不住好笑，他还真是够奇葩的，想勾搭女人就勾搭嘛，何苦找这么个浅显的理由。瘦女人越说越上气，一件件一桩桩数说着她看到的。

　　柳如月听得也上了气，说既然啥作用不起，为啥还守在医院里，好像他有多疼老婆一样！

　　瘦女人本来一直在摇头，忽然点点头，说对得很，你和我一样的看法。我看不过，把他赶回家去，省得在眼前头晃悠，叫人看着胀气。

　　柳如月心里猜测肯定是他老婆不让走的，丈夫丈夫，她是要他时刻在一丈之内存在的，就算在眼皮底下公然不老实，她也能接受。这个女人究竟是个啥样的女人呢，像个老妈妈一样照顾着男人，简直是无微不至。愣是把男人培养成了儿子。

　　人根本就不愿意走！赶不走，一赶就眼泪汪汪的，说舍不得老婆，就是要留在医院里陪老婆。

　　柳如月闻到一股尿臊味从厕所地上弥漫上来，口罩都隔不住地往人鼻子里扑。她扑哧笑了。说真的啊，一个大男人还眼泪汪汪？有意思的是，她嘴里这样问，好像根本不相信，心里其实已经相信了。说任何一个男人黏糊在女人屁股后面哭鼻子不肯离开，她不信。放到韩式平眉的男人头上，她信。世上也许只有他能这样吧。

瘦女人没有文过眉，一对眉毛还保持着娘胎里带来的原始模样。算不上有眉型，颜色也很淡，这样一对眉毛长在人脸上，没什么修饰美化作用，像两撮子胡乱生长的短草。口罩把其余的部位遮住了，只能看到眼睛眉毛。通过脸部轮廓和身形，也能判断出她是个长相一般的女人，毫无姿色。她对那个男人没有任何吸引力，不在他关注的范围。正是这个在范围外游离的女人，才更具备批判那个花心大萝卜的热情和勇气。

不信啊？要不是亲眼看到了，我也不信！她一对淡眉夸张地抖动。忽然压低了声音，哎，说实话，要我看啊，也不都怪人家，他女人也有问题。男人嘛，就叫他当牛做马嘛，对女人好，挣钱养活女人，撑起家里的担子！这不都是应该的？她倒好，把男人惯坏了，顶在头上怕吓了，捧在手里怕摔了，就差嘬在嘴里了！你猜她咋说的，叫他外头散心去，病房里头味道重，会熏着他。还有，顿顿给他叫外卖，点的全是肉菜，她呢，一口也舍不得吃，就吃他剩下的。你说哪有对男人这样好的？儿子也不能这么惯！她居然这样好了半辈子，二十几年！你说这都叫啥事嘛！

柳如月忽然有个渴望，想动手扯下瘦女人的口罩，看看她究竟长啥样子。自从新冠疫情发生以来，戴口罩成了所有人的习惯。尤其寒冬季节的医院呼吸科，更强调戴口罩。你可能和一个人近距离相处一天，也不会看到他（她）口罩下的真实面目。柳如月没看到过瘦女人的脸，瘦女人也没看到过柳如月，但不影响她们交流，好像通过眉毛和眼睛，就能断定一个人的长相，还有品性。

瘦女人应该很丑。就算口罩捂住了最关键的几样五官，但一个人漂亮还是难看，除过五官，身体的各个方面都有体现。这么一个黑瘦干枯的女人，又能漂亮到哪儿去呢？这么一个丑巴巴的女人，不守在床头照顾她男人去，热情饱满地为邻床的他人操心，这不又是一个奇葩？柳如月不由得疑惑，难道这个女人也对那个老浪子有意思？只是她表达的方式与别人不一样罢了。她没有勾搭的外在条件，加上她男人就躺在同一个病房，所以她选择了相反的方法，反其道而行之。他不对老婆好，她就对她好，好到像亲姐妹，无话不说，所以韩式平眉应该跟她说了很多他的事，还有他们夫妻间的秘密，柳如月看出来了，韩式平眉信赖这个瘦女人。他不照顾老婆，瘦女人帮着照顾，两个女人一起嘀嘀咕咕说私密话，然后她出来跟柳如月炫耀刚得到的秘密。

有这么夸张狗血吗？柳如月对着厕所洗手台前的镜子看，镜子很脏，照出两个戴着淡蓝色一次性医用口罩的女人。瘦女人还在嘀嘀咕咕说着，表达着她的愤怒，感慨。无非就是那个男人有多过分，那个女人有多可怜。她自己呢，是叙述者，也是评论者，是旁观者，更是参与者。她已经陷进去了，难以自拔，也不自知。柳如月看得清楚，忽然厌倦，心里说我这是怎么了，陪老娘来看病，不尽心尽力把病人伺候好，魂不守舍地这叫什么事？她打断了瘦女人，说还忙，先走了。她丢下瘦女人快步回病房了。

瘦女人就这样被得罪了。后面的几天，柳如月又碰到她几次。她不理柳如月，好像压根儿不认识，头一扭就擦肩过去了。第八天上，柳如月续交费用，恰巧碰到瘦女人，她在办出院手续。出啊——柳如月朗声问。丝毫不介意这几天的疏远。瘦女人好像被吓了一跳，看看柳如月，慌慌地点一下头，拿着一堆票据走了。好像她做错了什么事，再慢就被柳如月逮住了。韩式平眉还在，她男人像长在楼道里一样，永不疲倦地撩拨着小护士们。一次柳如月路过，听到他喊一个女孩小妹妹。柳如月差点从鼻子里喷出笑声。老帅哥也太自信了，按年岁算，他给人家小姑娘做爹也不夸张。柳如月决定去看看韩式平眉。

冬日下午的阳光把脏乎乎的窗玻璃给净化了，本来灰沉沉的玻璃显出一大片暖暖的亮。亮色落在韩式平眉的脸上。她睡着了，鼻子下粘着氧气管，嘴巴紧紧闭着，好像在梦里也坚守着什么秘密。不戴口罩的时候，她的五官一览无余。确实是个很普通的女人。鼻子眼睛嘴巴耳朵，都再平凡不过。唯一能吸引人的，是眉毛。一对文得很重的眉毛。肯定是连美容资质都不具备的那种街边小店的手艺，谈不上美感，又直又粗的两道，从眉心处出发，一道向右，一道向左，一旦分道扬镳，就誓死永不相遇。没有眉型，没有丝毫的柔美，破坏了女性的天然妩媚，恶狠狠地横在脸上。柳如月静悄悄看着，她发现如果不看这对糟糕的眉毛，只看下半部分，这张脸其实并不那么难看，甚至还有一些平常妇女都有的和善。

为什么要文这么一对俗气的人造眉毛呢，肯定是为了美。世上的女人，不爱美的有几个呢？这个女人本来就不美，再有个那么惹眼的男人，为了配得上他，她肯定没少努力。这眉毛就是努力的证据之一吧。这真是何苦呢？柳如月眼里有了怜悯。看她的穿戴打扮，应该是社会最底层的人，要弄这么一对眉毛，得花费她多久的收入呢？反正据她所知，是不便宜的，前年韩式平眉在小城里席卷而来的时候，几乎所有的女人都文了这样的眉毛，一时间满街都是韩式平眉。柳如月也在其中。这才多久，流行风向变了，平眉过时了，女人们纷纷忙着改眉毛，从平眉改弯，拉出弧度，不再傻粗傻直。柳如月曾经望着街头的女人们观察过，最后的结论是，都平眉的时候，没觉得有多漂亮，如今都弯弯的时候，也没变得有多美。这里头正真得益的是那些美容院。这个女人没改，时间过去这么久了，她还是韩式平眉。她可能以为花一次钱，就能让自己好看一辈子。她不知道的是，有些变化是很快的。柳如月望着熟睡的女人，悄悄吐一口气，但愿她永远不要知道眉毛也是会过时的。就像她躺在病床上，可能不知道她的男人在外头忙着干什么。永远都不要知道才好。当然，不排除她比谁都知道得早。

眩　晕

　　班车有些年头了，行李舱挺脏的，上班车前于丽娜再三看看已经塞进几个箱子之间的行李包，确定它卡得比较紧，不会中途跌滚下来沾染一身泥土，里头的几瓶化妆品也应该不会打碎，她有些气恼地转身上车。刚才她本来要拎着包上车，被司机拦住了，说包大，车厢里挤，放下头行礼舱里。于丽娜有点不情愿，她打算把包带到最后一排，等车出发上了高速以后，如果乘客不是满员，后排一般是有空座的，到时候她就可以枕着她的大包舒舒服服睡一觉了。长途累，加上她血压低，坐四个钟头的班车很受罪，她可能会晕车，只要一晕就会吐。没想到司机不允许大包上车，说人满了，这么大的包没处放。她有点不甘心，试图解释。司机看上去很不耐烦，匆匆收了她的票，撕去结算联，说26号，按座儿坐！他不理于丽娜了。于丽娜瞅瞅这个人，一个中年男人，五官不分明，被一种中年就要结束正在滑向老年的模糊气氛统一到了一张脸上，这模糊没有营造出和善，相反显得有几分暴戾。可能因为于丽娜是带着情绪打量的，所以她感觉这个人不好说话，再纠缠的话她会吃亏。她断了妄想，气鼓鼓把包塞进下头的箱子之间。

26号是一个不前不后的座位，靠通道。于丽娜提着手里的皮包找到了座位。同座的乘客已经到位了，一个大学生模样的男青年，一副不打算与任何人交往的样子，耳朵里塞着耳机，身子斜躺着，眼睛一直在看手机。于丽娜把身子塞在自己的座位上。座位显得很挤，给人一种挺逼仄的压迫感。她扭头看后面，看到连最后那排座位也满座，她心里才不那么堵了。看来司机说得没错，并非有意刁难她。今天只能全程坐着了，没有躺下歇歇的待遇了。她扣上安全带，有些疲惫地闭上眼睛，逼着自己小睡一会儿。眼皮挺沉的，闭上了就没力气再往开睁。耳边听到司机在做发车前的最后安全要求，喊安全带，安全带，都系上安全带！

还得捆这么个驴肚带啊，勒得人难受很。左边一个妇女，用有些搞笑的语调抱怨。她是老家口音。于丽娜懒得睁眼看。这样的口音刚刚教训过她，余音似乎还在耳畔回绕。她带着一丝微怒，说娜呀不是妈抱怨，庄里人都笑话我哩，说我女子吃着公家饭，是公家人，咋还给我保不住一个低保？人老刘的儿子也工作哩，老刘一家子吃低保多少年了，也没见哪个村干部敢把低保给取了去！说到这里她的声音压低了，似乎她要传播的是一个世界级秘密，说主要是人家晓得走后门，把后门走好，啥事都不难！

发牢骚的是于丽娜的老娘。六十五岁了，这两年吃着一份低保，吃得提心吊胆的，天天担心忽然就被取消了低保。现在确定要取消了，老太太求告无门，干脆给女儿发起了脾气。她的意思是，让女儿快寻门路找人，哪怕是花几百块钱走一下后门，只要保住低保就好。在她看来，女儿既然有工作，那就和所有的国家工作人员都是一家人，都能说上话，应该是能帮老娘保住一个低保名额的。早在半年前她听到风声说有可能取她的低保，她就慌得连夜找过女儿。于丽娜只能一再地哄，拖，告诉老娘事情想办法办着哩，后门也马上就走，凡事有个过程嘛，急是不能急的。老娘被她哄着拖了三五个月，现在是真到了悬崖边上了，眼前无路了，才把话说得这么难听。

于丽娜悄悄叹一口气，跟老娘解释不清楚，因为老娘拒绝往清楚的方向去想，她觉得女儿完全可以给乡上管低保的干部打个电话，让他给村干部下命令，村干部敢不听？她的低保也就保住了。这就是她指给女儿的光明大道。偏偏于丽娜笨，不沿着这条路去走，这不，就把老太太的好事耽误到了没路可走的地步了。

于丽娜觉得头怪大的，也挺好笑，不要说她没勇气给老家的民政办公室打电话，就算她豁出去打了，那又如何，自己一不是哪个大领导，二不是领导的亲戚，仅仅仗着同为行政单位干部的身份，她能跟乡民政办公室干部说她是某某某，她要她妈享受一份低保？不成千古笑话才怪！再说为一份低保，值吗？她已经跟老妈反复强调过，就当不要这个低保了，每个月她掏二百元补给老妈。老妈不干，说这就不是一二百块钱的事情，而是牵扯到了面子。面子啊娃娃——老妈语重心长起来，要哭了，说你就不知道现在的人，都看重面子得很，庄里差不多的都吃低保，支书她妈也吃哩，李有财老两口三个娃工作哩，也吃着低保，你说我一没老伴儿，二没工作的儿子，就你一个人工作，还是个女子嘛，嫁出去就成了旁人家一口子人，凭啥我就不能吃低保？

这已经不是于丽娜每月给老太太二百元就能解决的问题了。这背后牵扯得很多，比如一个乡村寡居妇人的尊严，还有哥哥一家人，甚至于家这个门户在村里的身份地位等问题。当然，更重要的还是生计问题。就算不多的一点钱，如果占着不被拿掉，那也是钱嘛，苍蝇腿腿也是肉，每个月领着，一袋米一袋面一桶油至少是够买的吧。白白得来的，谁不爱占便宜。如果公家的拿着，女儿再每月给老太太从工资里抽出几百，岂不是更美的事！母亲不好明着让女儿周济当农民的儿子，如果女儿愿意每月给她一二百元，也等于周济了她的儿子。人人都有自己的小算盘。老太太也不例外。

可于丽娜不是泼妇，也不是贵妇人，前者有勇气豁出去四处跑动，求人，跟村干部骂架，为母亲保全低保，后者的话，之所以成为贵妇人，婆家的资源自然是雄厚的，雄厚到一个电话，就可能解决如今的难题。话说回来，如果真是贵妇人，比如某个大官富豪的老婆，或者官二代富二代的女人，还会为一份低保熬煎吗？有熬煎的必要吗？于丽娜想到这里，扑哧笑了。属于苦笑，无可奈何，又觉得好笑。要说多少遍才能跟老太太解释得清楚呢，她只是一个普通工作人员，是吃着公家饭，可吃公家饭的不等于就是领导，就能管着低保，或者和管低保的人熟稔到开口说一下就能把老妈的低保给保住。

老妈固执地认为，她既然是公家人，那就和天下的公家人都熟络，公家人没有不认公家人的理，除非女儿如今翅膀硬了，眼界高了，只顾着自己飞，自己过舒坦日子，不管老妈了。可是一把屎一把尿地拉扯大的啊，供养你念书，也花了不少钱，光那馍馍疙瘩，叫你背了多少呀，半袋子半袋子地往学校背哩，十几年下来，能背几麻袋哩，能堆一座小山哩，把本事是喂大了，可没把良心喂大，现如今连老妈都不管了——

于丽娜闭上眼，把头抵在前座上，吃力地驱赶着脑子里的凌乱。老妈的事回去再面对吧。现在她急需养神，休息。有一股汽油味在空气中弥散。她感觉有些恶心想吐。运气不好，这趟班车是个旧车，在漏油。味儿够冲的。她昨夜没睡好，会议结束得很迟，为了便利就在会场附近住了个小旅社，空间很狭小，没窗户，睡在单人床上她觉得喘不过气来，墙壁还不隔音，左右两边都是人语声，吵得严重，等到十二点过了，邻居休息了，轮到她睡不着了，一直失眠到天亮。她从包里取一个塑料袋捏在手里，准备随时迎接呕吐物。

车上了高速，行驶平稳起来，颠簸感稍减了一些，汽油味也没那么逼人了。她昏昏沉沉睡着，眩晕感像水浪，一波一波荡漾着，在心头冲击，要突破堤坝，她一边忍着，一边转移注意力，尽量让难受感快点过去——根据经验，只要能压制住最初的眩晕，就不会吐，要是压不住就肯定要吐。在车里当众呕吐是很伤脸的，不到万不得已她才不愿丢人呢。她回头看了几次，后座上依旧满员，她今天是不能躺一会儿了。运气真不好。

　　有女声引起了她的注意。确切地讲，是两个妇女的声音。她们的交谈开始得很早，也许于丽娜上车之前，她们就在说话了。于丽娜好奇自己为啥迟迟没留意到这一点呢。再说为什么要留意这一点呢？她说不清楚。她不知道什么时候开始，自己竖起了耳朵，用心听她们的声音。应该是前排传来的，她发现抬起头听，声音有点远，头低下顶在前排座椅背上，语声就近了，嗡嗡嘤嘤地响着。两个嗓音，一个稍微沙哑，低沉，似乎是个疲惫的人，话不多，只是发出简短的回应，哦，噢，嗯，哟，几乎全是单音节词，要不是尾音里拖着一点女性的感觉，还真像个男的。另一个相反，嗓音很好听，话多，热情，活络，话几乎全是由她说出来的，交谈的节奏和气氛也正是她在营造并不断推动。

　　多少年没见了！嗯。七年了！哦。整整七年啊！哦。都有变化！嗯。哎呀，谁说我没变化，还是有的，哪能逆生长哩！哦。主要是我心态好，我朋友都羡慕我有个好心态！哦。主要是要保养，得舍得对自己好！噢。看你，舍不得穿也舍不得用吧，跟从前一样，没进步！哟。你记着我的话，女人就要对自己好！自己都不对自己好，还能指望旁人对你好！嗯。我啥秘诀啊？皮肤这么好，一点不显老！嗯。我跟你说这个也有秘诀的，主要是化妆品用对了！

于丽娜两个手抓住座椅背，本来软塌塌的身子绷紧了，眩晕感也轻微多了，她在注意收听前排接下来的对话。她已经断断续续听出大意来了，两个闲聊的女人，从前是旧相识，后来分开，多年不见，今天不期而遇地坐到了一辆车上，自然有太多话儿要拉呱。现在哑嗓子在夸尖嗓子年轻，不显老，皮肤好。尖嗓子也没隐瞒自己的秘诀，她用对了化妆品。是什么样的化妆品，有这样神奇的效果？于丽娜的心顿时被吊起来了，满满的都是好奇。她太想知道答案了。自从进入三十岁，她每天的事情除了工作和家庭，忙忙碌碌，吃喝拉撒，再就是关注自己的脸，具体说是覆盖在脸上的这张皮。这张皮在衰老。夸张点说，她都能看到它每天衰老的痕迹。这个月和上个月不是一个样，今年和上一年更不是一个样。时间不能倒流，自然是越来越老，越来越难看。尤其这两年，被单位派下去做扶贫，村里吃不好睡不好，风土硬，紫外线强，她这张脸已经呈现出要超越年龄的沧桑来。

据说女人的脸要年轻，除了狠狠地整容，像某些明星一样，再就是保养，心态好是一方面，好的化妆品也重要，所以于丽娜现在开始进美容院了，半个月做一次护理，化妆品也从几百块钱一套换到了一套上千。闹心的是，效果差强人意，并看不到逆生长哪怕是紧急刹车的迹象。她何尝不懂得呢，说到底还是和个人心态、生活处境等有关系。她太忙了，忙得鸡飞狗跳昏天黑地，每天从睁开眼到闭眼睡觉，醒着的时间里就很少能清闲，不是赶往帮扶村的路上，就是趴在村部填表，要么在接送娃娃上下学，要么陪老人去住院，反正时间好像就没有属于自己的，也没心思对自己好一会儿，让自己清闲一会儿。

哑嗓子似乎轻轻一笑。却没问。于丽娜着急，她应该问呀，问清楚究竟是什么化妆品，真有那么好的效果？这几年她密切关注化妆品，什么国内的国际的，二线的一线的，好多品牌都涉猎了，一样一样买回来往脸上抹，可结果令她失望。她一直都渴望遇到一种真正能立竿见影的好化妆品，哪怕贵点也没关系，她愿意忍痛割肉，为自己的脸投资。

哑嗓子是个蔫性子人，要等她来推动剧情，是指望不上的。于丽娜抬头望前头，试图看清楚说话的人，可能的话，也搭腔上去问她一嗓子。女人对化妆品的热情，那是天然的，也不用怕遭人笑话。可惜座位之间距离太近，她被卡在座位上，只能保持一个坐姿，根本站不起来，也就看不见前头的人。只能看到两个背影。她斜着身子，爬在两个座位间的豁口上，这姿势有点怪，再使劲就把自己�进这豁口了。

好在尖嗓子的声音适时响了起来。她好像知道有人在急切等待下文。她说这个油好得很，洗的，拍的，抹的，补水的，防护的，抗皱的，美白的，提拉的，Q弹的，还有祛红血丝的，祛斑的，都不错，我用着呢，十年了，质量没的说。

于丽娜觉得失望，她的热情有所减退，因为她听出来了，这尖嗓子就是个卖化妆品的，很可能是走街头串巷子见人就推销化妆品的那种人。这种人最擅长的就是说辞，一套一套的，能把死的说成活的，公的说成母的。这种人的化妆品，于丽娜不考虑，看都不看，绕着走。她身子靠后，闭上眼浅睡。为自己刚才的冲动和失态，觉得懊恼。

　　一对女人的声音一直没有停，嘈嘈切切，高了低了，重了轻了，落下去，又浮上来，深一句浅一句，总旋绕在耳畔。于丽娜累，想把座位调低一点，但她这个座位的调节手柄是坏的，扳弄了几回都没作用。只能一个姿势坐到死了。她觉得悲哀。昨天坐四个钟头到省里，开会开到黑，今天又开一上午会，会散后匆匆吃碗面，又要连续坐四个钟头的班车返回去。这腰腿实在是不堪蜷缩之苦。她想不通，尖嗓子哪来这么好的精力，能一直说话，就算久别重逢，内心很喜悦，可表达也需要精力来支撑啊，难道她就不累吗？

　　尽管于丽娜不再留意，尽量把她们的交谈当作某种没法消除的背景存在，却还是零星注意到话题的大致走向。现在不说化妆品了，换成说男人。哑嗓子的男人。尖嗓子的男人。哑嗓子的男人"老样子，没啥出息"。就这么被一句概括并带过。尖嗓子的男人被夸了一阵。由尖嗓子自己提及，自己夸，然后又抱怨了一小下。于丽娜没听清他是干什么的。反正听上去挺不错，尖嗓子抱怨的语气里难掩宠溺，所以他应该是那种因为宠溺女人，从而被女人反过来宠溺的男人。雇了个保姆。尖嗓子说。

做饭，搞卫生，接送娃，都归保姆管。

于丽娜喘了一口气。她知道自己的心因为嫉妒，而在抽搐。居然雇保姆，保姆承包了一切家务，那么她这个女主人做什么呢，还有什么可做的呢？照这么说，她回到家只要脱鞋换衣服，然后躺着睡美容觉就可以了。能用得起保姆的，应该是有钱人家。既然有钱，花点小钱雇个保姆，把自家女人从家务里解脱出来，何乐而不为呢。于丽娜禁不住想象，这个有钱雇用保姆伺候的女人，究竟是个怎样的女人。

说实话，除了在影视剧里看到使唤用人的女人，实际生活当中，她还真没有亲眼看到谁家里在使用保姆。她单位的一把手正好是女的，一个风风火火的女人，工作上一丝不苟，稍有不满会对下属瞪白眼，在于丽娜心中，她应该是单位最权威的女人，但就是这样的女人，家里也没用保姆，据说当年坐月子是婆婆伺候，婆媳脾气不合，加上她没生出婆婆期待的孙子，一个月时间，婆婆给她各种零碎气受，出了月子要上班，娃娃没人看，每天抱到亲戚家，晚上再接回来，遇到发烧感冒，娃娃哭，她也哭。女领导至今说起来心有余悸，好像是终于从一场旷日持久的灾难里逃离了出来。

于丽娜没女领导这样惨，她的娃是婆婆帮忙看。婆婆做得仁至义尽，表面上看不出任何破绽，是慈祥人儿，滴水不漏。但于丽娜挺熬煎的，婆婆在不方便，她就是说个话，出口气，放个屁，走个路，穿个衣服，都要考虑到婆婆在这个家里的存在，婆婆会怎么看，怎么想，会不会多心，会不会生气，这样天长日久日积月累地过下来，挺累的。她就偷偷地盼着娃快点长大，婆婆早日离开，渴望过几天没有婆婆的舒展日子。她也曾暗暗地滋生过一个念头，不用婆婆，雇个人，只要看孩子就可以了。当然，这念头奢侈，背后牵引的那根神经叫经济收入，保姆不便宜，一个月能拿走她三分之二的收入，而她家还供着一套房子的公积金贷款呢。所以说，想想可以，真要实践嘛，现实骨感，马高镫短，够不上。

即便是偶尔想想，于丽娜想的也只是看孩子的保姆，至于做饭洗衣搞家务伺候人等全方位服务型的那种保姆，于丽娜想象的触角从来都没敢往那个方向伸展过。那种家政人员，只怕她得花掉每月的全部工资。就算是不切实际的奢望，她也只是在太累的时候，在低层次上幻想一下。

她们在讨论驾驭保姆的经验和技巧。还是尖嗓子在说。尖嗓子是主演，哑嗓子是配角，念唱做打全是尖嗓子，配角只负责嗯嗯哦哦。我给你说，这种人你得留个心眼——尖嗓子说。她们也有她们的圈子，还建了群，叫个"姐妹齐心协力群"。其实我家阿姨很老实，没啥心眼儿，但那个群里都是狐狸精，尤其那些年轻女子，你知道一个个的都在图谋啥？

谋着勾引雇主家的男人哩！

"啪！"一个巴掌拍在了一个肩膀上。于丽娜的心不由得跟着跳荡了一下。好在这一巴掌是落在哑嗓子身上了。也多亏哑嗓子沉稳，对这忽然的袭击也能接受。于丽娜知道，有些女人就这性子，跟你说话，说着说着高兴了，激动了，就有了肢体语言，拍你一巴掌，捏你一指头，摸摸你的脸，揪一把小辫子，都在这个范畴里。看来尖嗓子有这样的习惯。

思绪稍微不集中，就跟不上前头的思路了。尖嗓子已经跳开了刚才的事，在说她家阿姨的厨艺了。手艺不错，变着花样做，她的胃口都被吃刁了，出来就不适应，尤其宾馆的自助餐，温吞吞的，千篇一律，跟工厂流水线饲养动物一样！她居然这样表述。车剧烈晃荡了几下。于丽娜被颠得心里难过。快到服务区了。这段路有些破损，车每次到这里都晃荡。好像在提醒乘客做好下去解手的准备。于丽娜开会的时候，如果主办方管饭，就会吃到自助餐，每次于丽娜都把减肥大业暂缓一边，忍不住吃到撑。她挺喜欢吃自助餐的。可现在她怪想吐的——谁叫这破车这样颠呢。

车门一开，凉风扑面。于丽娜跟在几个女人身后跑，这个服务区的卫生间很简陋，还小，女厕八个蹲坑，居然总是锁着三两个，剩下几个就很紧张。于丽娜印象里，每次到了这里都要排好一阵子的队。她恰好尿憋，顾不得别的，一头冲向厕所。等解完手出来，到隔壁便利店接了一保温杯开水，端着水上车。车里空着，人都还没回来。她慢悠悠走，路过前头的座位，留意看，座位空着，包被随身带走了，两个座位和满车别的座位没啥区别，都是千篇一律的客车座，包了一层化纤布外皮，靠背上套了一样的人造革套子，白套子上打着红字广告，内容来自某野鸡医院，不孕不育，早泄阳痿，性生活不和谐。好像全天下的女性都怀孕困难，好像全天下的男性都阳痿不举，好像去了这野鸡医院就能百病包除。

一抹烦躁在心头弥漫。作为一个女人，活到了中年，于丽娜感觉她把自己活得越来越不像人，倒像是鬼了。总渴望着把日子过好，把生活理顺，从里到外有个理想的状态，可到了实际当中，如愿的时候少了又少，一直都乱糟糟的，不是这里不顺意，就是那里不随心。有时候她也渴望发一顿猛力，把这一切从根本上给弄齐整了，可生活就是这个样子，任何快刀到了具体的生活纷扰面前，也会变钝，变老，面对乱麻是那么无力。慢慢地人就麻木了，习惯了，妥协了，投降了，就在这样的日子里熬着，泡着，扛着，跋涉着。还能怎么做呢，都已经人到中年了，就像赶一段路，现在正好是走到了半路上，前不着村后不着店，前路还远，回头嘛，去路也已经被岁月的利刃斩断，你还能怎么办，除了继续闷头向前，再没有第二条路可以选择。

她们上来了。前头一个稍胖，矮墩墩的，面相挺饱满，慈眉善目的，一看就是那种话不多，却有涵养的女子，有四十来岁吧，不急不慢地过来，不着急入座，等后面的。后面跟着的是位高挑个子，比前者年轻，也漂亮，远远一眼就能抓住你的眼球，让你把她划归到漂亮行列去的那种感觉。她笑笑地走来，穿得挺时髦，驼色毛呢大衣，里面是黑色打底衫，下面配半裙，脚上蹬一双网布短靴。一股既年轻又漂亮的气息，扑面而来，逼人后退。

于丽娜赶紧坐下，装作在扣安全带，眼睛余光却笼罩着这个女人。高个的进去坐下，胖点的坐在边上。高个买了一包吃的，两个人窸窸窣窣地开瓶子，拆袋子，吃了起来。于丽娜后悔自己没买点啥。就吸溜吸溜地喝开水。本来不饿，也不馋，前头这么一吃，倒惹得她又馋又饿。人都上来了，司机点完数，车重新跑了起来。下次吧，下回出差，也买一包，饮料，辣条，鸡爪子，笋片，开心果。她甚至有一个打算，下次出差的话，抽空去一趟省里的大商场，买件毛呢大衣，配短裙，短靴，再买个脖子里带花边的打底衫。她还没发现自己隐秘的内心里，已经在渴望拥有某位女人的外貌了，长相是天生的，做不到了，穿着打扮可以做到。

于丽娜挺直身子，看侧前方。高个女人完全吸引住她了。她的模样好看，声音也动听。娓娓的，潺潺的，像一阵风在吹，像一股水在流，交映，叠加，清澈，柔和。也不年轻了吧，听口气上四十了，因为她们的话题说到了孩子，她有个儿子，上大学呢。她说起儿子的口气，好像在说一个小情夫，口齿间缠绕着甜蜜。列举了一些琐碎的事，咯咯地笑。于丽娜边听边在脑子里拼凑语言的碎片，拼凑出一个帅气，调皮，又懂事的大学生。每周都视频一次，有一回我忙，关机早睡了，第二天一开机他就打过来，发了一顿脾气，眼泪都出来了，说担心我有事，一夜没睡踏实。胖女人说嗯，嗯嗯。

有那么个儿子多好。于丽娜暗暗羡慕。只有活到了四十岁的年纪，你才能明白，女人的成功不仅仅是保持漂亮年轻，嫁个好男人，还有孩子呢，孩子养得好，有出息，懂事，也是很重要的一部分。于丽娜的大儿子刚上初一，早熟，叛逆，天天跟她斗智斗勇。想起来就累啊。其实她的累，也有相当一部分来自孩子。偏偏这个尖嗓子女人，啥都有，啥好都让她占全了。于丽娜说不清楚是什么心情，反正不是好心情，越来越不好了，没有对比就没有伤害，她都有点后悔一开始注意收听了前头的对话。何苦呢，坐趟班车还能给自己找些不自在出来。

话题又回到化妆品上了。于丽娜回头看后面，思量着哪个乘客会愿意跟自己调一下座位。大家都昏昏沉沉的，长途坐车的疲累挂在脸上，身体松松垮垮地沉陷着，好像这么快就和座位融为一体了。随便打扰谁都不好，于丽娜踟蹰了。尖嗓子的声音钻进耳朵来。这个在于个人了，有的人不相信我们，说是骗子，在骗人。有的就相信。相信是因为用了咱家的产品。用过你就会知道咱家这油有多好。

哑嗓子似乎累了，想休息，又不得不应付尖嗓子，缓缓地嗯着。于丽娜又想问一下化妆品。啥牌子的，能这么好。真有这么好的话，她回去了就买。可哑嗓子掉线，剧情没法推进。于丽娜扯着脖子瞅前头，渴望看到。尖嗓子从包里拿出几个瓶瓶罐罐来了，肯定是化妆品。

不知道哑嗓子问了句什么。尖嗓子咯咯地笑了起来。说没有没有真没有，我才不给脸上随便动刀子呢。也没啥秘诀，就用它，坚持十年了，别人也都说我逆生长呢。于丽娜只能看到她抬起手在抚摸脸，她的脸蛋本来就好看，再加上抹了一层粉，显得更白了。是粉遮盖了瑕疵，还是本身就细腻白嫩，说实话不好判断。又不是熟人，不能凑近去细看。社交距离，只能看到外表。

得坚持用。那些杂牌子就不要用了，钱一样花，没效果的。为啥毛孔越来越粗大，黑头清不干净，还下垂，出皱纹，就是用油不当。它不吸收呀，你给它再好的，不吸收啥也不顶。别听那些广告上说得好听！我给你说，咱家的产品不打广告，省了广告费，为消费者留个实惠。更新换代也快，一年基本上出一套新品。根据每个人的皮肤配油，不像专柜上，你糊里糊涂买着哩，不一定适合你。

于丽娜悄然点头。尖嗓子的话她听懂了，入心了，感觉很在理。化妆品对于每个女人来说，都必不可少，可用来用去，这么些年就跟瞎子摸象一样，摸是一直在摸，可没摸到真相，也没摸出个一二三来。就跟吸毒一样，吸上就离不开了，不敢离，明知道很贵，明知道可能没什么效果，明知道用法错误，却还得一直用，停不下来。明明知道有个问题在里头，却没有能力去挑破和面对。今天尖嗓子把症结说出来了。原来用错了，方法错了，产品本身也选错了。试问四十岁的女人，有几十年如一日用儿童油的吗？肯定少。谁不是越换越贵，越换越高级。自认为钱多的就好。在一条不归路上走，慢慢迷失了自己。明知道需要回头，返璞归真，可真要实践又根本做不到。

你啥时节到我店里来，体验一下，你就知道咱家东西好不好了。我亲自给你做脸。叫我们最优秀的美容师给你做身体。很放松的。女人嘛，就要对自己好。钱攒着没用，花了才是你的，花在你的身上脸上，才算你的。哑嗓子可能睡着了。剩下尖嗓子一个人在说。也可能哑嗓子在看着尖嗓子的眼睛，给她点头，才让交谈能够一直进行。

于丽娜对尖嗓子的认识深入了一层，她在某地有个美容院，还不小呢，还雇用了人手。那么尖嗓子本人就是老板了。美容界的老板，怪不得呢，衣着打扮都很不俗，尤其是气质，和一车女性比，她分外地与众不同。小时候于丽娜看到一句话不太懂，说男怕入错行，女怕嫁错郎，现在于丽娜的总结是，女更怕入错行。职业太累的话，一辈子都搭进去了。有段子说现如今公务员也是高危行业。于丽娜没觉得有多高危，但累是实实在在的。闻着前排时不时飘来的幽香，毋庸置疑，是从尖嗓子身上发出来的，香水的味道，于丽娜觉得悲哀，自己活成了啥呀，甚至感觉不像女人，更像风风火火的男人，早就没有了给自己喷洒香水的情致。

微信响了。是老妈，在打视频。于丽娜赶紧压了，她怕老妈一接通就追问低保的事情。于丽娜还没给乡里打电话呢，母亲在等结果。挺难的。她又不在老家工作。这隔空办一件事，得需要能量，她是个能量不足甚至还不具备什么能量的小公务员，母亲又不懂这些。心里烦，对化妆品什么的顿时没了兴趣。其实年轻的时候她还是挺有生活情趣的，插花，摆草，泡茶，喝咖啡，戴着英伦风的帽子，时光是慢的，节奏是悠然的，小心情天天晴晴朗朗，小日子云淡风轻。是生活里的鸡零狗碎鸡毛蒜皮，零敲碎打地磨秃了她，心迟钝了，神经老了，蒙上了尘垢，太厚的一层，如今想抖落，想逃离，想回到过去，都不可能了。她心灰意冷，闭上眼睛，想睡一会儿。

你说我为啥回去了啊？是去办个事。低保的事！要补个材料哩。好几年没回去了，那些信息都旧了，回去给补了一下。对话声又响起来了。于丽娜猛地抬起头。车速依旧，车里的人还是老状态。要么打瞌睡，要么看手机。前头两个女人确实在说低保。这个问题看来哑嗓子也感兴趣，她终于肯在嗯啊之外多问一半句了。你也吃低保啊？是啊，不像吗？呵呵，说出来很多人都不信。好几年了，吃上就一直吃着。于丽娜抬起来的头没法再低下来，也没办法装作听不到。她很吃惊，这个女人吃低保？这怎么可能？可她没听错，她还在说低保的事。口气淡淡的，又有点得意，好像那低保既是个可有可无的事情，又还是值得拿出来给好朋友说说的。所以她就有些遮掩和保留地说着这件事。你不是在外头做生意吗？哑嗓子问。是啊，生意就要到处跑，不跑没生意嘛，低保是老家的，我户口还在老家。

于丽娜在心里骂了一声娘。谁的娘该骂，她没想，就是很想骂娘。手机微信上，她拒绝了她妈打来的视频通话，她妈就发了好几条语音，方言说的语音没办法转换为文字，她先不听，回到家再听吧，老太太铁定又在催低保的事。

尖嗓子居然也吃低保。于丽娜没法接受这样的信息。印象里，吃低保的不应该是老妈那样的，又老又穷或者身患残疾和重病的吗？这个女的她凭什么吃上了，还吃了很多年！据她的了解，吃低保得有条件，收入低于一定的水准才能申请。这个尖嗓子，看穿戴，打扮，口气，吃喝，还有手里的手机，都应该远超出了低保对象的层面。而且，听她自己说，她还开美容院做老板呢。这世上有需要和穷人抢低保的老板？难道她们那个地方，人人都富裕，都比她还富有，所以她算是个穷人了？

于丽娜在心里冷冷偷笑。骂娘。反复骂。她在骂管低保的人，乡干部，村干部，不仅是这个女人户口所在地的干部，她在骂所有和低保有关系的干部。她也遗憾自己没什么本事，给老妈连个低保都保不住。老妈说你知道低保都叫啥人吃了吗，叫有钱人吃了，叫村干部的亲门党家吃了。她每次都开解母亲，说不会的，事情是公平的，低保就是给穷人的，富汉家不能要，也看不上要。每次母亲都气得骂她实心眼，是个老实疙瘩。

于丽娜觉得尖嗓子的声音越来越难听。说话难听，笑起来更难听，有一股淫荡的味道。真是把没脸当有脸啊，满世界跑生意，嫌弃宾馆的自助餐像动物饲料，打扮得阔太太一样，居然吃低保，也好意思啊，就算家里有人帮忙弄的，这个也不应该占。占了就悄悄偷着笑吧，还好意思拿出来显摆。老话说精沟子撵狼哩，把没羞当胆大哩，说的不正是她这种人吗？家里还雇了保姆，一个月那一二百元低保金，还不够保姆工资的零头吧。

于丽娜头疼起来了，后面脖子里一股大筋抽着，硬成了一根棍。肯定是颈椎病犯了，这病残的颈椎啊，只要空调风一吹就犯，而班车里吹了一路的空调。前头话题还在说低保。尖嗓子在为哑嗓子解释，怎么申请，要交啥材料，需要多长时间。于丽娜举起手机，拍了几张照片，她要发朋友圈，发微博，要告诉世人，这个富婆一样有钱有楼有生意，家里雇着保姆的女人，她吃着低保。低保所在地，就是她户口所在地。她老家是甘肃的。请大家转发，认认，甘肃哪里出了这样的美人，顺带再查查那个地方的村干部，这里头肯定有一条腐败链。

可惜都是后背，应该拍脸，越清晰越好。那就等下车时拍吧，一定拍个正面的。网络的力量现代人没有不知道的，只要真的爆出这个料去，也算是替穷人除了一害呢。于丽娜越构想越兴奋，好像已经把这个女人从一个高高的神坛上拉了下来，让她露出了本来面目，让大家都看清楚，她的年轻美貌和优雅气质，都是怎么得来的，都是建立在挤占社会有限的救助资源基础之上的。

两个女人肯定做梦都不知道，身后一座之隔，有一颗心里正在翻涌着恶毒的汁液，正在图谋着一个大阴招。于丽娜手机没多少电了。她暂时停用手机，留点电下车时做抓拍。她感到很累，是那种濒临虚脱边缘的累，好像一路上的累都是小累，刚才这个计划，才是耗费精力的大事。她闭上眼假睡，养精蓄锐，为后面的行动做准备。

车进站了。像个一直憋着气的人，终于舒展了身子，长长地吐出一口浊气。于丽娜赶紧站起来，只要尖嗓子转过半个脸她就拍，能抓多少就抓多少。她的坤包还在头顶高处。她赶紧拿包。卡住了。她使劲拽了几下才拽出来。哑嗓子和尖嗓子下去了。她们有箱子，着急去拿箱子。

于丽娜几乎是冲下车的，箱子已经被抽走了好几个，她的大包被压在一个箱子下面。于丽娜愤怒，包终究还是粘满了尘土。这时候人都慌，乱纷纷的，好像时间忽然就变得分秒必争了，每个人都想抢在前头把行李拿上掉头离开。于丽娜提上包，再找尖嗓子。那高挑出众的身影很好找，已经拉着箱子离开了，远远在前头走着，短靴的高跟在地上打出一串脆响，噔噔噔，节奏明快。

于丽娜举着手机，小跑着拍，一张又一张。全是后背，一个窈窕淑女的背影。没有脸不行，她继续追。出站口有个旋转挡杆，出一个人转一下，于丽娜被挡住了。等转出门，外头是车站广场，前方是马路，马路边停满了排队载客的出租车，左右是停车场，零零散散停着私家车。人呢，咋转眼就不见了？上了哪辆车，还是转个弯不见了？于丽娜不甘心，前后左右跑步，找，找了半圈，看到了另一个身影，胖乎乎的那个哑嗓子，她上了 1 路公交车。

公交车就要开了，于丽娜飞跑着追了上去。

车摇摇晃晃启动了，于丽娜满车看，没看到那个美貌又窈窕的身影，只有哑嗓子一个人。

那个女的呢？就是跟你坐一起的？于丽娜喘吁吁问。刚才一阵跑，她累得够呛。同时脑子里飞速盘算着，自己想好的那条信息不能就此放弃，照片正面没拍到，那就打听一下她姓甚名谁家在哪里，这些信息也挺有用的，发出去让网友们人肉去吧。她甚至有种在努力为社会剜除毒瘤和恶疮的快意。揭露腐败，人人有责。

哑嗓子用疑惑的眼神打量于丽娜。那意思是，你谁呀，我们认识吗？

于丽娜赶紧解释，我跟你们坐一路班车回来的，就坐你后面，哎呀，你那个姐妹，她把东西忘车上了，你快帮忙联系下。

这个借口是临时冒出来的。在于丽娜的人生中简直就是神来之笔。她平时说谎就脸红，也说不像。今天急中生智，居然说得很像。

先套出信息，至于下一步，边走边看吧。

哑嗓子的大眼睛看着于丽娜。和善地笑了，摇头，她呀，我也不认识呀——

于丽娜急了，你们不是老乡吗，很早就认识！

哑嗓子缓缓摇头，显得很有涵养——我说了你肯定不信，她我真不认识，缠着我说了一路化妆品，要给我卖，她应该是推销化妆品的。

还有，我看她是想钱想疯了，这儿都想出问题来了。哑嗓子说着抬手指了下她自己的脑门。公交到新的站点了，她不再理睬于丽娜，拎起包下车走了。

于丽娜站在车里，像个傻子一样茫然，茫然中抬手看，她手心里紧紧攥着一个塑料袋，早就攥出汗了，被汗水浸湿的塑料袋旧兮兮脏乎乎的。于丽娜现在才猛然发现，自己这一路上居然没有吐，只是犯过一阵子眩晕。

友谊万岁

平衡是新 1 床打破的。毛毛的优越感也是新 1 床压下去的。

新 1 床出现之前，住在 1 床位置的前 1 床是个活泼人，话多，身勤，没事在地上走来走去，跟每个人说话，算起来她是最后进来的，只半天时间她就成了所有人的朋友，跟这个谈娃娃的学习，跟那个讨论病情，换个人又拉呱起了家里的人口和收入，或者议论议论现在就医的这家医院，扯起啥她都有话说，多冷的话题她也能盘热，就是死话题，到了她这里也能救活。前 1 床没能成为众妇女的头儿，出身限制了她。先天的乐观开朗，也不能弥补她后天所有的生活条件的缺陷。谁都看得出来她是比较穷的那种人，据说是从西北的柳树湾来。柳树湾在哪里？ 2 床用东北腔问。东与西地理跨度太大，限制了她的想象力，她没法想象那种偏远。被问的人好像听不出这里头隐约含有的一点轻蔑，热情地介绍起柳树湾来。她说到激动处，半正半扁的普通话也撇开了，上的是正宗柳树湾话。从地理位置，到风土人情，再到面条洋芋，一串一串地说，压根儿忘了考虑听众们听不听得懂，真亏了她的口才，记性也好，不知道都在哪里积攒的那些内容，什么她都能侃，一个话题到另一个都不需要过渡，能自由穿梭串联。还是出身限制了她，她的能说会道，没有为她添彩，相反给人一种明显的别扭感，好像这样好的口舌，这样高昂的调门，这般好的心态，就不应该出现在她的身上，既然出现了，就让她显得分外不协调，那走来走去的步子、说个不停的舌头、嘎嘎的笑声，都有着比她本人还沉重的重量，她假装能驾驭得了它们，却不知道终究是太过沉重，让她整个人有了夸张、轻浮、不够沉稳的气势。一句话，她要比她的外表更加土气。纯粹就是个乡村妇女在不分场合地喋喋不休。她看上去和谁都成了好朋友，其实谁都不愿意和她深交。她应该低调点儿，老实点儿，悲痛点儿，既然都赶到北京看病来了，说明孩子的病挺严重的，要花费的钱也不会少，她还有什么心劲那么傻乐呵呢，简直就是个没心没肺的人。

　　一度前1床有统领全屋的迹象。那是因为毛毛没在，忙着带娃去排队做检查，全天奔走，夜里睡得早，让不知情的前1床出了点风头。等毛毛在了，前1床就被压下去了。毛毛话不多，调门也不高，但具备做领袖的气质。很快其余三个妇女都投在了她的麾下，服服帖帖，和和气气，病房里有了团结一致的好空气。毛毛的气质是从骨子里散发出来的，也是从言行举止，穿着饮食上体现出来的。别的不说，光是她随身带来的那个巨型大拉杆箱，就能让只拎个简易蛇皮袋子的前1床目瞪口呆。首先这大家伙咋带来的？一个妇道人家还带个病孩子，哪还有力气带这么大的箱子？毛毛清淡地笑笑，说她家那口子开车送来的，家就在附近，方便着呢。那个大箱子就是个百宝箱，魔法盒子，哗啦打开，里头的内脏丰富到应有尽有。大人和孩子吃的穿的换洗的玩的，不是必需的才带了一种，而是每一样都带好几种。甚至塞了一个折叠小桌板。到了这里，东西带的全和多，明显是优势，一样一样往出拿，一样一样摆，大家闲着没事都看得见，占地方的同时，把心也给占了。那些因孩子的病情带来的隐忧，暂时也就被转移了。没人说破，但眼睛是利索的，再说从早到晚时间漫长无聊，眼睛也渴望被犒劳。

　　毛毛用她的气势犒劳着三位同胞的目光。她不吃医院配送的盒饭，说难吃死了。接着抱怨疫情。疫情影响，医院住院部封闭管理，住进来就不能随便出去，不准接快递和外卖。家里人能不能把饭送进来呢，应该也是不行的，不然毛毛肯定会让她男人每天开车送饭来。毛毛忍受着生活的艰难。她的艰难就是医院饭难吃。她不吃，她儿子也不吃，十岁的小男孩，已经长得有棱有角了，看上去帅气和聪明都拥有，更被过早地培养出了一层和年龄不符合的精致的傲气，这其实让他的童稚和可爱大打了折扣。小男孩自己不知道，他可能认定小王子都应该这样，随便都能嫌弃世上的什么事和物。一边玩手机，一边附和他妈妈，说难吃死了，我一辈子不要吃医院的饭！真不愧是亲母子，阵脚高度一致。可以被鄙视的事情还很多呢，都是毛毛母子的特权。比如病房不能洗澡，她都要腻了。毛毛想吃肉丝培根牛蒡卷饼，小男孩说馋肯德基了。毛毛的穿戴和大家不一样。她进来后就换下了厚棉衣、加绒打底裤和皮靴子。穿上了一套白底绿格的家居服，脚上是绒拖鞋。她打扮得像一根清爽的葱。相比之下，另外几个白天黑夜都穿着牛仔裤厚外套的人，就是裹着粽叶的粽子。尤其前1床，可能从苦寒之地仓皇赶来，都没来得及准备，也可能身上穿的就是她最好的出门衣裳，黑打底裤，黑高领打底衫，室内热，她脱了厚棉衣，穿着那一身黑，白天这样，夜里睡觉也一样，蜷缩起身子，挤在孩子病床边，在灯下看，像一只疲倦而肉鼓鼓的黑蜘蛛趴在一根看不见的丝上。穿牛仔裤的其实更受罪，那层厚帆布不利于透气，加上裆部最容易藏污纳垢，白天黑夜地不换，可想而知早就在散发不好的气味了。

不就是一身家居睡衣嘛。本来确实算不得优越的资源，现在却具备了别样的优势。加上毛毛身材好，一身睡衣到她身上被开发出了很大的附加价值。最明显的效果是，让她特别地舒展。别人都紧绷绷的，受着罪呢，尤其化纤成风的衣裤，捆在身上跟刑具一样。而有睡衣换一换，放松放松，身体舒适，心情也会跟着好。也许在本人的感受中，并没那么好，是别人的目光帮她做了升华。有人暗暗羡慕这个女人的身材，年龄都差不多大，她却没有中年发福，瘦得妖娆、活泼。有人看到她夜里把一条葱绿的腿跷在小铁皮桌子上，比别人多拥有了一份舒服。说到底，也不至于一身家居睡衣。她还有很多让人瞩目的资本。那个大箱子里的东西，她说话的口气，她所知道的医疗信息，还有她是北京人。

前1床很快崇拜起她来。她们两个都是爽牙利舌的女人，话一样多，性格一样豪爽，如果一个环境里只出现她俩中的任意一个，那就是完美状态，可能会有一个很好的平衡，她俩都可以做那个带头的大姐，可以把握舆论的航标，影响气氛的走向。现在两个人撞一起了，挤在一间屋里住院，两个人注定会有摩擦，可能还会有意想不到的不愉快，甚至要起龃龉。令人再想不到的是，她们分外地和谐。前1床做了毛毛的崇拜者，没事就拿崇敬的目光看着毛毛，好像她自己是个情窦初开的少女，眼前这个人是她爱慕的男子，她说啥都好听，都对，都值得呼应，都需要用深情的目光望过去，痴迷地看。毛毛是好高的人，有人捧场，就有点飘然，越发二起来，说起啥都滔滔不绝。好像她和前1床合体了，两个人成了一个人，口才和精力结合到一起，气氛就分外热闹。护士每每进来，头一件事是让她们不要吵，太吵了，又不是菜市场。女人们学了个乖，白大褂进来就噤口，人走了重新叽叽喳喳地卖口舌。心里烦着，嘴头上放松放松，就当给自己解压了。

前1床前脚出院，新的1床后脚就住了进来。铁打的营盘流水的兵，十几亿中国人，不缺有病的人，去医院走一圈，你就会发现哪一级的医院都不缺病人，住院部人满为患是常态。

更遑论这里是首都。她们现在身处的这家医院在北京也是数一数二的。前1床走人，毛毛没受影响，新1床进来，毛毛才感到了前1床的好。前1床是一杯奇特的茶，别人都是人走茶凉，她是走了人这杯茶才热起来。成了毛毛的暖心汤，一口一口抿着，抵御内心的不爽，防止冷冻结冰。

新1床一开始不起眼。来了就来了，默默地，安置东西，打一杯开水，让孩子上床，她自己最后脱鞋上床。始终不声不响。刚进来心情都是很不好的，这一点住在这里的人都清楚。病不严重是不会住院的，门诊瞧瞧就离开了。既然住进来，说明病情较重，需要住。领着孩子，一路奔走，办手续，现在又多了了关于新冠病毒的检测，手续比以前更繁杂。每一个住进来的家属，谁不是精疲力竭呢？瞅着她来了，像每一个初来者一样，经历着必经之路，女人们没在意，继续她们的话题。正在聊前1床。确切说是毛毛在笑话那个女人。她一个人叽叽呱呱说着，笑着，另两个女人也在笑，应景一样。其实心里也不在意。大家都懒洋洋的，说实话还真有点舍不得那个傻大姐儿。她的爽利，快语，没有遮拦，没少给大家增添快乐。在病房里最缺的可不就是快乐，那种没有来由的，傻里傻气的，简单浅表的快乐。她都说了些啥，做了啥举动，已经没人记得了，只是擦肩而过的人，匆匆一走，就是陌路，没人用心去记。只是那种感觉吧，一团裹着土腥味的快乐，好像还在空气里流动。

毛毛最先注意到了新1床的不友好。她好像在身后，毛毛的右侧，冒出来一句话。真吵，让人心乱。她说。不是偷偷嘀咕，是光明正大地说。毛毛没在意，话从耳朵里穿过，钻进心里，在心里的某个地方撞了一下，发出暗沉的一下响，嘡。回声穿了一个来回，她才明白过来。下意识地回头看，脸上的笑容还是热的。这一眼，她从火里直接冲进了冰雪。新1床没看她，不看她们中的任何人，在看她的孩子。一个八九岁的女孩。她跟孩子说话，吩咐她快准备，马上上课了。女孩把一个小折叠桌打开，再撑起一个小电脑，给耳朵里塞耳机，手在点鼠标。她的神情举止那么老练，一看就是早操作熟练了。她妈轻轻强调着什么，把一个本子一根笔放在她面前。好像在责备孩子不够利索。

毛毛傻住。另外两个姐妹也跟着傻了。那小姑娘真的是面对电脑开始学习了，一边听一边在本子上写着。打游戏不会是这样的动作和神态。她确实在学习，一副很是投入的模样，好像身边的任何响动都打扰不到她。毛毛想也没想，就说这姑娘真乖，还能自己学啊，多好。她的夸赞真心实意，她儿子正埋头打游戏呢，进了病房这几天她的手机早就长在了孩子手心里，连吃饭撒尿的时间都不愿放手。另两个孩子也一样。走了的前1床也不例外。好像不玩手机，这里头的时间就没办法打发。孩子霸占了手机，倒把大人腾出来了，大人的手空了，心里慌，好在她们这一辈人使用手机的时间短，这几年才被手机控制，一旦离开手机，还有别的办法可以消磨时间，比如聊天，拉东扯西，上天下地，家长里短，这里头也有乐趣。或者做着出神，默默想各种心事，也是能打发时间的。

打发时间的方式很多。可孩子们好像找不到任何一种，除了和网络有关的，手机，笔记本电脑，iPad，再也没有任何途径能让他们健康，快乐，沉稳，有效地度过时间。尤其进了病房，仗着有病在身，一个个变得分外娇纵，蛮横，无理，无聊，除了从大人手里抢夺手机玩，另外再也没有能吸引他们，让他们产生兴趣的东西，除非夜里睡觉的时候，估计梦里也在植物大战僵尸或者英雄联盟、斗地主，或者看《熊出没》。绝大多数家长是拿孩子没办法的，话说回来，住院的时间确实难熬，长啦啦的一天一天，得坐着躺着往过挨，眼巴巴看着时间，时间成了一个邪恶的人，在诱惑，怂恿你，从妈妈手机要手机，手机里有太多有意思的热闹，要手机，要手机。大人不给是有的，没有哪个大人真心愿意孩子沉溺这样的东西，于是两代人围绕着手机斗智斗勇，有直接撒泼哭鼻子吓唬的，有撒娇卖萌恳求的，有偷的，有直接从你手里夺的，反正拿不到手机他们不会高兴，不会安静，不会听话，不会懂事，不输液，不检查，不吃饭，不好好躺着。手机是安慰剂，是精神抚慰器，是这一代孩子命上的一个螺丝，紧紧扣住，麻醉而舒适，比鸦片还厉害，一旦尝到了手机的好玩，就跟嗜血动物尝到了鲜血，从此只要有机会就不愿意放过。

　　毛毛这是主动和新1床搭讪。一般都是这么搭讪的，陌路的人，相逢在同一间屋子里，用不着知道谁是谁，愿意说话的话，随便一句搭讪，就拉开了序幕，后面就会流畅起来。毛毛和谁都能见面熟，当然得她自己愿意。现在她愿意。她表面上很不经意，其实心里有刚才听到的那句话垫底，她有些堵，堵什么呢，还不清楚，反正是有一点计较了，这新 1 床的路数，她开始上手去摸了。没人理睬她。也就是说，她的搭讪没得到回应。女孩微微低头，在看屏幕。她的家长，新来的这个女人，没见她掏出手机玩，而是拿起一本书看了起来。不知何时她已经在床头小柜上摆了一沓书。她看的那本，和那沓里头的应该是一个系列，有着一样的厚度和外相。她戴了眼镜，那种金属宽边的，从侧面看，金属边闪出一缕光，光反射到脸上，让她的整个人有了一抹与众不同的味道。这是什么味道？毛毛心里慌了一下。有什么液体，连同盛放的器皿一起，晃了一下。她的第一反应是惊叹。世上还有这样的女人？这样气质安宁，从容，又古朴的女人。阅读让她散发着书卷气。加上她长得好看，穿得也精致，综合起来，就是一个既文静，又雅致，还有学问的女人。毛毛哪会允许自己对这样的女人有好感？她第二反应就是排斥。像一个破破烂烂的小屌丝，看到一个干干净净的富家孩子拿着肉吃，他的第一反应不是把肉抢来自己吃，还嫌他口水脏呢，而是把他的肉打落在地，再狠狠地踩上一脚。毛毛心头有一点绝望。她多么渴望这个女人能忽然抬起头来，跟她说句话，哪怕是笑一笑呢，也成，也算是回应了她刚才的搭讪。人家却始终没抬头，好像书里头有一疙瘩钱在吸引她，她能看出钱来。毛毛咳嗽了一下。咳完了，意识到声音假，明显的干咳。就再补充几下，加重了力气，咳得像那么回事了。一边咳一边在心里恨，这女人够作啊，还不搭理人呢，不就带了一本书嘛，有啥了不起，这年月抱着一本书也不代表就是个满肚子学问的人。那些爆发的土豪大老板不就最喜欢摆大书柜，摆满屋子的书吗，真正看进肚子去的有几本呢！还不是摆设。

屋里出现了一刻的安静。孩子们照样玩着手机，他们只要面对手机，就能全然忽略外界的一切。自有家长把吃的塞进嘴里，水杯时不时凑到嘴边让喝水，冷了给加外衣，热了又帮忙脱下。大夫来查床，自有大人聆听病情。医院只看病，不干涉玩手机。护士来输液，他们只负责伸一下手。输起来，大人盯着液体滴落，他们也不管，这时候就算把硫酸输进身体，估计他们也不会在意。只有大小便憋了，才愿意起身去厕所。有的孩子进厕所也不愿意放下手机。他们根本不在意旧人走了谁，新进的又是谁。他们只要有手机，世界就在身边毁灭也不能引起他们的在意。他们这一代人完全愿意在一个虚拟的世界里活着，只有家长们，还按传统的方式活着，还能畅通地八卦地家长里短地活着，愿意和别人说话，对他人还保留有一份好奇的心。

毛毛深为自己的莽撞自悔。常战常胜的人，冷不防一招走空，脸上讪讪的，挂不住，心里一口气不顺，吐不出来。偏偏那个小姑娘那么懂事，端然坐着，戴一副蓝光眼镜，在用心学习，模样就跟在课堂上听课没两样，而且是好学生才有的状态。竟然养这么个省心的女儿。绝望感在嗓门那里，一大团，柔韧黏稠地卡着。毛毛忽然就愤怒了。怎么就有这么个省心孩子呢，那么大点人，比她儿子还小，就能自己独立学习，还是借助电脑学，难道就不偷偷打游戏？这多打击人呢。都是孩子呀。再看身边，儿子头垂在胸口，两个膝盖夹着手机，右手飞快地操作着，左手被输液限制了，才没有左右开弓去对付手机。他眼睛已经近视了，离那么近还得时不时眯缝一下眼睛。她脑子里忽然短路了一样，没有别的意识，只有一个念头，手机正在毁掉他。不能再这样！手不受她指挥，手自己有坚定的主意，它劈头夺下了手机。

孩子号叫了一声。像野兽被狩猎锐器骤然击中。抬头撞到了同样愤怒的目光，他才明白怎么回事。是他妈不让玩了。孩子的目光里是纯粹离不开手机的愤怒，游戏打到正要紧处呀，就这么不打招呼地给断了，要耽误他多少事呀！大人是恨铁不成钢的那种。孩子毕竟还小，十岁的小男孩，又病弱，还远没有跟大人对抗的实力，对打力气不够，决绝地怎么样呢，还没想好。就拿出迷恋网络的孩子惯有的那种姿态，直挺挺躺倒，眼神空洞，神情悲壮，拒绝和外界交流，只活在他自己的愤怒里。毛毛为自己的胜利满意。哪怕短暂，也还是代表她的胜利。她像得理不饶人的那种人，为了巩固胜利果实呢，还是捡了便宜还想卖乖，反正还不收手，要再唠叨一阵，把胸腹间残留的气给放出来。她有意提高了嗓门，舌头捋直了，不再一串一串的儿化，字正腔圆地训导起来。告诉他玩手机不好，眼睛坏了，以后咋办？有了网瘾，学习咋办？新闻里那些动不动杀了父母、祖父母的孩子，可不就是网瘾害的！她本来没准备下那么多感慨，也不知道怎么地，说起来就全都涌上来了，排着队往出冒，她看见儿子拿手捂住了耳朵，拒绝聆听。她没有打掉他的手，她怕激化矛盾，他再有什么过激的对抗行为，她丢不起这个人。孩子还小，应该做不出多惊人的事，但真的激怒了，母子对抗起来也不是啥好事。她想要一种可控制的局面，就在这样的范围里，敲打敲打，目的到了也就是了。她坚持说自己的，网络危害性，男孩的成长过程和需要具备的品质，做母亲的为此所做的努力和期待。

2 和 3 床的孩子依旧在看手机，有手机的孩子不会关注身边发生着什么。两个大人默默看着毛毛。一个有点陌生的毛毛。一个浑身毛儿都炸起来的毛毛。自从认识以来，还没见过毛毛会急成这样。毛毛不都一直是自信的吗？身上既有俗人的那份俗、热闹、风趣、世俗、琐碎、市侩，组成了她的烟火气。都在烟火里打滚儿，不沾染这些是不可爱的。毛毛还有另外一种气质，傲，冷，给人感觉她总是高出一般人一头的，不可随便去攀谈和结交。如果单纯是前者，就是庸常人了，要只是后者，就是个高不可攀的冷美人。那就不是现在的毛毛了。毛毛是完美的，她兼容并蓄，结合了前和后。难怪她走哪儿都不缺朋友，都是个热闹人。自从熟悉以来，毛毛是这个病房里的大姐大，大家都愿意围绕着她，别人都是星星，她永远是群星围拱的月亮。毛毛的家居睡衣，毛毛的大箱子，箱子里应有尽有的零食、衣服、玩具，还有毛毛是北京人的优势。最后一点最有分量。毛毛的儿子跟毛毛一样，优越感是藏不住的，言谈举止间都挂着。母子都属于那种夸夸其谈的人，话多，话大，口气霸，母子两个一边看手机一边对话，吃东西，吃东西时候小桌板上摆出一堆，什么蛋卷、牛肉干、香肠、饼干……一边吃一边议论啥好吃，啥不好吃，能把别人的口水给惹出来。平时谁都可能买得起，吃得上，也就不稀罕，现在进来出不去，每天吃医院食堂配送的营养餐，随身带进来的副食有了别样的诱惑。母子俩像这个空间里的富豪，多亏孩子们被手机牢牢吸引，不然还不知道要怎么跟大人嘟囔呢。

他们的优越感还体现在吃套餐的时候，一日三餐，几乎没有一顿饭他们不嫌弃。早餐有早餐的不足，午饭有午饭的不能原谅，晚饭也一样挑得出毛病。一边鄙视着厨师的手艺，一边挑挑拣拣地吃，吃得很刁钻，好像怀里揣的是一副山珍海味的娇贵肠胃，偏偏不得不填塞这粗劣寡淡的大路货。娘儿俩一个捧哏的，一个逗哏的，一唱一和，就把剧情推到一个高潮，又一个高潮。天天吃饭，天天上演好戏。反正就一句话，医院的饭难吃，难吃死了。有几次小男孩拒绝吃，宁可饿着。毛毛就哄，她一口，他一口，好歹是吃了一点。看得出他们是真的吃不下这饭，没有矫情的意思。前1床看着稀罕，心里说这饭菜也没难吃到难以下咽呀，她觉得挺香，她和儿子每次都吃出一个干干净净的塑料餐盒。毛毛每顿都倒饭，白米饭，炒白菜，萝卜条，碎肉炒芹菜，吃什么倒什么，有一回把一条鸡腿扣在饭盒的剩菜里一起丢了。前1床偷偷心疼了一下。没好意思让她送给自己。毛毛娘俩一边吃，一边糟蹋，反正饿不着的，大箱子里随带的食物足够丰富，仅水果摆了一箱子搁在阳台上。这就是北京人的优越吧。不由得别人不羡慕。她娘俩嘀咕着出去了吃什么，怎么吃，又抱怨封闭管理，家里要送饭也送不进来。也正是近便吧，他们还带了小被子，枕头，靠枕，小桌板，大水壶，小水杯，小铁桌上摆成了货架子。不是北京人你能带这么多？像前1床，从西北一路颠簸进京，据说先班车后火车，再打车，这一路上仅必需的随身物品就够麻烦，还有余地带那么多？所以优越感有时候就是这么来的，没有对比就没有不同。一天不作一阵就不舒服的毛毛，在新1床面前栽了跟头。

毛毛尝到了挫败感。越想越觉得是自己热腾腾的脸，贴了一个凉凉的臭屁股。虽然尴尬早就应对过去了，也没人看见她受挫。可她这里放不下，禁不住想看看这个新来的。究竟是何方神圣呢，能这样傲？这样清高？这样不合群？这样地准备做一朵出淤泥的白莲？再看她，包括她那个女孩儿，毛毛的眼里有了恩怨。好好的结什么怨呢，她觉得自己不可思议——窗是落地的，从顶一直通到地，玻璃外是北京的天，正月还没过尽，微信朋友圈的人们还在年味里留恋，眼前的北京，现实里的街头，看不到年，只看到楼群在淡灰的空气里默然。树木可能马上要被春风唤醒，枝干分外油黑。前1床应该到家了吧，据说光在路上就得走两天。如今想起来真是个不错的人，叽叽呱呱说个不停，也不藏话，话也实诚，她当时怎么还就有点看不上呢，嫌她乡气，如今回想，在这个新来的女人面前，自己可不就是前1床的样子？她下决心不再轻易说话，坐着默默发呆，看儿子在床上扭动。被夺了手机的孩子，真是骨头缝里都发痒吧，爬满了看不见的虫子。想尽了办法跟她碰瓷，因为深知他只要哭起来，他妈肯定就给他手机玩。她不理，今天铁了心要重新做人，让儿子也重新做人，别的方面也许来不及了，手机面前还是来得及吧。不过时间确实不好打发，一会儿他哼哼唧唧这里疼那里疼，一会儿要自己调输液管子里的流速。再一会儿忽然嚷嚷要出院，回去上学校念书去。反正眼睛不是眼睛，鼻子不是鼻子，这里的时间忽然变得十分难熬。坐监牢大概也是这样吧。

毛毛实在是忍无可忍，也觉得怪丢人。这几天大家面对孩子都一样，都受不了他们的缠磨，手机就到了孩子手里。新1床没来前，大家都一样，孩子们都拿手机，大人被孩子缴了械，大人也乐得清静，可以扯些大人间的家常。大家都一样，就有了一种知根知底的和谐。现在儿子这样，毛毛觉得他很不懂事，这不是在扇他妈的脸吗，扇得啪啪响。她干脆下地，躲开他，坐在凳子上看他输液。日夜在病房里待着，床窄，坐不好，也睡不好，忽然觉得住院就是受罪，一种花了高价买到的罪。她不看1床的方向，只看窗外，看3床和4床，看两个在手机里打得正欢的孩子，看他们的昏昏沉沉的妈。两个三十多岁的妇女吧，给人感觉好陈旧，好像已经在世上活过了漫长的一辈子。

目光曲折，婉转，有意无意，去看那个女人。她在看书。样子像一朵什么，水墨莲花吧。她其实极力地想要想成一坨什么。可水墨莲的样子先一步出现，就在眼前摆着，无可替代了。确实像。尤其有那种水墨丹青的味道，淡淡的，清远的，初看平常，细看超脱，淡淡的眉，淡淡的眼，嘴还有些大，脸型是最普通的，算不上多美，但迎面有一股气韵，能逼人，扑面而来，要压倒人，让人不由得就自惭形秽起来，觉得自己庸俗，俗不可耐，她却是这样超凡，多少年的人间生活，竟然没有磨损她，她还是她，仙仙的，冷冷的，让你不敢靠近，无法攀登。这不就是自己曾经梦想里渴望过的自己吗？

她在少女的时候，刚结婚的时候，年轻的时候，一边烟火扑面地活着，一边悄悄下过决心，等往后，三十多，四五十岁的时候，一定不能活成中年女人惯有的样子，松散，慵懒，被庸俗的脂粉包裹，而是活出一种超凡脱俗，清水芙蓉，和生活握手，但不被它污染同化。这样的理想，早就被现实淹没了。想想真是可怜啊。人在一种状态里，慢慢地就麻木了，甚至喜欢上这样的状态，缩在里头，心满意足。可今天，猝不及防地，被这样一个女人提醒了。她感觉真是残酷。就像一个低头在黑夜里走路的人，走得投入，用心，忘我，准备这么一辈子走下去。忽然就有人点起了一盏灯，亮光照亮了视野，让你暴露得一览无余，你的傻，你的狼狈，你的无措，你的千疮百孔，所有的所有，都赤裸裸晾在那里。这个亮灯的人，就是新1床。她还在看书，神态投入，坐姿舒展，好像不是她在看书，而是书在看她，书里有故事，她也有故事，书里有气质，她也有气质，书里有一个深广的世界，她本身也是一个深广无边的世界。

毛毛想流泪。她把手机塞到儿子手里，儿子先一愣，马上就抓住了，像濒死的人抓住了救命稻草。他根本不在意妈妈是在跟他赌气，还是可怜他。他不会关注大人的心情，只要有手机就好，就是全世界。毛毛看着儿子轻车熟路打开游戏，噼噼啪啪开始了战斗。这熟练程度，让人无语。毛毛嗓子里梗着一团东西，火呢，还是冰，绒毛，还是刺，说不清。反正难受。

一片悲凉的豪壮的感觉在心里铺开，排山倒海一样往前推进。烈士踏上战场的时刻，也许是这样的情绪。她在怀疑自己的人生，走过的路，吃过的饭，结识的人，做过的事，这一刻不再坚定，像过去一样如铁如山在那里支撑她，她在动摇，沮丧感很清晰，要淹没她。她不再和儿子抢夺手机，看着他玩，她的目光里有深重的怜悯。感觉世界是这样苍凉。这感觉抽象，空洞，看不见，摸不到，可就在那里，左右着心。那女孩学完了，合上笔记本，说妈妈我想玩会儿手机。女人把手机给了孩子。毛毛的心这就平衡了。她甚至有些不厚道地想，原来她也玩手机，天下的孩子都是一样的。可能刚才看到的只是一个假象，她的乖巧，也不过是一个表象。瞧瞧，现在也玩起手机了不是。毛毛高兴起来了，好像她的儿子和那个女孩成了一样的孩子，她和近在咫尺的女人，也就是差不多的，谁知道她会不会也是一个表象！她为这样的发现高兴。恰如一个刚刚倾斜的世界，现在又恢复到了原状。还是那个世界，原来的，稳妥的，安然的。她回头跟3床、4床说话，尽量和以前一样，态度随便，语气家常，该怎么样就怎么样，还能因为一个不相干的人改变自己？岂不是太委屈。也没道理。这些年她是生活的驾驭者，她的小船她掌舵，哪能随随便便就被倾翻。她也不允许的。

那两个妇女好像压根儿猜不透毛毛的心思。也懒得猜。她们被什么看不见的力量吸走了心里的什么，人显得有些呆。毛毛招呼三句，有两句落了空，没人接茬。她的哏儿没人捧了。她成了孤家寡人。毛毛愤怒了，真是猪队友，天字一号的。果然只是萍水相逢的姐妹情啊，比玻璃还脆。她看见4号夺下了她女儿玩的手机。3号正在和她儿子商量，哄孩子把手机交出来。她们不约而同地做了一样的选择。这是要做什么？要学新1床！小女孩的自觉性大家都看到了，也都想移植到自己孩子身上来。也太快了吧。也不看看自己的孩子是不是那块料！她恨恨地嘲笑两个曾是自己麾下的应声虫。倒戈挺快啊，这就失了节操。虽然她自己其实是最早失守的那一个。人就是这样，自己怎么做都可以，错不算错，是不小心溅上一点泥巴，拍拍就掉了，到了别人身上，错就是错，是蹭到后衣襟的屎，哪怕洗过，心里还是记得那里有渗透衣服纹理的臭味。

毛毛恨上这两个人了。就在同一时刻，她爱上新1床了。发自内心地爱，想看她，观察她。她赌着一口气，心里说你两个没节操的，日本鬼子还没来呢，就高举太阳旗，人家会稀罕啊，瞧人家这姿态，你们别热脸贴了冷屁股。她刚贴过，最知道这里头的滋味。3床的孩子抱着手机不松手，眼泪汪汪的，说再打一盘，马上结束，现在退出队友要骂的。4床的孩子气红了脸，一张脸涨大了一圈，连眼仁里头也充了血，那样子好像恨不能扑进怀里咬她妈一口。你真不能相信这是一个小女孩该有的表情。毛毛抬手摸了摸儿子的脑袋，她的手轻柔极了，没有一点力气，软绵绵的，她悲哀地想，这一代人可怎么办哩，假如我，她，她，我们这些当牛做马的人现在就死了，让这些狗日的碎人吃屎去吧，吃屎也没人答应，都叫抽水马桶冲走了，那就饿死算了，或者跪到大街上要饭去，让他们尝尝生活的苦，没有妈的难，早点儿知道沉迷手机的危害。没有了这个苦口婆心的妈，手机啥也不是，只有等着饿死的份儿了！包括新1床这个女孩。只要迷恋手机，你就等着看吧，没啥好下场。

杨子文，时间到了。新1床忽然发声。叫杨子文的女孩有点不情愿，还是把手机给了她妈。她拿起一本书看起来了。这个过程没有争吵，抢夺，吓唬，恳求，分秒必争的谈判，你死我活的恶斗。很平静的一个过程。就像轻轻咳嗽了一声一样。毛毛真是绝望，你根本就想不到，这孩子竟能这样自觉。没见她们母女为手机游戏争执，大人说，孩子就听。氛围温和，家常。世上有这样好的孩子！毛毛在心里做决定，要是这女人拿杨子文来换毛毛的儿子，换不换呢？舍不舍得呢？浅层里她恶狠狠地想，愿意，一百个愿意，这样乖巧懂事的孩子，带起来多省心，自己要省去多少鸡飞狗跳啊。心的深层，一个声音在冷笑，笑毛毛的口是心非，口不应心，才不会愿意呢对不对，舍不得的。儿子在她心里就是金不换，就是塞个小神童给她，她也不换。谁叫是亲生的呢，打断骨头还连着筋呢。

她不再躲避，大大方方看人，大人，孩子，捧在她们手里的书，她们阅读的模样。自己多久没看书了呢，好像这样捧着一本书忘我地看，还是二十年前的初中时段，看的是同学间流传的琼瑶言情小说。她想起来了。眼前这风景，何时曾在她少女的梦里种下过，还是读琼瑶的时候，朦朦胧胧中，渴望自己一辈子云淡风轻，活成诗，活成画，活成言情小说里某个既文雅又云淡风轻的女子，活成自己想要的模样。这就是那个三十年后的自己。原来埋伏在这里等待。毛毛眼眶发紧，一阵收缩，酸涩，模糊。可生活是什么呀，杀猪刀，一刀一刀又一刀，她被削成了这样。这样地千疮百孔，这样地俗不可耐。这个新1床，其实很家常，没用一丝脂粉，也看不到后天加工的痕迹，眼睛是天然的单眼皮，眉毛是淡扫蛾眉，皮肤淡白中微微泛黄，脸部线条是柔和的，像画家轻轻勾勒出的一幅素描，嘴角喜欢抿着，抿出一个微微上扬的角度。整副面容，毛毛还是喜欢的，这样的相貌，对异性没有杀伤力，对同性缺乏威胁力，如果可能，会发展成贤妻良母，到老了，就是一个慈眉善目的老太太。可是这样的相貌，到了这个女人手里，她没有按照造物主既定的道路走，一手可以预料出既定结果的牌，偏偏被她打出了另外的格局。毛毛的不舒服正在这里。如果可能，她愿意凑上去亲近她，喊姐，加微信，做个长久的朋友。但你瞧瞧，她是多么不好结交，高不可攀，端的像一个谪居人间的仙子，就算在尘世里，也不愿意受到沾染。

　　什么样的生活，能锤炼出这样的女人？不，被锤炼、打磨、浸泡的应该是她毛毛，是前1床，是3床、4床，是所有和她们一样的女人。而她这样的，你看不出有多少沧桑，生活对她应该是温柔敦厚的，分外的疼惜，眷顾，宠溺，才能养得这样好。毛毛有了明确的概念，她应该就是传说中的命好女人吧，命运的手捧着，从来不曾受过磨难，才这样云淡风轻，又超然物外。强烈的羡慕，微微的嫉恨，复杂的念头，在心里搅和。毛毛想起自己这一路的艰辛，乡下穷女孩，念书马虎，长大了只想往外跑，一路打工进了北京城，嫁个同样是外省进北京的打工仔，有了孩子，还没家，租房子住，为孩子上学进学校的事早早发愁……她最大的愿望是做北京人，刻意学北京口音，尤其在非北京人面前，越发要装出一副北京人的样子。她其实已经挺像北京人了，对北京很了解了，呼吸着北京的空气，看街头玉兰花开，槐树花落，杨柳絮满天飞的时候，也赶时髦一样跟着犯鼻炎。她在前1床面前获得了优越感，3床、4床稍微沉稳，但也对她是由衷敬佩的，那是针对她北京本地人的身份，就算这身份对她们是没什么帮助的，人的奇怪就在这儿，就算没什么帮助，佩服还是要佩服的，好像潜意识里存了个什么奢望，期待着未来某一天这北京本地人就对自己起了什么作用。

儿子，妈有事跟你商量。毛毛的嗓音捏得细细的，无比轻柔，凑近儿子的脸。儿子赶紧护住手机。毛毛早一步抓到了，却不夺，和儿子成一个僵持的局面。拿住了七寸，再和蛇谈判。从今天起，你每天玩手机不超过三次，每次半个小时，行呢我们成交，不能接受的话，你别妄想再摸到我手机。儿子想也不想，说八次，每次一钟头。毛毛没吭声，瞪大眼睛看着。儿子说七次，每次一钟头。又说六次，四十分钟。又说五次，三十分！这回成了吧？！他要哭了。屏幕上他的游戏还在进行中，他焦急。毛毛适可而止，声音提高，说好，你说的，一天五次，每次半个钟头，从现在起执行，来，你给记到本子上来，签上名，免得你到时候赖账。一局游戏结束，儿子死了。儿子想哭，赌气松开了手。他不签字，毛毛替他签。

新 1 床是真正的北京人。下午两点和三点之间，可以给病房送东西，送到住院部门口保安处，然后由护士按照预留的楼层病室和床位信息，给送到病房来。新 1 床的爱人送了一包东西。还有一盒元宵。掀开盖子，汤圆还是热的。病房要求戴口罩，护士来了大家戴，走了就摘了，总捂着嘴难受，毛毛现在坚持戴，一次性医用口罩，好像能给人一层比实际作用还大的安慰。隔着口罩她看到女孩用勺子往出盛汤圆，颤巍巍端起来一个，白生生的，像一个刚出世的生命。儿子抽抽鼻子，说好香啊，妈我要吃元宵。

毛毛惊得魂飞魄散。她想到了一个问题。既然人家能送汤圆，她也应该有人送啊，不都是北京人吗。前 1 床不止一次羡慕她的北京身份，离得近多好，啥也方便，来医院就跟去自家后花园一样方便，哪像她，穿州过县的。她毫不客气地收割了她们的羡慕。还曾暗自得意呢。现在看看，一切都是有代价的。万一 3 床、4 床问起来呢，你家男人咋不送汤圆来？他忙，那娃爷爷奶奶呢？七大姑八大姨呢？北京人在北京自然是有一大帮亲戚的，血脉亲情串起来一长串，随便拎一把，都是能来送汤圆的。元宵佳节，没理由让孩子这样馋。她又把手机给了儿子。这次是主动的。儿子果然争气，有了手机，就算有人在身边享用唐僧肉，他也能做到无知无觉，毫不分神。毛毛偷偷舒一口气，这就好了，危机消弭于无形，有惊无险。这会儿她家那口子正在汗流浃背地骑行在送快递的路上吧，那小山一样永远送不完的快递，足够让他每一天都精疲力竭，根本没时间也没精力像北京人一样巴巴地为妻儿送一盒煮好的元宵来。浪漫和温情，都是需要代价的，从五环外到医院来专程送一盒元宵，代价太昂贵，他们付不起。

另外两个孩子也跟他们的妈妈闹起来了，要元宵吃。一个磨了一阵得到了手机。另一个挨了一巴掌，因为本意在手机，有了元宵做借口，就哭得理直气壮气势磅礴，清亮的眼泪珠子，在小姑娘病态苍白的面颊上扑簌簌滚。瞅着这情景，几个大人的心里也起了凄凉的念头。想起在家里过元宵佳节的情景，滚烫的元宵，一家骨肉团聚的幸福，那种平常的温情现在想起来分外难得。新1床终于从书本的缝隙间听到了外界的事情，脸从书下露出来，让女孩给小朋友们分一点。女孩真听话，端着盒子走过来，亲手给每个小病友铲了五颗，不偏不倚，挺公平。毛毛没忍住伸手去摸小姑娘的脸，她轻轻躲开了，摸到了头发上，鸦青色的发丝，柔软得让人的心颤抖。夸赞的话差点冲口而出，毛毛忍住了。不能因为五颗元宵就没了矜持。谢谢还是要说的，她提醒着儿子说。儿子头也不抬，对着手机说谢谢。小姑娘像某皇室接班人在外事行动中公干，沉稳，老练，不慌不忙，对每个人说不客气。声音还有奶味。毛毛真心喜欢她，目光里的赞赏也不掩饰，她儿子要有人家这孩子一丢丢的好，她也就用不着糟心。真不知道人家孩子是天生的好，还是人家妈教育得好。毛毛不愿意承认是后者，那岂不等于承认自己不如这个女人。也许是天生有差别吧，这差别的来源，自然不能是女人本人，应该是男人，制造孩子的另一个人。

她的男人，会是什么样的人？什么样的男人，和这样的女人过活着？和她本人一样？不不，那就坏了，两个高冷范儿，日子不得过成冰？那就是暖型的，一个冷，一个暖，一个高蹈在半空，一个落在尘世里，下面的托着上面的，才能把一份日子往前对付。所以说，别看她高，傲，冷，不沾人间烟火，蛰居人间受了多大委屈似的，其实都是作，说白了也是压榨，索取，消耗着别人。有什么资格这样？毛毛的心在分裂，生生地要掰开两个瓣儿，一边是使劲地让自己鄙视这个女人，女人嘛，端那么高做啥，烟火万丈地活着不是挺真实吗？一边她又清晰地羡慕着她。这才是悲哀所在呢。她没有的，渴望的，偏偏她有。她这辈子都可能没法拥有了，而她，却稳稳地拥有，就算良好的教养让她很少开口说话，不说半句多余的废话，可那种高高在上、睥睨天下的气质，还是难以掩饰，悄然辐射，把她烘托在其中。毛毛想把她拉下来，栽到尘埃里，跟自己一样，跟大多数女人一样，也这样叽叽呱呱，争长论短，庸俗家常，这才是女人，才是让人看着能够接受的女人，才是让人没压力的女人。要怎么样，才能消除她对自己的压力呢。毛毛觉得输液瓶里的液体流得好慢，儿子的病好得太慢，快点好转吧，她渴望出院回家。

女孩回到床位上。眼睛看着小桌板上的盒子。她明显有些委屈，小嘴儿嘟嘟着，噘出一个花苞儿。为啥不吃呢，要凉了。她妈妈说。女孩好像在等这句话，她马上还击，不能吃了！脏了。眼圈红了。泪盈盈的目光看那几个正吃元宵的小病友。

那咱就不吃。叫你爸再送一盒来。

把这些倒了吧。女孩推开了盒子。

她妈放下书，端着盒子进卫生间去了。卫生间有一个巨大黑色垃圾桶，什么垃圾都塞得进去。

儿子吞完了元宵，忙着玩游戏，可能压根儿就没品尝什么味儿，顺嗓门吞了，完成了一个任务。4床女孩倒吃得细，一口一口吃，完了舔着嘴唇，妈妈，还想吃。她妈把手机给了她。手机比元宵止馋，她果然不吭声了。

毛毛瞅着这些孩子，手机又回到他们手里了，没有硝烟，没有战火，大人集体缴械做了投降，又回到了原来的状态。他们专心玩手机，气氛安宁，时光静好。他们不知道，他们已经被同龄人嫌弃，就因为他们每人分到了五个，小女孩那半盒元宵都进了垃圾桶。小女孩又开始学习了，她坐姿端正，状态严肃，还在生气当中。她的妈妈，也不高兴，好在她进来就没见怎么高兴过，大家早就适应了她的嘴脸。妈妈们该拿什么打发时间呢，毛毛想聊天，跟以前一样。有心没肺的，东拉西扯的，想起啥说啥，时间也就有滋有味地过去了。她看了一圈，那两个姐妹和她一样，也在枯坐，大家跟刚见面时候一样，还没有进入敞聊状态，也许很快就能好起来，也许隔阂是难以消除的，一旦有了，就成了恶性肿瘤。万幸这样难熬的时间没有多少了，下午查床的时候，大夫说2床明早可以出院。

午后来访的女孩

女孩打苏亦电话，声音细细的，喊苏亦姨姨，说她要来看看姨姨。苏亦有点紧张，是事先完全没有料到，所以不知道怎么应付的那种紧张。苏亦活了四十岁，还没怎么学会撒谎，尤其是事情逼在眼前需要立刻马上就撒出来的那种谎，她不能自如地不着痕迹地编造恰当的谎言出来应对。女孩表达完自己的意思，出现了沉默，应该是在等苏亦的答复。苏亦脑子里有点懵，好像电路中火线和零线发生了搭牵，她被流窜的电流击中，她慌乱地挤出一点热情，说好啊，好，你这会儿就过来？好，我等着。你能找到地方吗？要不我去接你？不要不要，女孩抢着说，上回姨姨不是告诉我妈了吗，我妈把位置发我了，我用导航，能直接找到你家楼下。女孩说她马上出发。

等待女孩的时间里，苏亦一边打扫房间，一边和心里的一些东西做斗争。首先是时间问题，女孩需要多长时间到达？如果打车，从职业技术学院到苏亦家所在的小区，二十五分钟左右。如果坐公交车，得五十分钟以上，近一个小时。她会坐公交车吧。职院门口就有11路公交站，正好经过苏亦家小区。所以苏亦做准备的时间在半个小时和一个钟头之间。时间很短。她有点恼火。需要准备的事情很多。家里有些脏乱，中午孩子和丈夫回来，吃过饭稍微休息了一下，就匆匆出门各忙各的去了。苏亦只洗了碗筷。没有打扫被弄脏的各个房间。其实平时都这样，下午她一般不做打扫。一家人过日子，都适应了稍微的凌乱。可是要来客，就不一样了。早晨打扫过也不行，现在已经是下午了。有多少灰尘重新落了下来，窗台，桌面，茶几，地板，盆花的叶片……能落尘的地方实在处处都是。还有餐桌布，电视套，床单，被套，枕巾，都得换新的。这些她早有置备，平时收起来，要是来亲戚就换上。只有换上，才能让她的家焕然一新，平时常用的都是旧的，就算她洗得勤，但有些老旧污垢好像长在上头了，就是拿刀子也刮不下来。日常生活里的尘垢没法完全清洗干净，也不能有效遮蔽，她又不愿意让外人看到，所以她发挥了一个主妇的智慧。日常用旧的，让旧来抵挡日复一日的磨损和脏痕，有人要来就换新的，这样就保证了每次来的客人都能看到一个新鲜光亮的家。苏亦匆匆翻出她的迎客家当，麻利地换，心里盼望女孩来慢点，让她有时间把地拖一遍，把所有桌面擦一遍，把卫生间好好打扫下，尤其马桶要里外都刷洗一遍，再给各个屋子洒点香水，最后在卫生间里点几根卫生香。她喜欢用香喷喷的家迎接客人。这是一个家庭主妇价值的体现。也是她想呈现给所有亲朋好友的。

　　家务琐碎，但是很费时间和精力。只有亲自做这些的人有最深的感受。苏亦其实是怕家里来人的。每次来人最累的都是她，前前后后地跑着准备，等把人送走，她往往需要一天的时间来松缓这口气。女孩是一个人，一个人来，也得认真接待，卫生要求上跟迎接一群人没有区别。区别在于，饭菜的量上适当少一些。换完三个卧室的铺盖，苏亦没时间扫地，先跑进厨房泡粉条、木耳、银耳。她想好了，蒸米饭，炒菜。菜需要丰富一点。粉条炒肉片一个，黑木耳和葱头炒肉丝一个，银耳凉拌一个，油炸鸡蛋算一个，冰箱里还冻着一些带骨羊肉，那就做一个清炖羊肉最好了。干货需要提前泡发才好。把粉条往凉水盆里按压的时候，苏亦感觉着凉水浸没双手的冷，水刚从龙头接出，冰凉入骨。苏亦被凉意唤醒。同时被唤醒的是一种隐隐约约的恼意。这恼意早在接女孩电话的那一刻就产生了，匆忙准备的过程中，恼怒在发酵，翻腾，蒸发。只是她一直压着，不让自己去面对。她不高兴。不欢迎这个不速之客。压根儿就不希望她跑来。看看姨姨。苏亦觉得自己没什么值得看的，也不需要一个女孩的看望。是个从来没有见过面的孩子。忽然就要来看看你。这决定太突然了。突然到让苏亦措手不及。看着凉水里的粉条慢慢软下去，苏亦手上的寒凉往手腕上蔓延。她看清楚了，该恼恨的不是那孩子。而是自己。怎么就答应了呢？可以阻拦啊，说她这会儿有事，不在家，或者干脆说去某个亲戚家了，无论哪个借口，都可以帮忙把时间推后，随后的任何一天，只要她愿意，她可以把电话打过去邀请她来，那时候她做好了最充足的准备，然后坐下等，悠闲地等一个人上门。主动权就在自己手里了。她没有争取，这个主动权完全可以争取的。隔着电话说个谎，完全行得通的。可她没做到，她活了这么大岁数，在一个娃娃面前撒谎都紧张。她这辈子是没出息了。她生气地甩甩手。把凉意甩掉。回头拿起笤帚扫地。飞快地扫完所有的房间，接着拿起拖把拖地。能做多少算多少吧，当然最好的结果是赶在女孩进门前她做完了所有需要做的。

三十分钟后，女孩到了。苏亦听着敲门声有些绝望。她刚拖完地。来不及干，还有一股气味。丈夫说劣质地板就是这样。当年装修为了省钱，选了最便宜的。这些年他们都在忍受地板发出的气味。苏亦不希望客人闻到这味道。敲门声很坚定，敲了几下，停停，又开始敲。不能让孩子久等。苏亦把拖把插进桶里，跑过去开门。女孩没看地板，她是看着手机进门的。这局面是苏亦完全没能料到的。只在迎头面对的时候，女孩喊了一声舅母。喊完就把目光放到了手里的手机上。手机里不知道在播放什么，女孩戴着耳机，苏亦踮了一下脚，没看清。女孩把左手里提的塑料袋放到了茶几上，然后一屁股坐在了沙发上。苏亦看见塑料袋里有苹果、香蕉、火龙果，一看就是从大超市里买的，比路边小摊上买的好，也贵。苏亦伸手拉拉袋子，说你来就来嘛，还买东西咋哩，何必花那冤枉钱！苏亦这话是出自真心，超市水果贼贵，孩子还在上学，买这几样，少说也得一半百元哩。女孩把手机放到腿边，摘了耳机，说不能空手来啊，空手来了我妈骂哩，我妈在电话里说了，叫我拿着东西来看舅母，手里拿着东西好进门。说完女孩看着苏亦微笑。苏亦居然有些慌乱。没想到女孩能这么直接。她说的当然是实情，没有空手上亲戚门的道理。可真要把道理说出口，事情就不一样了。味道变了。苏亦不由得也给女孩笑笑。接着赶紧给女孩倒水，问她喝茶，还是枸杞、白糖、红糖，还是白水？嘴里这么问，脸上挂着笑，苏亦的心里却泛着另外一股味道。她有些郁闷。为这女孩的直接。也为女孩身后那个不在现场的人。她生那个人的气多一些。她感觉眼前的这一场见面，是在那个不在现场的人策划操控下进行的。前期策划也就罢了，苏亦已经接受了。问题是到了这个时候，你还在操控着场面，让剧情完全按照你预订的方向上演，这就让人没法接受。你倒是凭什么啊。

女孩要了茶水，要加枸杞和冰糖。多加点冰糖。她强调。苏亦往杯子里扔冰糖的时候心里有点塞，女孩怎么跟大男人一样，口这么重，喝茶，放冰糖，还特意要求多加。这可是很凉的，两样加起来特别凉，只有男人们才喜欢这个喝法。也只有大男人才能扛得起这种凉。苏亦捏起冰糖，想劝劝女孩，又感觉这话没法出口，万一女孩不领情呢，反倒会以为她是吝啬，舍不得几块冰糖。把一杯水放到女孩面前，苏亦看女孩的脸，说你妈好吗？我挂念得很。女孩接了茶杯，拿手慢慢转。苏亦打量女孩的脸。女孩长得不美不丑，大模样说得过去。苏亦希望从女孩的眉目间看到一个人的影子。女孩的妆有点重，一定程度上遮盖了五官本来的模样。苏亦要从这张脸上清晰地看出另外一个人的嘴脸，有困难。那个人，她二十几年没见了，但大致轮廓还是记得的，尤其一笑一颦之间流露的一抹妩媚味道，苏亦是铭刻在心的。当时勾走了班里多少男生的魂，也伤害了多少女生的心。眼前这个女孩的眉宇和身形上，都没有她妈的影子。说话的语态和声调间，也没有。苏亦忽然有点高兴。这个女孩尽管用一层又一层的脂粉，粉饰了自己脸面，基础护理，粉底，眼影，唇线，唇膏……她像很多爱美的女孩一样，把自己打扮得很精致。可是苏亦用目光剥开了她的皮。化妆品营造的那层外皮。苏亦知道这么做不厚道，有些残忍，要是换了任何一个女孩，苏亦都不会这么做。可这个女孩不能幸免，既然她来了，亲自送上门，苏亦就能够忍心，也必须忍心。她用目光剥离了女孩的装饰。她看得出这女孩其实很普通，这样的长相放到大街上，会很快被人群淹没。她甚至长得有点丑。尤其咧嘴一笑的时候，隐隐龇出一颗龅牙，尽管只是匆匆一瞥，苏亦还是注意到了，那牙齿斜斜地咧着，好像一个劣质的钉子被人插在那里忘了拔出。看到这里苏亦竟然舒了一口气，心里一直压着的一块石头被人悄然挪开了一个缝儿一样，透进来一丝凉爽。苏亦慢慢回味着这丝凉爽，女孩居然一点都不像她妈，她妈的美貌，气质，妩媚，腔调，女孩一点都没能继承。这是有点悲惨，还有点讽刺的事。这就好。苏亦有了一点愉快。这就好啊。命运真会开玩笑。苏亦的女儿就比眼前这个女孩漂亮得多。本来突然接到女孩电话说马上要来访，苏亦恼火的不仅仅是时间太短，她无法充分准备，还有一点，就是她想当然地认定，女孩一定跟她妈妈一样漂亮，二十几年前的初中时光里，她妈妈用自己的美貌伤害了苏亦，如今她的女儿，又要用同样的美貌来重新揭开苏亦的伤口。苏亦为此愤怒。她甚至后悔上个月加入了初中同学群，还和所有女同学加了单线，一一聊天，闲聊中各自知道了彼此的现状。苏亦跟女孩的妈妈也聊了一会儿。对方很热情，详细问了苏亦现在家在哪里。听说在市里，她有点高兴，说她女儿也在市职业技术学院念书，回头她让女儿去看苏亦。她还问苏亦具体的住址。苏亦没在意就发给她了。她觉得问这个肯定只是出于礼貌，随口问问罢了。都二十几年没联系了，哪里真会让女儿亲自找上门来。如果真要联络，互相牵挂，也应该是苏亦主动去看同学的女儿。没想到对方还真说到做到，孩子忽然就打来电话，说要来看姨姨。

　　苏亦发现女孩不仅长相一般，言谈举止之间，还有些让人吃惊。她只和苏亦说了几句话，就又拿起手机看，刚开始苏亦还想陪她多说一阵话，问问她妈在做什么，她在职院的生活，或者再聊点别的。客人来了，主人陪着客人坐坐，说说，一来拉近一下感情，二来也表示主人的欢迎。苏亦这些年都在这么接待踏进她家门的亲友。苏亦性格好，有亲和力，一般人都喜欢和她说话，说着说着，老年人愿意敞开心怀跟她诉苦，儿孙不孝啊，老来艰难啊，家长里短啊；年轻人会被她逗得开怀笑，有人愿意告诉她心里暗恋的人，有人请她帮忙参考一下看准的对象。今天苏亦在这个女孩面前失败了。她试了几次，女孩都没反应，女孩甚至可能是烦了，看了苏亦几眼，然后把耳机戴上了。苏亦惊呆了。顿时愤怒。要是换了自己的女儿，苏亦肯定一巴掌扇过去了。大人跟你说话呢，听人说话时要认真听，目光注视或者不时点头，这是基本的礼貌。这孩子怎么连这个都不知道呢。是不懂，还是不屑于和苏亦交流？苏亦炒菜的时候还在想这事，当年的老同学就算貌美如花，骄傲得孔雀一样，可也没有这么不懂事啊。怎么就养出了这么糟糕的孩子。苏亦发现自己已经没有最初看清楚孩子长相平凡后的喜悦了。她在消化内心的惊讶。女孩带给她的惊讶。女孩专心在沙发上玩手机。苏亦看出了一点眉目，她应该是在玩快手直播。快手苏亦也有，没事干的时候也会上去看看，解解心慌。她从来没有见过现实生活里的人直播的样子。女孩算直播吗，苏亦想了想，女孩应该是在看别人直播。手机把娃娃害了。那么大的人了，连起码的人情礼貌都不知道了，苏亦往菜里放盐的时候感慨了一下。

苏亦的几个菜被女孩拍了视频，她拍的时候苏亦就知道她要发快手。苏亦没有拦。拍就拍吧，她的手艺不怕被晒出去，今天上桌的碗筷碟子都是平时不用的，跟床单被套一样，全是新的，只有待客时候才舍得拿出来使唤。女孩拍得很仔细，先摆个样子，拍完了，再换个位置摆，又拍。苏亦想笑，没好意思。看她终于摘了耳机，就试着和她说话。女孩可能被苏亦的菜打动，愿意搭理苏亦了。她说她二十三了。念几年级呢？马上毕业了。哦，那你，你们学校，允许学生这么打扮吗？苏亦是赔着小心问的。只要人家孩子流露出一点不耐烦，她就会打住。活了四十岁的人，生活里的眉高眼低还是看得懂的。女孩倒是一副没心没肺的样子，大喇喇拍了一圈，才把手机放下，拿起筷子吃饭。学校管不到这些，再说我们在外头租房住，马上要实习了，宽松得很。原来是这样。苏亦回味女孩的话。在外头租房住。好好的学校宿舍不住，跑出去住，自由是自由，可女孩子家，住在外头多让人不放心哪。苏亦有些难以接受，老同学怎么能这么大意呢，万一孩子过早学坏了咋办。苏亦想劝劝女孩。她跟自己女儿一样大，女儿在外头念大学，她经常担心她学坏。就算孩子本质好，不想学坏，也保不住外界的各种诱惑啊。眼前这孩子，这模样，这做派，好像就是学得不好了。

女孩吃一口粉条炒肉。哇，好吃！再吃一筷子凉拌银耳。哇舅母，银耳还能凉拌啊，我从来都没见过这个吃法，嗯，真好吃！她小嘴上的口红太厚了，又怕被蹭掉，往嘴里喂菜的时候得使劲地撮起嘴，那小唇红得像刚划开的一道伤口，伤口上涌出了血，血液凝固了。看她每吃一口，就都让人觉得她是蘸着自己的血在往下咽。苏亦看着她这么吃实在是辛苦，也让人着急。要是自己的女儿，她肯定把她按住，拿纸把嘴上的口红擦了，带着口红吃饭，让人看着就恶心，心里硌硬。可人家不是自己亲生的，就不好劝。只能看着她表演一样艰难地吃喝。女孩吃饭，不好意思盯着嘴看，苏亦就打量女孩的手。女孩的手倒是很美，一种病态的美。她太瘦了，应该多吃饭。苏亦心里一软，劝她不要客气，多吃一些。女孩饭量倒是可以，白米饭就着菜，吃得叭叭响。苏亦听着这声音，这是陌生的。苏亦在生活里是这样教育孩子的，吃饭不能吧唧嘴，古人云食不言寝不语，那是有道理的，只有不言不语才能不分神，充分感受所做的事情本身。现在的人就是太分神了，不能专一，做啥都三心二意，一边吃饭一边看电视，一边走路一边刷手机，一边开车一边打电话。随处可见。眼前的女孩明显是三心二意。吃几口，看看手机，再吃几口，又看手机，好像她跑到这里就是为了匆匆履行个过程，这个过程不能耽误自己看手机。苏亦看着她飞扬不羁的表情、无所顾忌的神态，心里有一点低落，说到底她是被她妈指派来自己这里走个过场，也许她本人心里老大不愿意呢，难道真能指望她会和自己好好坐坐，沟通交流。再说，有那必要吗，自己还没有到需要和他人交谈获取慰藉的年龄吧，那应该是老年人的习性。苏亦就悄悄地释然了。苏亦想问问她，为啥电话里喊她姨姨，见了面又改了口，成舅母了。

话到嘴边，又收住了。苏亦坐在女孩对面，她打量女孩年轻的面庞。就算女孩长得不算美，跟她妈没法比，但如果完全抛开她妈，无所联想地只评价她本人的长相，她其实还算可以吧，尤其是她的年轻，青春正好，那么多化妆品遮盖粉饰，也不能完全否决青春的特有活力。还是年轻好啊，想怎么折腾都可以，都有资本和底气，都不怕难看到拿不出手。苏亦接受了女孩在称呼上的随意和混乱。有什么道理要求人家呢，本来就不是具备血脉关系的亲戚，也算不上闺密，只是一般关系的初中同学，要说那三年里她们有什么关系，那就是两个女生同时喜欢上了一个男生，只有这一个共同点。唯一的共同点也没能长久延续，后面紧跟着就发生了分叉。她们喜欢同一个人。喜欢的方式和结局不一样。苏亦先喜欢那个男生，属于暗恋，她从来不曾流露出自己的心事，所以就算到了今天，他们那一届的初中同学，也没有人知道这件事。这是苏亦的秘密。她羞于主动表白。那时候的苏亦远比现在害羞和内向。所以始终没有表白出来。还有一个原因是后来的变化。青春期真是有意思，变化比时间的脚步要快得多。苏亦还在和自己内心的羞涩做斗争的时候，有人先她一步抢在了前头。正是女孩的妈妈，当时的班花。班花出手，一剑封喉。男生被幸福击中，完全被女神俘虏。他们开始上演初中生热恋的常见桥段。如果站在局外去打量，世人总是会觉得那样的恋爱故事，就是身体和心智都未发育健全时候的胡闹。苏亦当时身在其中，她体验了水里火里水火交替的熬煎，那不是胡闹，是发自内心的爱和恨，强大，有力，一度完全左右了内心。如果班花和男生一直好下去，至少把初中三年坚持出来，苏亦也就死心了。她会输得心服口服，无怨无悔。毕竟输给公认的班花，她并不冤枉。可是事情很快又发生了波折。男生被班花抛弃了。她像甩一块旧抹布一样甩了他。被甩掉的抹布，苏亦也不想弯腰去捡，苏亦的内心自有一份自尊。

苏亦专心地听女孩咀嚼木耳发出的呵嚓声。她吃得很欢快，终于忘了要保持小唇上的口红。其实她放开以后，嘴巴也是挺大的，能一口装下满满一筷子菜。苏亦再次注视她的手，女孩的手细白，修长，皮肉有点缺乏血色的苍凉，指甲却红艳艳的，涂了指甲油。好好的一个女孩，素面朝天不好吗，为什么要用这么多的脂粉和油彩来映衬自己，是为了更美还是更丑？苏亦感觉好像更丑了。也许是苏亦心态老了，未老先衰，开始了然生命和生活的本质，所以更渴望洗尽铅华的本真。就算生得普通，但在风华茂盛的年华里，也不需要多余的装饰吧。也许年轻人还没来得及懂。如果是苏亦的女儿，苏亦会教给她这些。让她明白美有清纯与庸俗的分别。眼前的女孩，会愿意听她絮叨吗，她们才是第一次见面啊。苏亦忍住了。确实不能说。她和女孩之间，只是比路人稍微多了一点点关系。班花让女儿来看望苏亦，苏亦本该感动的，毕竟多年以后还愿意用实际行动进行联系的，没有几个。苏亦努力让自己感动。可是感动不起来。总隔着什么，是一层冰吧，这层青春时期就结下的冰，这些年一直处于恒温状态，没有机会融化。其实苏亦早就希望冰能化掉。她不能原谅，一共三个人，胆小羞怯的暗恋者，肆意挥霍自己的美貌同时践踏他人情感的班花，被践踏后不知退缩依旧死心塌地纠缠从而全校皆知被戏谑地封为情圣的男生。综合起来就是一段晦涩的青春恋曲吧。

苏亦拿起一个大苹果削皮，准备在女孩吃完主食后再劝她吃点水果。女孩吃饱不吃了，却不放下筷子，她从包里拿出一个塑料袋，抖开，用筷子夹肉，一瓦盆清炖羊肉，她吃了有一半，她在剩下的里头扒拉。苏亦看明白了，这是没吃够，想带点回去吃。苏亦不由得心里一软，这说明娃平时吃得不咋好嘛，馋着呢。她赶紧拦，告诉女孩家里有一次性餐盒呢，可以给她装进餐盒带走，汤汤水水的都可以带上，回去热一下还是很香的。女孩笑了，告诉苏亦，不是给自己带，给儿子带，儿子最爱啃肉骨头了。所以她不要肥的，只捡稍微带点瘦肉的骨头块儿。苏亦吃惊得差点一刀削到了自己手指头。她看女孩的脸，问她，你前头说你二十几岁了？二十三，女孩点头，马上就要二十四了。苏亦想了想，很慎重地问，你今年才面临毕业？是啊，七月份能拿到毕业证，但是现在可以外出找工作，也开始实习了。哦。苏亦轻轻应和。她听见自己的声音很古怪。好像一个百岁老太婆刚从一个悠长的梦里被人惊醒。有点沧桑，也有一丝返老还童的渴望。她的心里展开了一场战争。二十三，还没毕业，在外头租房子住，再看看眼前这副打扮，这孩子究竟什么情况呢？有孩子是铁定的了，只是那孩子，怎么来的？她一个学生，敢生孩子？跟谁？在哪里？现如今孩子由谁扶养？她说要带肉骨头给儿子啃，都能啃骨头了，能消化肉了，说明什么？说明孩子不小了，至少长牙了，能吃肉，能啃骨头。这样的孩子，至少三岁以上了吧。一个二十三岁的女孩，有了三岁多的儿子，那孩子只能是女孩不到二十岁就怀上的。不到二十岁，就有了男人，还敢生孩子，这说明什么？苏亦把自己想出了一头汗。她想到了女儿。女儿今年二十四了，一个人在外地上大学四年了。苏亦一周就和女儿视频一次，视频里女儿不是在教室，就是集体宿舍和食堂，女儿总是素一张脸，不知道擦粉，也不打口红。苏亦在努力回想很多次的视频通话，女儿应该没有作假，因为她不可能每次都作假，作假的话，总会有露出破绽的时候。不过看眼前的女孩，苏亦又有点不放心了。万一女儿跟她撒了谎呢？苏亦心里慌乱了，想马上给女儿打电话，想再把情况核实核实。她也不是要遥遥地控制孩子，限制她自由，她只是希望孩子不要太出格，该打扮还是要打扮，到了谈恋爱的年龄还是需要好好谈的，该和外界交往还是要交往的，她只是希望女儿能珍重，珍爱，珍惜。青春正好，好好读书，为找一份理想的工作做准备，爱一个好男孩，真心实意待人家，能有一个好的结果。什么样的结果才是好结果？苏亦其实也是迷茫的。每当想到这里，就有一种无力感在心里蔓延。其实人生哪有什么标准答案，每个人只是在摸着别人的石头过自己的河罢了。所以她有时候很盼望女儿规规矩矩的，像很多好女孩一样，朝着贤良的路线走。有时候她又替女儿不值得，希望她能够按照自己的本性无所羁绊地活。可是这本性又是什么呢？一直清纯可爱？还是放荡不羁？前者是有困难的，生活不会总是鸟语花香清水静流，总会有惊涛拍岸暗流涌动的时候，单纯的孩子总会有被风吹浪打的时候。这世上真有把你一辈子当宝贝捧在手心里的男人？！后者，又不是苏亦这种女人能接受的方式，她习惯用自己认定的眼光界定生活，也许她世俗，狭隘，庸常。但这是世上大多数女人的生活态度。这世上是有惊世骇俗，有风生水起，有大开大合，有引人注目，但那只是小部分，苏亦属于大部分，属于被群体淹没的一分子。

女孩挑得很仔细，把盆里的肉块一一翻了一遍。看中一块丢进苏亦拿出的餐盒里。她的动作随意，又认真，苏亦想劝她全部带走的话难以再次出口，因为她看出女孩有些挑剔，可能不会愿意带上汤汁。苏亦又不甘心，总想表达点什么，她说你平时饭咋吃的？在学校灶上吃？女孩有些愤慨，大灶上的饭就不是人吃的，难吃死了，我很少去。苏亦有点吃惊，你们职院的饭真有这么糟糕？女孩点头，咣，又把一块肉骨头丢进餐盒。苏亦赶紧拿纸擦溅出来的油星。问女孩，既然不爱吃灶上的，你就是自己做着吃了？女孩笑了，我不会做饭，就会泡个泡面。说完舒了口气。苏亦的心又软了一下。这么说孩子是真受罪呢，哪能天天靠泡面活着呢，会营养不良的。再说不还有儿子吗，难道给孩子也天天吃泡面，这不是害了娃吗？她想说以后有空就来家里吧，把娃也领上，姨给你们做好吃的。但是，话一旦说出口就收不回来了，如果她以后真的经常来，那要给家里增添不少经济负担，菜和肉都贵，又不能给她吃家常饭，这事，还是和丈夫商量一下再决定吧。苏亦把话咽了回去。女孩忽然摇头，说我自己倒是好凑合，这里一顿那里一顿，饿不着。可是我儿子就难了，小东西挑食得很，猫粮吃几天就腻了，就闹着要吃点好的，新鲜的，它可喜欢啃骨头了。但是不能让它多吃，我们吃的饭菜里头调料太大，它吃多了就掉毛，尤其盐，吃上影响寿命，容易变老。

苏亦看着女孩的眼睛。那对眼睛有了变化，一直没什么明显情绪的瞳孔里，忽然散发出奇异的光彩，光彩在闪烁，好像有什么特别高兴的事，把女孩瞬间点燃了，她整个人都兴奋起来了。她伸出细长单薄的舌头舔了舔嘴唇。苏亦静静地看着这一幕，想笑，又想哭。心里莫名地有些慌。有些愤怒。她感觉，自己被愚弄了。被一种不知道是什么的东西，给愚弄了。她觉得女孩的舌头，那又细又长，又泛着血色的舌头，伸出来沿着外唇舔了一圈的样子，像猫。苏亦脊背上一紧，有些凉意嗖嗖地爬升。她伸手摸了摸自己的脸，还是她的脸，没长毛。女孩的脸也没长毛。可苏亦感觉她的样子，一举一动，都透出猫的神态来。原来她所说的儿子，不是真儿子，是猫。她把苏亦家半盆肉块扒拉挑拣半天，不是带回去她自己吃，而是喂猫。苏亦为这个发现愤怒。她自己都没舍得吃一块呢，儿子和丈夫也没吃呢。女孩居然要带给猫。

苏亦的沉默被女孩打破。女孩好像很高兴，不看手机，把餐盒盖子扣上，再用一个塑料袋套在外头。她伸手拍着盒子，说我儿子啊，实在太可爱了，我每次外出吃饭，它就在家等着，要是我不带好吃的，它就不高兴。

它会不高兴？不是一只猫吗，她咋表达不高兴？苏亦没忍住，反问。

猫当然会不高兴。女孩瞪大了眼，好像听到了一种极为狭隘的偏见，她不能接受。她要辩护。猫可聪明着哩，比人类聪明多了。我儿子它就通人性哩，灵得不得了！它不高兴就不理我了，躲进柜里不出来，要么不吃饭，不让我抱抱，也不让亲亲了。有一回最严重了，我把屋子翻遍了找不到它，你不知道，当时吓死我了，我以为门没关牢，它跑出去遇到危险了，我抱着枕头哭了半夜，直播也停了，就在睡梦里，一个毛茸茸的手在我脸上摸，把我摸醒了。

苏亦脊背一阵凉。她明知道那个毛茸茸的手，肯定是猫爪子。但还是心里一紧。这女孩，一惊一乍，神神叨叨的，一个学生娃，放着好好的学不上，养什么猫哩，现在的孩子这都啥心思啊，班花怎么养出了这样的女儿。

女孩果然咯咯笑起来，说舅母你猜是谁的手？是我儿子！它原来藏在被窝里，藏了半夜，想我想得忍不住，就出来了。它抱着我的脸亲，还喵喵地撒娇哩，哎呀，你不知道它有多贴心，就跟亲生的一样一样的。

苏亦把苹果递给女孩。女孩咬一口，说我儿子也爱吃水果，我吃啥它要吃啥，还得在我嘴上抢，吃我正吃的，我一口，它一口，专门给它削一个，它碰都不碰。舅母你见过这么可爱的猫吗？

苏亦摇头。她确实没见过。自从搬上楼房她从来没养过宠物。这么点空间，真不知道怎么养。小时候农村家里家家养猫狗，那也不是当宠物养，农村人实在，但凡存的，都是过日子必不可少的。猫儿抓老鼠。狗看家防贼。农村生活艰苦，养了猫狗也没见这样精细的，都是粗养。苏亦印象里就从没听说有谁把猫儿狗儿喊成儿子的。这要是叫老家的人听到，会把人的大牙笑掉，会把上了年岁的人活活给气死。

苏亦努力让自己镇静，活了四十岁的人了，什么场面没见过，还能让一个二十来岁的小年轻给惊着！她笑着看女孩，说你肯定忙，哪来的时间养猫？还有，猫儿的屎尿，可咋拾掇哩？有味道吗？不脏吗？还有，我记着猫儿一到春天就闹腾，吵得很，换季的时节就掉毛，猫儿的毛可麻烦了，铺盖衣裳啥的，挨着哪儿粘哪儿……后面她不好说了，那就是眼神不好的人，可能会把猫毛粘在手上，碗筷上，干粮上，然后吃进嘴里去。这都是她小时候亲自经历过的。小时候她也爱搂着猫儿睡觉，为此没少挨大人的骂。

女孩好像丝毫都没听出苏亦口气里另外的意思。她咧开嘴笑，那颗龅牙露出来了。苏亦瞅着那颗牙，心里怪怪的，她没心思再让女孩吃东西，杯子空了，她也没心思添水。她打量着吃剩的饭菜，剩了几半碟子菜，按照习惯她会热了给家人吃，可是……她目光在碟子里细细地过，没看到猫毛，可心里怎么就感觉有毛呢？女孩还沉浸在她自己的情绪里，她打开了手机，登录上快手，伸给苏亦看。边展示，边解释，猫很好养呀，平时喂猫粮，过几天洗一次澡，拉屎拉尿有猫砂哩，捡起来扔马桶里冲了就行。怕发情的时候闹着要找母猫交配，就给他绝育呀，我儿子早就做手术了。猫比娃娃肯定好养，娃娃养大能有啥回报，一个个的都是白眼狼，我表弟表妹，一天到黑为学习和我姨妈吵架，还离家出走，把我姨妈我姥姥姥爷都气出了心脏病。换成猫就不一样了，根本不用操心学习成绩好不好的事，主要是贴心得很，我宝宝简直就是我的软棉袄，可暖人了。女孩说着伸手抱住了肚子。好像她怀里现在就抱着她的猫。

苏亦伸着脖子看女孩的手机。你可以关注我。女孩把手机伸过来。苏亦好奇，真的拿来手机加了她。加上后为了表示对女孩的重视，她当着女孩的面看起了她的快手。女孩的快手名叫最酷小猫妈。苏亦看到这名字笑了，是小猫的妈呢还是猫的小妈？不管哪种，现在的孩子早熟是真的，女孩张口她儿子闭口她宝宝，什么发情交配她都是张嘴就来，一点都没有害羞的意思。放在苏亦做女孩那会儿，是不可能的事，当年大家在宿舍里偶尔夜聊，说到以后的人生，大家说想做什么样的人，干什么样的工作，绕着圈子说来说去，就是没人触碰一个核心，那就是以后嫁什么样的人，过什么样的婚姻生活，生几个孩子，怎么教养。总觉得不好意思，那是一个小禁区。就连从初一起就开始谈恋爱的班花，也没勇气揭下面皮说这些。时间过去了二十几年，变化就这样明显。不知道是社会的变化大，还是她做家庭主妇时间太长，跟外界脱节太远。

最酷小猫妈是个网红。粉丝达到了三十万。出现在快手作品里的她，怎么说呢，看着就是她，再看，又不像。细细看，又像。苏亦一个作品一个作品往下看。她发的作品挺多，都和猫有关。那是一只灰中泛黄的猫。喂得挺肥，圆嘟嘟的，尤其弓起腰做瞄伏状的时候，身子成了一团毛球，给人感觉随时都会滚起来。更多的视频是，猫在睡懒觉，身子拉长，懒洋洋躺着，翻出一个毛茸茸的肚皮。小猫妈在逗猫。小猫妈在喂猫吃东西。小猫妈在给猫换猫砂。小猫妈挺辛苦啊。每个视频都配这样的文字。有个视频把苏亦看傻了，小猫妈嘴里叼一块骨头，趴在地上，猫扑了上去，猫和人展开了争骨头大战。猫咬一边，女孩咬一边。骨头在人和猫之间换来换去。骨头落地了，又捡起来重新开始。猫嘴咬过的，人又叼起来。太不卫生了，不怕传染病？苏亦有些生气。有一个视频里猫叉开后腿，露出半截肉，香肠一样耷拉着，小猫妈在用手拨拉，还配了音，笑嘻嘻说我儿子长大了，想女人了，谁家有姑娘介绍个，要貌美哦。苏亦手都软了。她赶紧退出视频，不看手机了，看女孩。对面的女孩面不改色，并不知道苏亦刚才经历了怎样的吃惊。她把餐盒捧在手里，说要走了，儿子在家里等着呢。

苏亦傻乎乎看着女孩起身，拎起小手包，给苏亦说了再见，出门走了。苏亦应该送她下楼，看着她走出小区门，再自己回来。这是她每次接待客人必须做的，她保留着父母那辈人流传下来的好客的习惯。今天她只跟到门口，女孩下去了，苏亦感觉没力气跟随她下去。她干脆不去了，扶着防盗门看女孩走，女孩的高跟鞋噔噔噔响，她很快消失到楼梯下面。

苏亦关上门，没心思刷洗碗筷，爬到阳台的窗口前看远处，女孩要出小区就必须从阳台下那条石板路经过。苏亦看到了女孩。她的背影，跟所有在大街上看到的这个时代的女孩，没有什么不一样，被高倍滤镜拉过一样，又细又长。

天黑下来后，苏亦接到了一个电话。电话里一个女孩的声音细细的，说姨姨，对不起，忘了给你说，我今天来不了了，临时有事耽误了，下周六吧，下周六下午，我一定去看姨姨。